大鱼

有爱的青春陪伴者

qingchun xiaomeihao

想你时，风是荔枝味

燕辞星 著

廣東旅游出版社
中国·广州

图书在版编目（CIP）数据

想你时，风是荔枝味 / 燕辞星著. — 广州 : 广东旅游出版社，2021.9
ISBN 978-7-5570-2510-6

Ⅰ. ①想… Ⅱ. ①燕… Ⅲ. ①长篇小说—中国—当代 Ⅳ. ①I247.5

中国版本图书馆CIP数据核字(2021)第129249号

想你时，风是荔枝味

Xiang Ni Shi , Feng Shi Li Zhi Wei

燕辞星 / 著

◎出版人：刘志松 ◎总策划：苏瑶 ◎责任编辑：何方 ◎责任技编：冼志良
◎责任校对：李瑞苑 ◎策划：蒋彩霞 ◎设计：西楼 Cain酱 ◎封面绘制：王点点

出版发行：广东旅游出版社
地址：广东省广州市荔湾区沙面北街71号
邮编：510130
电话：020-87347732
印刷：湖南凌宇纸品有限公司
地址：长沙黄花工业园三号
邮编：410137
开本：889毫米×1194毫米 1/32
印张：8.5
字数：250千字
版次：2021年9月第1版
印次：2021年9月第1次
定价：39.80元

目录

CONTENTS

目 录

CONTENTS

楔子

“江景写字楼，市中地铁口，转正就买五险一金，而且我们是无责任十三薪……”人事小姐姐一身“香奶奶”套装，领着我参观这个占据二分之一层写字楼的办公室，眼神真挚又热忱，“丁小姐，你明天可以入职吗？”

我咽了咽口水，想点头说好。

半年前我进了同学们艳羡的五百强企业，实习期半年，将要转正的时候公司引进人工智能技术，于是毕业不久，我就失业了。

颠沛流离两个月，碰到这样的工作莫过于天降惊喜，但我仍有一丝理智尚存，问：“不需要用人部门对我做‘二面’吗？”

人事小姐姐手一挥，迪奥可可小姐的味道飘过来，说：“二面不存在的，这点小事我能做主。”

仿佛我面前站的不是人事而是“霸总”。

人事小姐姐笑得莫测，摸着她手里的简历和案例分析，再加一剂猛料：“丁小姐你看月薪六千合适吗？其实七千也是可以的。”

我倏地瞪大眼，眼珠子一转，把刚刚要说的“好”字咽下肚。

昨天这家“辉嵘智能科技有限公司”打电话说在“咸鱼招聘”上看到了我的简历……我当时想办公地址在 5A 写字楼，应该不是骗子，但现在想来“咸鱼招聘”是个什么东西？我往上面投放过简历？

老话说，事出反常必有妖，谁知道是不是搞传销？

老实承认，我怯了，温和不失礼貌地打太极，借口说还有别家面试，就想脚底抹油。

人事小姐姐点头回答："可以理解。那别浪费时间了，我们老总现在就在办公室，丁小姐准备一下，一会儿就二面吧。"

好像刚刚说"二面不存在的，这点小事我能做主"的也是她？

人事小姐姐妆容精致，满面笑容，一脸理应如此的样子，至此，她那好看的虎牙在我眼里也成了獠牙。

我忐忑地说："还……还是算了吧。"

她微笑着答："没关系，我们老总很和蔼的。"

犹豫两秒，我被她挽着臂弯送到总裁办公室门口。

我发誓我只是想把手抽出来，只是动作稍微快了点。人事小姐姐警觉性很高，突然化身咏春高手，反手扭住我的胳膊，一推一送，把我压门板上了。

"啊……喂……你干吗？"

"你们在干什么？"

我艰难地转头，只从走廊玻璃上的倒影中看到那身姿挺拔的男人。然后我心脏猛地收缩，做贼心虚一般把头扭回来，盯着脚尖不敢再动。

人事小姐姐松开我，对着身后刚从电梯出来的人喊"程总"，说我是她叫来面试的。

程总不感兴趣，吩咐说："面试去小会议室，别在我办公室门口晃悠。"

先前温和的人事小姐姐突然高声喊："程嵘，你是真傻还是装傻？她是你那个前渣女友，你可别说你没认出来！"

"前渣女友"四个字穿过我的耳膜，引起一阵触电般的战栗。一切都明晰了，身后的程总是程嵘，那个被我甩了的学霸校草。

我突然想同学聚会没去真是明智，否则该有多少人要笑话我，当年人人骂我渣，如今程嵘创业成功，过得风生水起，大家要知道了，都要拍手称快说我活该吧？

前渣女友，是我本人了。

还在一起时，我给程嵘讲过一个段子——

养猫的人忽然养了狗，被狗黏得不行了，疑惑地问：“你们狗难道没有自己的生活吗？”

我说，程嵘，你难道没有自己的生活吗？

后来程嵘要出国，走之前的那晚下大雨，他在电话里执拗地要我出来说清楚。他说：“丁小澄，这句话过了今天晚上我再也不会说——你跟不跟我走？”

我知道当时他满心愤懑又悲情，我却像是有根筋没搭对，突兀地想起一首歌里欧阳锋跟他嫂子的对白。那话和程嵘说的话莫名重合，然后我倏地笑出声。

那个场合不该笑的。

程嵘沉默了几秒，把电话挂了。

他一心想跟我一起出国，绷着最后的自尊来求和，我却笑了。

现在想一想，我真渣啊。

但苦主此时此刻就站在我身后，衣着精致、气度不凡。可惜这不是什么《人间有真情》的综艺节目，我只是一个程嵘恨之入骨的人。

人事小姐姐松开了手，没人压着我，我还保持着站在门口的姿势。不是不敢回头望，而是不想。回头没多少意义，回头就能看到程嵘现在是什么模样，但会丢了自尊没了脸皮，我何必？

“丁小澄。”

我一身鸡皮疙瘩，汗毛直立——这是一个负心人对苦主的恐惧，又或许隐藏着我一直不肯正视的期待。

我以为程嵘要说些什么，像我跟他缠绕的那十几年岁月里，他或警告或奈何不得而叹息般叫我的名字——“丁小澄”，他总能把这三个字喊出不一样的情绪。

但时隔多年，中间还经历了我毅然决然说分手那样的事，程嵘站在我身后，语气平静，他说：“丁小澄，你挡着路了。”

他没问人事小姐姐为什么要叫我来，也没有如人事小姐姐说的那样报复我，什么都没发生，好像他不曾放下自尊求我别分手，好像我们没有纠缠过十几年。

后来我让开，他开门进办公室，两不相干。

他连拿自己的成就来讽刺我这样的事都不屑做，其实我知道，在我对他说“你滚吧”之后，我就什么资格都没有了，被报复的资格都没有。

从程嵘的公司出来，我没乘电梯而是进了安全通道。通道的声控灯没亮，我扶着墙壁蹲下，心理防线全垮塌碎裂，打得心脏生疼。

所有人都说我渣，说我死乞白赖地喜欢他，不要脸皮地缠着进入他的世界，等他喜欢上我了，又突兀地抽身而退，态度决绝……她们用一个词来形容我——令人发指。

但是，很少人知道从来不是我招惹程嵘，而是程嵘惹了我。

“吧嗒”一声，什么东西被我踩坏了发出声响，惊得声控灯亮了。

视线往下，高跟鞋底是一只纸风筝，让我想起二月的春风，白沙洲上呼呼啦啦的纸鸢和突然闯入我生命的程嵘。

第一章

丁湘琴与程直树

没出正月，初三已经开始上课了。我托着下巴听物理老师念叨寒假作业，眼睛盯着窗外缠在电线上的风筝，被风吹得呼呼转圈。

我的同桌，也就是身边背脊挺得笔直的张晚晴则正借着我的掩护奋笔疾书，终于在下课前三分钟抄完最后一题。

张晚晴把作业顺手往我桌上一放，说：“把我名字画了。”

“哦。”我懒懒散散地掏出小本本，把“张晚晴”三个字涂黑。

张晚晴凑过来，点着本子上孤零零的“程嵘”两个字，喜道：“丁湘琴，把握住机会呀！”

我与程嵘被誉为东雅中学的“丁湘琴”与“程直树”。“誉为”两个字是我自己加的，但一般情况下，我还是会表示一下羞怯：“大庭广众，这不好吧？”

张晚晴与我从小玩到大，当即摆出一副我还不知道你心思的模样。等下课铃一打，她拿着琴谱推着我出来，吩咐道：“跟教信息技术的老师说一声，我去音乐老师那里上小课了。”

我脸上若无其事地往小组最后一个看，那张座位上趴着一个男生。一定是睡太久了，他头上几撮“呆毛”立起，哪怕是埋着头只看到半个后脑勺，也有不少女生往那张望。当然，我是其中最明目张胆那一个。

张晚晴把我往过道上一推，元气满满地喊：“去吧，丁湘琴！”

她拍拍屁股走了，这一嗓子引得不少人往我这里看，有男生露出看好戏的表情，有人起哄说：“喔喔，丁湘琴出动了。”

有佩服的：“那是，不然怎么敢叫‘丁湘琴’呢？”

有戏谑的：“说什么呢，人家是有独特的搭讪技巧好吗？”

也有奚落的：“我看是独特的厚脸皮吧！”

初二时程嵘参加了大大小小不少比赛，甚至赢过了高中部的尖子生，高中部老师殷勤地跑过来邀请程嵘跳级。自那以后，程嵘被冠上了“程直树”的称号——冷漠，高智商，长得好看。

我倒觉得他比直树更胜一筹，这是我的真心话。

窸窸窣窣的哄笑声是我的 BGM（背景音乐），本湘琴迈着小步，一副犹犹豫豫的样子，耗费小半分钟才在程嵘跟前站定。

程嵘趴在桌上，像是睡着了。

我拿着小本子往下敲，本子还没落下去，他倏地坐起，靠着椅背往后仰，眼神犀利。

我咽咽口水，清清嗓子，余光瞥向看好戏的同学，怯弱地开口：“程嵘同学，物理作业带了没？”

程嵘脑袋歪了歪，眯着眼睛盯着我，一言不发。

“物理作业就你没交了，你如果不交的话，我要记你名字了。”我义正词严，其实有点心慌，但课代表收作业天经地义，慌什么呢？

不远处立马有人开口嘲讽：“啧啧，程嵘交过哪科作业，老师都不管，就她抓着不放。”

这种情况下，我追着要程嵘交作业就显得别有用心了。

程嵘的头上翘起几根呆毛，闻言勾起嘴角，像是觉得讽刺。

我权当没听见，期期艾艾地又说：“你是没带还是没做呀？你……你要是不介意的话，我可以帮你写的。”

“丁小澄，没带就是没做，你怎么不对程嵘一视同仁？”有男生嘻嘻哈哈地打趣，“别不是想当程直树的丁湘琴吧？”

我听了这话，瞬间变得羞赧，两手交叠玩着手指头，眼睛眨了眨，说：“程直树同学，我有句话想跟你说……”

不知道是表情太做作还是太到位，瞬间引爆教室里的哄闹，分贝达到一个新的巅峰。

“我……”我还在继续表演。

程嵘的表情肉眼可见地变了，目光冷冷地扫过所有人，最终嫌弃地落在我身上，嘴角拉直，一字一顿地问：“好、玩、吗？”

程直树生气了。

自从他们给我取外号叫“丁湘琴”之后，这样的戏码我总是要找机会玩上几次。可惜的是，男主角并不愿意配合我表演，让我一个人无敌地寂寞着。

“玩下嘛。”我的嬉皮笑脸并没有换得程嵘的好脸色，只能悻悻在他桌上翻找物理练习册，嘴里嘀嘀咕咕，“一点都玩不起。”

程嵘支着椅子往后靠，眼神冷漠：“不在桌上。”

哦，那就是在抽屉？我弓着腰，把手伸进他桌肚掏。

“程嵘——”抱着作业堆的女生被班长周安妮推过来，周安妮还在两米开外就开始喊。

“你问他要啊！”周安妮撺掇女生，“能交物理作业，就能交其他科的作业！”

女生犹犹豫豫：“我……”

周安妮索性替她开口：“程嵘，你的作业呢？”

程嵘纹丝不动，我半蹲着掏出一堆练习册，问：“哪科？”

女生回答：“数学。”

我低头一看恰好在我怀里，手一扬就掀开了：“哎，没做。”丢上桌，再掀开下面的物理，“哟，做了！”

周安妮一脸严肃，一本正经地说：“这周校领导要检查学生作业，我们班被抽中了，你要是不做的话，会拖我们班后腿的。”

程嵘木着一张脸，眼睛冲着我。我下意识地了解了他的意思，转而问周安妮：“非做不可？”

周安妮对着程嵘郑重其事地点头。

我试探着跟他商量：“要不，你现在做？”

“翻页。”

这就是答应了。

我麻利地动手给他翻页，眼角瞥到周安妮刚伸出来又缩回去的手，再抬起头就得了周安妮一个白眼。

程嵘把那一页题目扫一遍，然后提笔快速书写，没有符号也没有公式，写完把笔一丢，练习册上写着六个大字——太简单，不想做。

“你！”周安妮都气红了脸。

“哈——”这是笑出一个音节，被周安妮眼神示意的我。

我一直对我被同学们称为“湘琴”这一点感到委屈，明明周安妮比我“湘琴”多了，饶是当场被程嵘打脸，她也能顺利开启下一个话题。

“算了。”周安妮撇撇嘴，忽然问，“程嵘，我送你的卡牌呢，拿出来一起玩玩吧。”

我送你的卡牌——周安妮的这句话曾被张晚晴当面嘲笑过，因为卡牌其实是全班同学一起送的。

当初周安妮当上班长的第一件事就是号召大家多交几块钱班费，用来给每个同学买生日礼物，而她送出的第一份礼物就是她现在问程嵘要的桌游卡牌。为此，张晚晴一直嘀咕周安妮是假公济私，轮到自己生日就送了个杯子。

张晚晴跟周安妮向来不对盘，除了生日礼物的不公平对待外，因为两人都想进东雅高中艺术班，又在同一个音乐老师那里上一对一小课，这两个漂亮的女孩之间难免会有点摩擦。好在张晚晴不在教室，不至于引来第二轮争吵。

“卡牌呢？拿出来呀。”周安妮再次提醒。

程嵘看着我没说话。我猛然想起那卡牌我拿着玩过，笑嘻嘻地回答说：“马上，马上。”我手撑着程嵘的桌子倾身过去，掀开他相邻桌子上的杂乱书籍，找出一个四四方方的小盒子，然后递给周安妮，“喏，卡牌。”

周安妮的脸一阵红一阵白，咬着嘴唇，不满地说：“丁小澄，你是程嵘的代言人吗？”

我愣了愣，辩解说：“卡牌我跟温渺拿着玩过，我怕他找不到……”

周安妮不等我说完就打断：“还有，我一开始跟你说话了吗？我是在跟程嵘说话，你插什么嘴？”

气氛胶着，我很烦躁。我把目光投向程嵘，正常人都知道这是让他开口圆场的意思。程嵘颔首垂眸，仿佛老僧入定。

为了化解尴尬，我扯着嘴角笑笑。

周安妮却把我的笑当作挑衅，瞳孔收缩，怒道：“整天管自己叫丁湘琴，围着程嵘打转，谁跟程嵘说话你都要来插嘴，知不知道‘脸’字怎么写？”

“我……”我想解释说我不是，我没有，大家不都知道我是闹着玩吗？

程嵘动了一下，我以为他总要说些什么。这时，周围看热闹的其中两个男生不以为意地开口解围说：“丁小澄不就是程嵘的小跟班吗？”

“对啊，初一就这样啦。”

我心里却想说——并不是，实际上我和程嵘的关系从小就这样了，也不对，准确来说应该是程嵘从小就黏着我。

以前在白沙洲上，除了我，没有人跟程嵘玩。那时白沙洲上的小孩都排外，他初来乍到，又不爱说话，只会眼巴巴地盯着别人。我看他可怜，一时心软，就大发慈悲带他玩了，所以给其他人留下了我是他小跟班的深刻印象，其实在我看来，他才是我的小跟班。

我曾正儿八经跟人解释过——当然是背着程嵘的，但因为被他当场抓住，我太过紧张导致脸红磕巴说了半天，结果好好的澄清宣言被人当成说大话。

周安妮没有拿走我手里的卡牌的意思，瞪着我像是要吃肉。我烦躁不安地丢了卡牌，推了推程嵘：“你给他们解释下，我们明明青梅竹马，不是吗？”

只要说一句话，或者点头说“是”，多简单的一件事？可我没想到我的小跟班什么回应都不肯给。

程嵘斜斜身子，眼睛盯着我，看得我有点冷。他抿了抿嘴，最终把嘴唇闭得更紧。

“程嵘！”我不甘心，伸手推他，“你说句话啊——”

周安妮气得直嚷嚷：“丁小澄——”

我说：“在呢，别叫。”

她说：“你——”

她气？我还气呢。我说：“别你了，‘湘琴’这称号你要喜欢就拿去，从现在起我带头叫你周湘琴，满意了吗？”

最后几个字说得有点气吞山河，下一秒气势被程嵘打破。

“轰”一声响，程嵘的课桌悲惨地与前排座椅猛烈碰撞。程嵘站起来，我跟欲语还休的周安妮同时闭嘴。

他眼神冷冷，终于开了金口，说：“无聊。”

周遭安静得很，因此这两个字尤为明显。他给了回应，却是这种回应。

感觉到众人投射来的目光，我只觉得脸上滚烫。等程嵘离开教室，周安妮盯着我，脸上是得意扬扬的笑容：“哼！有的人真是——不、害、臊。”

我说过，程嵘比江直树更胜一筹。

下午放学时，班主任老李表扬了他的课代表，也就是我，原因是九门功课只有物理的作业能坚持每个月都全班交齐。

老李笑眯眯道：“作为交换条件，丁小澄，你跟我提的那个事我同意了。”

张晚晴激动地捏我胳膊肘，台上老李还盯着我，让我有苦难言。我白了张晚晴一眼，至于这么激动吗？想也知道，只有我能让程嵘写作业，用物理作业一个月全齐来换我和程嵘不上特训课，实在不是难事。

底下同学都问是什么事，老李倒是非常守信，没说出我和他的约定，不过离开教室之前又嘱咐我说：“体育老师跟我说上午第四节课温渺没去训练，你去了解一下是怎么回事。”

温渺是体育特长生，一般信息技术、音乐、美术这类的课都会去操场训练。他是最有可能进省队的特长生，家里对这件事十分看重，谁逃训练也不可能是他。

“第四节课，那不是信息技术课吗？你知道温渺去哪里了吗？”我问的是张晚晴。我总怀疑张晚晴第四节课溜出去玩了，因为我见着她的小课老师来找隔壁班科任老师拿东西。

张晚晴倏地抬头，不回答我，反而冲着周安妮的方向努努嘴：“她嫉妒你呢！”

老李用我用得很是顺手，以至于身为班长的周安妮明显对我有意见。果不其然，老李一走，我就被周安妮扔了眼刀，张晚晴见了笑得花枝乱颤。

“差不多得了。”我叫她收敛点，然后问，“我完成了老李交代的任务，他答应我那天的特训课我可以不去，但你得确定到时候参加大提琴比赛的一定是你？”

张晚晴非让我们去看她比赛，为此，我还特地跟老李做了这笔“交易”，但后来我才得知参赛人选压根没定下。毕竟是省级比赛，张晚晴和周安妮，谁都有可能参赛。

张晚晴头发一甩：“为什么不是我，我比周安妮强多了。”

好的，你霸气。

教室里的人三三两两地离开，张晚晴抱着琴谱和书包跟我嬉皮笑脸：“我晚上练琴要练到很晚，你自己先回家吧。别说我没给你创造机会！”

她不跟我一起回家意味着今天我得找人蹭车，蹭车对象一般来说只会是“程直树”。换了往常，我立马就戏精上身跑去找程嵘了，但今天我不想去。

白沙洲上的小孩，青梅竹马以“群”论，没了程嵘，没了张晚晴，我还能找温渺啊！我作为白沙洲的老大，还找不到一个载我回家的人吗？

事实上，真没找到。

我跑去操场找我的二号小弟温渺，温渺拒绝了我。

“你还是不是我小弟了？”我倒是想像从前那样一巴掌打上他后脑勺，却发现如今的我哪怕踮脚也做不到。温渺也是白沙洲上的外来户，却不像程嵘一样有过被排挤的经历，全因为这个人是个“玩家”，弹珠、拍卡、弹弓打鸟无一不精。

小时候，温渺的武力值还比不上我，如今却敢对我说“不”了。

温渺说：“我晚上要加训。”

我有点郁闷地道：“你加训，张晚晴也要加训，你们俩也太默契了吧？”

温渺忽然开始闪烁其词了：“她……也加训啊？可不，我们俩忙，你以为谁都像你似的，整天傻乐？”

温渺是田径特长生，专长是110米栏，目前是最有潜力进省队的体育生；张晚晴呢，从小到大音乐比赛拿奖拿到手软；程嵘那就更不用说了……我突然觉得气闷，我的青梅竹马们各有所长，而我一个普普通通的平凡学生，每天都过着沉沦题海苦作舟的艰辛日子。

“那你把车给我！”

虽然现在还是正月，其实已经是春天了，但风肆虐地刮，操场上没一个可以遮挡的地方，我裹着棉袄瑟瑟发抖。温渺与我的狼狈模样完全相反，他穿着一件短袖，还不住地拿手扇风：“车不能给你，你跟程嵘的车回家吧。”

不远处的篮球场上有人进了球，有女生高喊：“龚嘉懿，加油！”

温渺听见了，立即冷哼一声。

我揶揄地看温渺。

龚嘉懿虽然不是体育生，但因为他篮球打得不错，长相和气质又跟温渺属于同一个类型，所以他和温渺经常会被同学们放在一起比较。大家都是年少气盛的年纪，不愿意输人一等，闲言碎语久了，两人就有了点互不待见的意思。

温渺一脸不屑地说：“龚嘉懿就是个小白脸，我说错了吗？”

我还没嘲笑他，忽然又听见一个女生大喊道：“看，是程嵘！小婷，你不是最崇拜他了吗？”

那几个女生顿时嘻嘻哈哈起来。

我转头一看，程嵘晃晃悠悠从操场外的长坡上走下来，越靠近操场走得越慢，身后有几个女生跟着。

“哼！”我看一眼就扭回头，“算了，我走回家。”

“闹不愉快了？”温渺一口白牙露出来，幸灾乐祸的口吻极其欠揍，“快说出来让我愉快愉快！”

我照旧削他一顿，他蹦来蹦去地躲闪，冲操场大门边喊：“程嵘，快走，别带她回家！桥洞里有蛇，吓死这个鳖孙！”

我回头，程嵘站在操场铁门边，目光冷冷。我瞬间就失去了跟温渺打闹的兴致，冷下脸来。

温渺在我和程嵘之间看来看去，问：“真吵架啦？不会吧？程嵘不是你的铁杆小弟吗？坚决维护丁老大。”

这也是个“典故”，温渺与程嵘的竹马关系说起来还是我促成的。我用的方法不那么光明，但不妨碍后来他俩产生了独有的默契。于是此时温渺又热心地做起了和事佬：“走吧走吧，他不是你一哄就好的吗？再说了，青梅竹马没有隔夜仇，你们就不要闹矛盾了。”

温渺催我走，似乎心情不错还哼着歌。

我转头看操场上已经有人在收拾跨栏了，一时想起什么又忘了，说：“月底的那个周五，你可以逃训练吗？张晚晴‘干掉’了周安妮，要去参加市级大提琴比赛，地点就在大学城，正好可以吃一顿庆祝。”

星城里吃东西的去处很多，但绝对少不了的一处就是大学城，那里有各色小吃与小店，从白日开始营业，能一直热闹到深夜。

“我不去。”温渺一脸不屑，“我跟你们不是一伙的，我才不去。”

我去年的生日愿望是希望温渺别扭的毛病能好一点，现在看来是无药可救了。

我说：“这话你加训完跟张晚晴说去吧。”

“你什么意思，说得好像我是跟她一起加训一样。”温渺像被踩到了尾巴似的顿时冲我嚷嚷起来。

我想起了另一件事，问：“上午第四节信息技术课，你去哪里了？”

温渺摆出一副风很大，听不清的模样：“什么去哪里了？我当然是去训练了。”

他边说边走。我想着他估计是去训练了，也没再追究。

走到操场，那里除了充当电线杆的程嵘再没别人，我视而不见，左拐往外走。

有些人特别奇怪，我走他也走，我慢他也慢，明明身高一米八，腿长得长，走路的速度却超不过一个一米六的小矮子。

等快走过单车棚的时候，我的书包突然被人拽住了。

我不耐烦地道：“干吗？”

程嵘说：“坐我的车。”

“不稀罕。”我拽回书包，“松手，我走回去！”

“春天了，回家路上会有蛇，你忘了？”

“我不怕！”

程嵘又说：“丁小澄，你真不怕？也对，桥洞里的蛇，你跟它也很熟，就是去年你看到的那条。今年它长长了不少，还生了一窝小蛇，小的比你见过最大的蚯蚓还大点，一窝蛇滚成一团，花花绿绿的，速度特别快……”他的身上好像有开关一样，只要面对的是熟悉的人，他的话就能呈几何倍速递增，仿佛从冷冰冰的机器人变成一个有血有肉有生气的正常人类。

“啊啊啊——”我捂着耳朵嚷嚷，企图过滤这段内容，“别说了，闭嘴！”

小时候曾经兴起过一阵吃蛇的风气，在白沙洲上经常看到有人拿了一笼蛇来卖。我特别闹腾，看到卖蛇的，就好奇地跑过去掀开布帘想看看是什么，结果一激动不小心左脚绊右脚，整个人扑到了蛇笼上，跟里面花花绿绿的蛇来了一个近距离的对视。自打那次难忘的经历以后，我就再也不是白沙洲的老大了。毕竟没有哪个老大会哭得一抽一抽，也开始格外害怕蛇类。

程嵘停下来，目光锁定我，重申：“坐我的车。”

我愤愤地说：“你现在怎么话多了，白天让你开口帮我说一句，你却一句也不说！”

他忽然停顿了两秒，好一会儿才开口：“对不起。”

这下换我停顿了。之前明明气得要命，现在看到他脸上的愧疚，听到他直白又干脆的道歉，我又不想追究了，还忍不住想帮他找理由。是，他一到学校就变身冷酷侠，一副跟我没关系的冷漠模样。不过这也不是多大事，人一多他就不乐意说话，我不是打小就知道吗？

他一脸歉意，我就蔫了，说：“走吧，拿车吧。”

放学的人潮早就散了，我站在校门外的便利店门口等。程嵘把车推出来，我看一眼这与剧本不符的山地车，不忿：“你耍我啊？”

程嵘面不改色：“怎么？”

“这车怎么骑？怎么载我？”连个后座也没有，我坐哪儿？他是故意捉弄我，才换了车的吧？

程嵘抓着车座把山地车拖过来，长腿一跃轻松跨上去，指着山地车的前杠说：“你坐这儿。”

东雅中学位于河东，白沙洲在白沙河中央。骑车经过一个满是荒草的桥洞就能上小桥，只要二十来分钟就能到白沙洲。若是走路，就得只身从昏暗、长满荒草，还很可能有蛇的桥洞里走过去。

我怕蛇，又实在不愿意走路，于是跟他商量道：“你给我刷个共享单车？”

我家里那位丁夫人认为，我要是有了智能手机，本人就可能不智能了，于是人人都能扫一扫，只有我还付现金。

“程少爷”当即冷脸：“你是想算旧账吗？”

我心虚地立刻闭上嘴。

以前有次我和程嵘一起回家，我兴致上来想自己骑车，就让程嵘帮我刷了共享单车，结果到家之后忘记上锁，导致产生费用超过两百块巨款，从此让程嵘抓住了我的痛脚，每次一提这事，我就哑口无言。

“给你两个选择：一坐上来，二自己走回去！”程嵘单脚撑地，他一手扶着龙头，歪着脖子看我，语气冷冷地说。

我还想再挣扎一下，但心里默算了一下时间成本，本白沙洲老大只能嘀咕两句作罢。

我抱着书包，坐到山地车的前杠上。但一跳上去，我又觉得自己的面子还是得护着，于是扭过头，对程嵘理直气壮地反击说：“今天可是你得罪了我！是我大人有大量接受你的道歉不再追究，你还这么凶？”

程嵘把左手搭在车把上，对我的话完全不回应，动作间他的整个胸膛撞过来，差点把我鼻子磕坏了。

我捂着鼻子大叫：“喂——”

程嵘看都没看我一眼，蹬一脚，直接骑车上了路，嘴里还埋怨着：“你把脑袋低一点，挡着我怎么看路？”

我反应慢了一点，没及时转过头，感觉他那尖下巴戳到我脑袋上了，我马上缩成一团避开：“程校草，你也太霸道了吧，小心我在学校揭穿你的真面目！”

对此，程校草说：“随你。”

看他这副在学校高冷，私底下嚣张跋扈的两面性格，我只能在心里一万零一次感叹：程嵘这样的人在我们白沙洲本来应该会一天被打三顿才对，如果不是我这个老大护着他……啧啧啧！

我愤愤地盯着他手指头，想起他刚来白沙洲的时候还是软乎漂亮，但死活不讲话的乖娃娃，只觉往事不堪回首。

那时他才六岁，听我妈说他爹妈把他养在深圳但没时间照顾，年龄太小又不会跟人沟通，结果被保姆折腾得遍体鳞伤、不成人样。程爷爷得知后，就将他接回白沙洲照顾，而他那对事业心重的父母就真的再没管过他。

我那时还不认识程嵘，也不知道我妈说的那个小可怜长得这么好看。当漂亮娃娃拽着我的风筝不撒手时，因为他那张脸，我最后没下手打他，就轻轻推一把，结果他一屁股坐在地上了。

我以为他要哭着回家告状，吓得我小心脏扑腾扑腾，等了又等，他也只是撇着嘴，闷声不响地坐在原地，怪可怜的。于心不忍兼良心发现，我把我的那只风筝放上天后，把风筝线递给他。

我越想越来气，在他手背上掐两下。

车子左右猛烈晃动，吓得我改掐为抱：“别耍滑头，我知道你是故意的！”

程嵘一点不气，扯了扯我的头发，说：“丁小澄，别想蒙混过关，下个星期天你要是没在桥边等我，你就等着被丢进桥洞吧。”

语气很平常，我莫名觉得阴冷，立刻乖巧地回答：“好的，知道了。”

程嵘在我头顶冷哼一声，警告说：“别以为我看不见就做鬼脸。”

我僵着腮帮子闭嘴，他可真磨人！

程嵘来到白沙洲之后，每隔两个礼拜，都要上岸去听一次课，他回来的时候，我就得去桥边接他。

这是小时候我故意弄丢他，赔礼道歉时签下的不平等条约——因为那次我把风筝给他玩的后续是，当天风太大，他人小力气小，没抓住风筝，只好追着线圈跑，结果我一回头就看到他掉进了白沙河河边的小水潭里。

那时我们都还是小萝卜头，哪怕是小水潭也能把人淹死。我当时慌到不知道叫人，捡了根木棍冲过去说：“别怕，我拉你上来！”

幸好他不胖，我没给拉下去，但把他拉上来也让我累得够呛，那以后他就成了我的跟屁虫。

可这个跟屁虫让我觉得丢脸极了。

因为程嵘小时候除了好看，可以说是一无是处，不能打架，不会爬树，不会拍卡，也不会打弹珠，连开口说话也不会，弄得我被白沙洲上的其他小伙伴嘲笑。我受不了这样的嘲讽，一时冲动，便带着他在白沙洲的巷子里乱窜，找了个地形复杂的地方，把他给甩了。

不过我扬眉吐气的愉悦感只维持了一下午，傍晚回家没了“尾巴”才知道后怕。把人找到时，小程嵘看见我眼眶都红了，磕磕巴巴说了上白沙洲以来的第一句话。他说：“丁小澄，你太坏了。”

听到那话的瞬间我就愧疚了，然后一不小心着了他的道，签下了不平等条约，答应每次他从河西回来时我都会去白沙桥下接他。他那时每两周要去一次河西，我小时还以为是什么好玩的事，知道是去“上课”之后就再没了兴趣。

“你还是去上那个课吗？都上了十几年了，到底是什么课呀？”想起这件事，我再一次问出口。张晚晴的大提琴课从小上到大，拿了不少奖项，程嵘上了那么多课却不见他参加什么比赛。

他不回答我，我心血来潮地故意拿脑袋磕他下巴："问你呢。"

听到头顶传来吃痛的呼声，我偷偷笑了，准备故技重施时就被他按住了头。程嵘说："别闹。"

突袭失败了，我歪歪头，把那时的程嵘跟现在的程嵘做对比，他那时多好欺负呀。

"你还没告诉我呢，上什么课？"

程嵘犹豫了："这……以后，以后会让你知道。"

山地车颠簸两下，下了桥，然后左拐往洲尾走，我、程嵘、张晚晴、温渺，我们四个人的家都住在洲尾。

小的时候我一直以为白沙洲是世界上独一无二的，学了地理才知道这不过是河流冲积形成的沙洲。中国有个和白沙洲的地形一模一样却赫赫有名的橘子洲，至于我们这个白沙洲，不过是星城白沙河里的一个小沙洲，只有白沙洲的人引以为豪。

白沙洲上只有两条路，连着小桥的这条路有个分岔口，分岔口朝右是我和温渺住的乡村式二层小楼房，朝左是程家带着院子的大别墅和张晚晴家精致的红顶小洋房。

与他们不同的是，我们家乡村式的二层小楼房更像是个集体宿舍，住着我外公和他四个子女的小家庭，每个小家庭仅有两间房。

我一直都不得其解，明明我们四个就是普普通通的青梅竹马，怎么进了初中，却没人相信了。

到了分岔口，程嵘把车停下，脚撑着地保持平衡。我把问题问出来，程嵘沉默几秒才回答说："普普通通？你的确是。"

我愤愤地跳下车，站定："我哪里普普通通了？拜托，我明明是白沙洲一霸好不好？"

程嵘漫不经心地扯着我头发玩，一脸你开心就好的表情。

"别扯了。"我撩开，"再扯我要秃顶了。"

程嵘愣了愣，问："不是已经秃了吗？"

我：“什么？”

“你没看过你头顶吗？你给头发分边的时候会有一条泾渭分明的线，那根线附近都没有头发。”程嵘端详了一会儿，补充，“只看得见头皮。”

我：“你给我闭嘴！”

程嵘：“我说的是事实啊。”

我：“滚！”

我严重怀疑程嵘今年八岁，因为七岁八岁狗都嫌！

我没想过会看见程嵘跟人动手。

那是星期五下午的第二节课，我正在跟张晚晴讨论人杰地灵的白沙洲，怎么会养出程嵘这样怪脾气的人。

张晚晴一边看老师，一边抄作业，下笔如风，抽出空来高深莫测地跟我说：“凡事多在自己身上找找原因。”

这话实在让我听不懂，难道是我跟她们搞音乐的有代沟？

窗外一声霹雳，引得教室里一片叹息，最后一节体育课泡了春霖，还好春雨只洒了半节课就停了，我满心以为只要不下雨，操场是湿的也不妨碍上体育课。

结果下了课，周安妮站上讲台通知：“我跟体育老师说了，今天的体育课推迟一点上……”

“嘁——”教室里怨声载道。

“安静！”周安妮板着小脸蛋，严肃地说，“只占用一点点时间，大家换好座位就可以下去上课。”

有时候，一个班长的职业生涯和民心向背就靠这一句话，班里瞬间沸腾，一拥而上挤过去看座位表。

座位一般都是滚动调换，例如第四大组变成第一大组，其余依次向左推。

我等讲台上的人少了，才凑过去看。

“班长，所有人都没动，为什么我跟张晚晴的座位变了？”

我怀疑她公报私仇，毕竟上个礼拜我跟她吵了一架，之后她参加比赛的机会也被张晚晴抢走了。

张晚晴也指着座位表问："座位都是按高矮顺序排的，我们为什么坐小组最后一位，还是垃圾桶旁边？"

周安妮不耐烦地看着我们，她的余光扫到张晚晴手背上的红色肿包时，像看见什么洪水猛兽似的马上往后退，并大声喊道："你——你们离我远点！"

我和张晚晴面面相觑，不懂周安妮在玩什么把戏，夸张的表情和语气怎么跟演电视剧一样？

"你能不能说别人能听懂的话？"我板着脸问。

张晚晴也一脸费解。

"听不懂？张晚晴你是装傻吧？我听说，最近好多人生病，而且很多都是你们白沙洲的人。你看你手上的包，你肯定有血吸虫病，谁知道会不会传染啊！"周安妮马上就回了嘴，不过一句话，立刻引起了周围人的惊讶议论。

东雅中学有初中部和高中部，是离白沙洲最近的学校，因此很多人都在东雅中学念书。

"血吸虫……传染？"

"昨天广播还点名叫她们去验血呢。"

"你看张晚晴的手！那么多包，说不定就是血吸虫附在上面了。"

我下意识地跟着看过去，张晚晴慌张地把手往袖子里缩，我发誓我只是觉得衣领有点扎，抬手挠了挠脖子，周围人全都神色复杂地退开。

转瞬之间，我跟张晚晴周围形成一个小小的真空地带，所有人都离我们远远的。

忽然有人说："她们为什么还来上学，不知道会传染吗？"

有个女生惊呼："我早上跟张晚晴说了话，还碰过她的手……"

"喂——"

我转脸看向周围人，但他们就像跟我跳恰恰，我进，他们就退。

张晚晴先是难以置信地看着周围，她从来都是接受夸赞和追捧，从没见过这样恶意满满又都是嫌恶的眼神。等意识到这样的眼神是真实存在的，她难以接受地将自己一直仰着的头都低下避开。

我不忍心再看她这样，说：“最后一位就最后一位，我们走。”

我和张晚晴只好忍气吞声地将课桌搬到后面去，经过程嵘座位的时候，他支着椅子看着我，眼睛里面一片平静，仿佛不知道刚刚讲台边发生了什么。

我一口恶气涌上心头，故意把桌子一甩，桌腿撞到他腿上，他却面不改色。

疑惑的声音从背后响起：“丁小澄？”

我恶狠狠地回头：“干吗？”

开口说话的人却不是程嵘，而是温渺。他耳朵上还挂着一边耳机，手里拿着刚扯下的另一只，似乎之前都在沉迷游戏。他眼睛在我和张晚晴之间来回，问：“怎么了？”

我气得直瞪眼。

程嵘呢？程嵘给了我后脑勺一击！

哪怕我从小就知道程嵘不爱说话，不爱出头，这一刻也忍不住气愤又委屈，为什么程嵘一句护着我的话也不说？

我撂下一句：“没什么！”

我搬着课桌放到垃圾桶前面，张晚晴的课桌在我旁边，她的课桌刚贴上前面人的椅背而已，前面的男生听到动静立马转过身，用脚尖抵着张晚晴的课桌往后推：“隔远点，我怕被传染。”

一句话，引来哄笑一片。

从刚才到现在，张晚晴一直低着头，我看不到她是什么表情，等我看见水滴打在张晚晴的课桌上时，我才明白她哭了。

那一刻我前所未有地愤怒起来，压抑许久的怒意都爆发了出来。我仿佛意识不到前面的杨超是个高大强壮的男生，抱着课桌往前面一甩：“你再说一句试试？”

青春期的少男少女对一切都格外敏感，不管是学习运动还是样貌打扮，大家都喜欢暗自较劲，比来比去，一点都不愿意服输。男生的好胜心尤其强，在他们心里，也许其他的都能输，但面子不能。

我的宣战致使杨超瞬间恼羞成怒，他毫不客气地讽刺道：“你朋友有病就去看医生好吗？她有传染病还到处瞎跑去参加比赛，不知道是害人害己吗？”

传染病，比赛，害人害己……这几个关键词不断涌入耳朵，我瞥见张晚晴止不住地哆嗦，默默攥紧了拳头。

教室里吵吵嚷嚷，他们不时回头张望，像是在做自己的事，但眼睛出卖了他们，因为他们的视线都在往我和张晚晴的身上看。

怎么突然我和张晚晴就落到这个地步？太戏剧化了，简直不像真的，我不清楚当这是玩笑的人有多少，但我心里固执地认为，这都是周安妮弄出来的。

周安妮站在不远处的过道上，劝大家散了，别闹了，她在听到“参加比赛”这句话时还附和：“我也觉得，有传染病就该待在家里隔离，跑出去比赛感染了评委怎么办？”

我半晌没吭声，突然弯腰摸出可乐猛灌一口，冲着杨超猛喷了一口可乐。

满座震惊，我扬扬得意。

“你知道血吸虫通过什么传播吗？唾液哦。”我笑着胡乱说着，但真把大家给唬住了。杨超一脸愣怔，还没反应过来是怎么了。

我又说：“高兴吗？你现在也被传染了。”

这样也不够解气，我两步冲到周安妮跟前，一把抱住她，在她脸上响亮地亲了一口，在她崩溃之前放手，宣布：“恭喜！你也被传染了！”

周安妮许多方面都比不过张晚晴，唯独洁癖这一项比张晚晴强许多倍，听我这样宣布，她顿时崩溃了，冲着我大喊：“啊！丁小澄，你神经病啊——”

杨超则破口大骂，还推开椅子准备找我算账，因他的举动，教室里顿时人仰马翻。

“别动手！”

“算了，杨超……”

“滚开！”杨超被人拦了两下，却还是冲到我跟前，手即将抓住我的时候他被人按住肩膀往后一拉。

“啊——”

座位在前面的程嵘不知道什么时候走了过来，他冷着脸把人撂翻，环视周围所有人，然后停在我跟前，他嘴唇抿成直线，一眨不眨盯着杨超。

杨超爬起来叫嚣道：“你别多管闲事！滚开！”

程嵘把我挡在身后。

我必须得承认，那一刻我觉得程嵘帅爆了！

“你们班在干什么？”

体育老师进来时教室里乱成一壶开水，到处都是沸腾的。体育老师是周安妮的救星，她红着眼眶对我进行控诉，在场认为我和张晚晴应该被隔离的不在少数，大家七嘴八舌说要去请年级主任。

因为老李请了假，现在只有年级主任能代为处理班务，体育老师听得头痛，感觉自个儿镇不住场子，颠颠儿跑去办公室搬救兵。

我看着体育老师离开，只觉得愤怒又憋闷，我甚至猜到我们的下场是什么——无论对错，我们都将被孤立。

整个班级的站位都显示出我们大势已去。

“嘭！”

一声巨响惹来所有人注意，温渺耳朵上还挂着耳机，他把杨超的桌子踹开，把自己的桌子放在杨超的位置上。

“不是说白沙洲的人都有血吸虫病吗？要隔离怎么只隔离两个？”

温渺是省队看好的田径苗子，待在教室的时间并不多，现在他一开口，大家多多少少都想起来，他也来自白沙洲。

程嵘一声不吭地离开，搬着自己的座位放到温渺旁边。

我相信人都有一腔孤勇，自己对敌时能生出无限的勇气，但当有人挡在我前面时，我的孤勇化作鼻尖的酸涩。

我们翘课了。

窝在废弃楼道里哭哭啼啼。

温渺显得十分暴躁，质问：“张晚晴哭也就算了，丁小澄你哭什么哭？”

程嵘坐在我边上，替我拿餐巾纸，脸上没有多余的情绪。

我愤愤不平地叫嚣道：“我哭怎么了，长着泪腺不就是让我哭的吗？”一点不觉得丢人，但我也没脸说，当杨超真的动怒朝我冲过来时，我才意识到我并不是“拳打白沙洲的老大”，我害怕了。

温渺哼哼唧唧，说：“行啊，那给你改名叫‘白沙洲哭霸’！”

我把擦眼泪的纸巾都往温渺身上丢，温渺一脸嫌弃，躲躲闪闪蹲到张晚晴身边。

手心里又被程嵘塞了一张纸，我瞥了下面台阶上的两人一眼，温渺老老实实地给张晚晴递纸巾。

我转头对程嵘说：“今天表现不错，继续努力。”

我一直认为程嵘不爱在人前说话，那就我帮他说；他不苟言笑又没什么乐子，那就我帮他找；他吃东西挑剔又麻烦，那就我帮他带……可朋友是相互的，他不一定要像我一样对他，但偶尔也需要他给一点小小回应，哪怕一点点，让我知道他也是同样在乎我的，那就足够了。

隔了一会儿张晚晴还是没缓过来，温渺掏出准备带去找队友玩的卡牌，四人席地而坐，勉强玩了几把。

卡牌类似狼人杀，只是把名字换成“守护神”“邪灵”“平民”之类，四个人玩，人数不够，只能凭诚信不睁眼。

于是我白天“首刀”温渺，晚上当“邪灵”第一个杀温渺，要我只是平民，我就偷偷摸摸把用来指认死亡者的塑料瓶调换方向，继续杀温渺。

玩到第三把时，我是个平民。我闭着眼去摸瓶子，前两把的“邪灵”默认了我杀温渺的操作，这一把我故技重施，将瓶口对准温渺。然而一松手，瓶子竟然一百八十度掉转对准我。

我睁眼一看，张晚晴捂着嘴笑，程嵘眼角弯弯，温渺压着瓶子，怒气冲冲地质问：“可算逮着了，我说怎么每次都是我死，丁小澄你使诈也不脸红心跳，脸皮够厚啊！我看你还敢玩花招！”

“玩花招”三个字音调拔高了，很快废弃楼道的下方飘来一个熟悉的声音：“哪个班的？不上课躲在这里玩？”

大家反应灵敏，抓起地上的手机和卡牌起身就跑。

我倒霉落在了后面，一回头就看见教导主任正强行想把脸塞进铁门的栏杆，异常凶悍地对我大喊道：“别跑！哪个班的，要是让我抓着你们——”

我吓得扭头赶紧往前跑，跑我前面的温渺这时突然回头朝我笑得一脸奸诈，他也喊：“报告老师，是初三一班丁小澄！”

竟然敢卖我？

我气得想跳脚：“他说谎！是初三一班温渺，体育队那个温渺！”

温渺先是瞪大了眼睛，然后干脆破罐子破摔说：“屁，还有程嵘，年级第一程嵘！”

太过分了！

我马上嚷嚷说：“张晚晴！还有张晚晴！”

等等，他卖程嵘我气什么，他卖程嵘我为什么要卖张晚晴？

算了，卖都卖了，也算有难同当吧。

我们那会儿多奇怪啊，团结一致又四分五裂，彼此依赖又互相攻讦，但并不妨碍那时岁月的可爱，就好像一辈子漫长，都会这样共度时光。

第二章

把这少年看进心坎

三月底，请假的老李终于回来了。对于“血吸虫”事件，老李的处理方式是“各打五十大板”，然后叫我和张晚晴都搬回原位。但是我们谁也没有动，老李劝了几句也懒得再管，只能放任我们四个人继续和其他人划清界限。

没过几天，中考和毕业晚会取代了“血吸虫”成为新的话题热点，当初选择跟风哄笑的人，现在选择了跟风遗忘。

唯有我们几个把这事儿装到心里，为以证清白，我拉着张晚晴去了外公外婆家，她身上的丘疹经过我外公——具有四十年行医经验的老中医确诊之后，立刻就确定是跳蚤咬的，不过这事儿到了张太太嘴里就成了另一个意思。

张晚晴回到家后高兴地转达了确诊后的好消息，张太太听完却说：“什么脏的臭的地方都去钻，惹跳蚤了吧？看你下次还去不去那谁家！”

“那谁”指的是我。我家的房子就是张太太口中的农村小楼房，住着一家十几口人不说，迫于生计，还不断搭砖房租给外来务工人员住。以前去找张晚晴出去玩的时候，我记得张太太说：房子乱，人乱，环境也乱。

张太太对我从小就是这个态度，我都习惯了，张晚晴却不乐意，跟她妈大吵一架，离家出走来跟我抢枕头，把这事告诉了我。

她走的时候，张太太放狠话说：“行啊，你睡她家去，走了就别回来！”

第二天张太太就打脸了。

张晚晴在校外的大提琴比赛上得了第一，我们四人决定在大学城吃饭庆祝，刚巧碰上洲上的邻居，于是这好消息就先于我们传回去了。

消息率先在菜市场传开，张太太听了喜笑颜开，从不肯踏足我家的她莅临寒舍，许下无数承诺，把张晚晴哄回去了。

但之后我就约不到张晚晴了。张晚晴整天跟我抱怨，张太太请了五批亲戚看“张晚晴大提琴个人会演”。

“笑什么？”

清明过后，夜风已经不那么冷了。白沙洲上不通公交车，看舞台剧的地方又不能停单车，我和程嵘只能从白沙大桥上走回去。

“笑张太太啊，张晚晴得奖已经快一个月了，她还挂在嘴边，隔三岔五叫客人来家里玩。我跟张晚晴一致认为她就是为了炫耀。”

程嵘没笑，语气很温和：“也许是觉得很骄傲。”

“她才得几个奖？把你那些年级第一，各种比赛的奖杯拿出来，你爸妈也很骄傲啊！”

“是吗？”

我看着程嵘，总觉得他带着点落寞，于是我停下来抓着他衣角。

“干吗？”

我答不上话。

小时候我羡慕张晚晴，也羡慕程嵘，他们有太多我没有的东西。有年除夕，白沙洲上来了龙灯表演，我爸怕我看不见，让我骑高马。我坐在我爸肩膀上，看到程嵘直愣愣地盯着我们，他脸上是不知掩藏的渴望，那时我才知道他也是羡慕我的。

后来听我妈跟大房子里的厨娘聊天，我才知道那对事业心重的夫妻几年难得回一次，而那一次他们让程嵘再度失望了。

因此很小的时候我便知道，程嵘脸上表现得再平静，对于父母，他始终是期待的。

所以从张晚晴得奖那天起，我就一直觉得程嵘心情不好。

我把这一点跟张晚晴分享的时候，她问：“程嵘一年四季都冷着一张脸，你从哪里看出他心情不好的？”

我解释不上来。

之后的一天，我们四人约好一起回家，临放学时，程嵘不见了。我去找他的时候，看到他的书包在桌上，单车在车棚里，人却不见了。

张晚晴和温渺一致认为“天才总有天才的事要处理”，只有我觉得不对劲，坚持在学校里找了很久。

我又把程嵘弄丢了。

之前一次是白沙洲小学要被拆掉了，告知我们来年开学要去新学校上课。老师联系不上程嵘一家，我主动申请了这个任务。然而程嵘一个假期都在国外，我又疯玩了一整个假期，便把事情给忘了。报到点名时，我才记起来。我哭哭啼啼往外跑，把我爸吓得抱着我用最快的速度骑回白沙洲。

而程嵘抱着自己的小书包，坐在紧闭的学校大铁门前，不知道坐了多久。看着哭哭啼啼的我，他鼓着脸说：“丁小澄，我等了你好久，你怎么才来找我？”

以至于这次我也深深觉得，程嵘在等着我找到他。

这次，我在一个荒了很久的斜坡找到程嵘，他呆呆地坐在掉了一地叶子的香樟树下，脸色苍白，就像我当年跌跌撞撞找到他时那样。

只是这次一米八的程嵘面无表情地看着我，什么话也没说，眉头倏地舒展了，他说：“丁小澄，你慌什么？”

我问他：“你干吗呀？闷声不响，一个人躲着，发生什么事了？”

程嵘把手机推到我跟前，按亮屏幕。那些消息都没被阅读，大意是说程嵘的父母决定回星城陪他中考。

与一般家庭的亲子关系不同，程嵘与父母的关系有些疏离，“有些”是我美化之后的修辞。

那些年程嵘每到了年关就开始情绪高涨，我知道是因为程先生程太太快要回来了，他很期待，然而很快就会陷入低潮，因为大人总有大人的事，只有偶尔让程嵘如愿的时候。

有年我给程爷爷拜年时撞见过他们相处的情景，程嵘试图凑到程太太身边，他们却忙着跟程爷爷分析公司产品的回报率和各类报表，我回家说给我妈听，丁太太叹息着说：“钱哪里有人重要？”

我那时听不懂，现在也一知半解，只觉得症结是程嵘不知道如何跟父母相处。我以为对症下药解决便好，哪知道程嵘说他需要散心，用一套《三体》舞台剧前排的票，把我带去剧院。

看完舞台剧，我以为他打算自我消化，回程时他终于忍不住开口，问：“你真的这样觉得？”

一点没有几乎满分，拿年级第一时的自信。

我醒过神，看见程嵘略带忐忑的脸，忽地觉得心疼，故意夸张地说：“拜托，你们家一楼客厅里一整面的奖杯奖状，这些不足以说明你的聪明才智吗？”

程嵘问：“聪明就能讨人喜欢吗？”他脸上只有疑惑，是一个不常与父母接触的小孩对如何讨父母欢心的疑惑。

我想说，不是这样的，不必要这样的，我们生下来不就该被父母喜欢吗？哪个小孩不是带着大人的喜爱来到世界上呢？

我拧着眉想了想，踩上低矮的桥墩，把两人之间的高度差降低。我将他整个人拽过来，企图用我的方式安慰他：“你知道什么样最讨人喜欢吗？”

“好看？孝顺？”

程嵘照着语文书提炼出几个答案，我统统都摇头，一副老大的模样拍拍他的肩，郑重其事地说：“程嵘，你这样最讨人喜欢。”

半秒或者更短的时间，我看见他笑了。

大桥上昏黄的灯光照着他的脸，灯光映进他眼里，细碎又闪亮，他嘴角弯弯，说不出的甜。

我也笑，进一步对他洗脑：“你看我妈多喜欢你，成天念叨程嵘这里好，那里也好……”

“你妈眼里，我有不好的？”

“对呀，就是没有不好的地方呀！”

“丁小澄也觉得我好？”

他目光灼灼地看着我，差点让我忘了台词：“好、当然好……”

为了不被他带跑节奏，我从桥墩上跳下来，继续往前走，大言不惭道：“甭管什么人，只要跟你待一段时间，肯定觉得你好，不不不，主要是优秀……你要给别人一个发现的机会，明白吗？”

我在前边絮絮叨叨，他在后边亦步亦趋，我一脚急刹掉头，他没刹住，把我撞出去又一把捞回。

“你，你要是不知道怎么跟他们说，就告诉我，我帮你说。”

程嵘抓着我胳膊，低下头，灯光被他遮住，在我头顶投下一片阴影，他凑近一点，问：“丁小澄，你今天怎么会来找我？”

我挑眉，说：“当然是因为你是我小弟喽！从小到大都是我罩着你，我不是你的守护神吗？”

因为个子矮的缘故，我没看清程嵘的脸，但我能听到他的笑声，感受到他呼出的气息，他好像说了一声“是”，但被桥上川流不息的车流声掩盖了，我没听太清。

我问：“你说什么？”

他说：“丁小澄，你会陪着我吧？”

语气像是陈述句。

我说：“那当然。”

也是陈述句。

白沙大桥上剩下两个对视傻笑的傻瓜。

“心情好了？”我笑嘻嘻地问，抓着他的胳膊转身继续走，“心情好了就回家，你记得把物理作业做了，我又跟老李谈了条件，得全班交齐。”

程嵘在我身后应了声好，问：“丁小澄你是不是戴了眼镜？”

什么？我明明视力五点零。

我说：“没有。”

他说：“你有，你戴了‘程嵘美化镜’。”

“那可不，我对你的‘美化镜’有一百倍，放大多少倍，你也是完美的！”

他能开玩笑，那就说明是真的心情好了。

我小时候总觉得白沙大桥特别长，今天程嵘跟在我后面，没走多久就到了下桥的地方。

下桥的地方是个旋转楼梯，上面有个小小的执勤亭。

我们慢慢并肩走着，忽然我听到一阵吉他声传过来，有男生在唱歌，声音挺耳熟的，他唱：“窗外的麻雀，在电线杆上多嘴。你说这一句，很有夏天的感觉……”

我和程嵘对视一眼，然后默契地站在执勤亭的另一面，听着那边的男生把歌唱完。当他唱到“唯一想要的了解”这句歌词时，他的听众捧场地鼓掌说好听。

我喊着“安可”冲出去，把抱着吉他的温渺和鼓掌的张晚晴吓到魂不附体。

“喔——”我用搞事专用语气指着两人笑嘻嘻道，“你们两个——”

夜风不凉了，带着夏天的味道，昏黄的灯光也变了颜色，似乎透着粉红。

温渺红着脸。

张晚晴说：“你闭嘴。”

“喔，有秘密！某两个人有秘密了……”我的语气称得上欠打，随后出现的程嵘成了我被张晚晴攻讦的理由。

张晚晴反咬一口说：“这么晚才回来，你们俩才是有秘密吧！”

我点头说：“对啊，舞台剧的票只有两张，我不可能便宜你吧？哈哈哈——”

“舞台剧？”

我说话的语气都能扭出波浪线：“《三体》呀！”

张晚晴尖叫一声冲上来掐我胳膊，却没想到程嵘拎着我就像拎着一个球，一拉就扯开了，完美避开了张晚晴的攻击。

我嚣张地大喊：“你们交代一下，是不是在一起了？”

两人脸色突变，都是尴尬不自在的模样。

我继续敲打二人："我之前就觉得不对了，我跟程嵘吵架那次，田径队的人都开始收拾跨栏了，温渺你还说要训练？还有信息技术课，张晚晴你小课老师跑到隔壁班去了，怎么跟你上课？那几次你们都在一起吧？温渺什么时候对音乐感兴趣了？都跟张晚晴学吉他去了？"

张晚晴看向温渺，表情很是一言难尽。

温渺看向程嵘，似乎有点不可置信。

程嵘站在我身后"扑哧"笑出来，夸我说："你真聪明，到现在才发现。"

"什么？什么？"我转身，震惊得不行，"他们告诉你了？"

程嵘心情好，语调有点飘："没有，我能掐会算。"

就这样，我戳破了温渺和张晚晴之间的小秘密，张晚晴也知道我去看了舞台剧，没带她。我以为这应该是两不相欠，结局却成了我得帮温渺和张晚晴打掩护。

"学钢琴为什么要遮遮掩掩？"

两人磕磕巴巴没给我一个合适的理由，我拧着眉想了想说："是不是张太太不乐意？"

"对！"张晚晴眼睛闪亮亮的，重重点头附和，"你也知道我妈那个人，一直是比较……"

"嫌贫爱富。"不仅如此，还特别看不起租住在我们隔壁的温渺家，如果说张太太对我称呼"那谁"尚可接受，对温渺称呼"卖菜家的"就显得难听多了。

我手一挥，大方地说："行吧，那我就大发慈悲，帮你们一把。"

张晚晴对我的态度非常不忿，倒是温渺郑重地跟我说了一声"谢谢"。我那时不知道这声"谢谢"多重，它藏着一个小少年对音乐最诚挚的热爱与渴望。

在我的掩护之下温渺进步飞速，除了钢琴和吉他，还学了张晚晴能借出来的其他乐器。他兴冲冲地跟我们郑重发布了他五月份的新歌，搞得好像自己是个一个月能发一首歌的当红歌手一样。

反正听着不错，就是一直不给新歌取歌名。

而我，因为陪程嵘散心、解惑，得了程嵘的谢礼：一对一“家教”辅导名额一位。因为不能转让，我只能委屈听课了，没想到几个课时下来，我模拟考竟然考了全班第三。

我妈乐坏了，哪怕我这个全班第三只在年级排前二十，她也觉得光宗耀祖，连张晚晴约我去白沙洲公园玩也大手一挥恩准了。

表姐搬着小课桌在房门口写作业，我哼着歌打阳台路过，把她羡慕得不行，转头就跟她妈妈提要求。

舅母一巴掌拍她背上，脸上写满讥诮：“你学她？就要中考了还出去玩，以后只能上职高！考不上就只能辍学！”

我回头瞪着舅母，想说你才读职高，你才辍学！我们十几口人挤在一起，一锅吃饭，人多嘴杂，实在免不了口角。舅母一直认为我妈是泼出去的水，不该住在外公家，因此总喜欢挑事。

被我一瞪，舅母立刻瞪回来，还恶声恶气说：“看什么看？”

我这个暴脾气，撸起袖子要发火，突然听见程嵘在院外喊：“丁小澄——”

回头一看，程嵘已经在院子外等我了，我和张晚晴出去玩，除非逛街，否则少不了程嵘和温渺。

他也是人高看得远，把我的肢体语言看得一清二楚，见程嵘露出一脸不赞同的样子，我只能把剩下的话咽回肚子。

跟着程嵘离开后，我把事情经过说了出来，最后特别不高兴地问：“你拦着我干吗？”

他伸手弹了我一个脑瓜崩：“傻不傻？你跟她顶嘴，回头你妈找你算账还要给她赔罪。”

“那她也不能那么说我！”

“嗯，不能说，她是嫉妒。”

无责任偏袒让我舒坦不少，我笑着说：“你今天是不是戴眼镜了？”

程嵘：“嗯，戴了，丁小澄专用粉丝滤镜。”

这话直白得让我招架不来，自从上次跟班上同学闹了纠纷之后，程嵘就越发喜欢表达情绪了。

在往跟张晚晴约定好的码头走的路上，我忍不住问程嵘：“你想读哪个高中？”

作为近乎满分的怪才，程嵘就像一块肥肉，哪个学校都想把他叼走。某天放学回家时，我曾和他一起被其他学校的主任堵在路上，那位许下一长串承诺，细致到奖学金、餐补、车补，就差说只要你能来条件随你开，但程嵘对他们爱搭不理，到现在也没点头说去哪儿。

程嵘停下来，问：“你想去哪里？”

“东雅吧？”东雅中学是个老牌名校，有初中部和高中部，虽然近几年的升学率被其他新兴名校赶超，但也还有底蕴在。

“那就东雅。”

我掂量掂量自己的成绩，心里有点怯：“其实上东雅高中部我好像还欠了点。”

一只手盖我头上，程嵘说：“不怕。”

我抬头看他，他的脸离我很近，我没追过星，不知道近距离看到偶像时整个心跳加速能快得如同在蹦极。

我摸着心口咽口水，疑惑地看着他。

程嵘眉眼弯弯，没笑，但是眼里有笑意，说：“丁小澄，你乖乖听我的。”

这个说法好像有点怪？

“你只要听我的，就不会有问题。”

我看着他笃定的模样，突然就有了信心，又忍不住调侃他：“程小嵘，我说我想读东雅，你就确定继续读东雅。我去哪儿，你就去哪儿，是不是太没主见了？”

程嵘闻言一愣，眼尾倏地弯了。他柔声问：“你去哪儿，我就去哪儿，这样不好吗？”

他眼睛眨了眨，睫毛跟小扇子似的，忽然就让我乱了呼吸。我还没来得及维持我的“威严”，一阵单车铃声传来。

温渺骑着单车从一旁的小巷里冲出来，强行把我和程嵘分开。

“闪开，闪开——”温渺耍酷似的急转弯，然后一脚撑地刹住车，回头说，“你俩凑那么近，说什么呢？”

我脱口而出：“我们决定高中继续读东雅，温渺，你呢？”

笑容从温渺脸上消失，我想起温渺的父亲的打算，后悔自己说错话了。温渺的父亲希望他能进省队，这样不用担心他的前程，也能让家里多一份收入。

其实进入省队是有工资的，不过温渺在老家还有两个小弟弟，我不懂这两者有什么关联，我妈总说温渺这个孩子不容易。

“啧，我读什么高中，省队哭着喊着要我去呢！”温渺一脸不以为意，不给我继续发问的机会，冲着岔路口另一端喊，“小公主，叫我们出来玩的是你，来得最晚的也是你，你好意思？”

我往岔路口一看，从岔路那头骑着粉红色单车过来的人，不是张晚晴又是谁？张晚晴迟到了，但仍旧维持她慢吞吞的优雅姿态，骑着粉红色单车慢慢向我们靠拢。

到了跟前，她才继续跟温渺斗嘴，原因是她不准温渺叫她小公主——这是张晚晴的黑历史。

童年时她为了躲避练琴离家出走，被捧着烤红薯的我救了。我问她怎么称呼，她对着我的烤红薯垂涎三尺，趾高气扬地说：“你得叫我小公主！”

我当时纳闷，公主怎么还稀罕我的烤红薯。

温渺是铁了心造反，不仅抗旨，还嬉皮笑脸地喊：“慢吞吞公主，张小公主，公主殿下——”

气得张晚晴扔了车，追着温渺打。

我便顺手牵羊，直接骑了张晚晴的单车就跑。

“丁小澄，不是这样的！”张晚晴发觉了，站在大马路上喊，我停下来，听她分配，“你去跟程嵘说，要他载你。”

“为什么？”

“就两辆车，程嵘载你，温渺就能载我，懂不？”张晚晴看着我的眼神仿佛看一块榆木疙瘩。

我对这样的分配有点不满，对张晚晴那种看榆木疙瘩的眼神更不满，踩着单车一脚蹬出老远：“我不要人带，我自己骑！”

张晚晴有点气。

我没往心里去，踩着单车拐来拐去，嘴里还嘚瑟地说：“我管你们怎么分配，我反正要自己骑。大不了，程嵘走过去呗！”

程嵘出手时动作太快，我还没来得及反应就被他从车上拽下来。

“会摔……”动作太突然，吓得我叫嚷。

“不会！”

他说不会的同时顺势把我接住了，我摸了摸被他胸膛撞扁的鼻子，心里愤愤骂人。

我保证我只是在心里骂，程校草脑袋一歪，眼睛眯起，自上而下打量我，气势有点足，问：“刚刚跟我保证什么来着？”

我还没联想起什么，就听他说——

“还想不想跟我一起读东雅了？”

我点点头，莫名其妙被他托着腰，安放在车后座上。他扯扯我的头发，做结案陈词：“那你就老实点！”

程嵘载着我，回头看了一言不发二人组一眼，脚一蹬就骑走了。我坐在车后座上思考一个问题，明明是我先说我想读东雅，程嵘才决定继续读东雅的吧？怎么像是我死乞白赖非要跟他读一个学校一样？

欠教训。

我手往他腰肢那块掐，他浑身一抖，单车不受控制地走成 S 形。

“别闹！”程嵘气恼，“会摔！”

我学着他的口气：“不会！”

“哈哈……”占着便宜，我又故技重施，手还隔着一段距离，他突然伸手把我抓住，我嚷嚷，“我没掐你，松手！”

他说：“丁小澄，你现在在我的贼船上，你要是还动手动脚，我就两只手一起上了。”

这话我可不信，继续闹他：“你怎么两只手上，你得扶着车呢！”

“不扶了，同归于尽。”说完，他剩余那只手还真腾空了。

“别别！我不闹了！”我老实了一阵，看到路边的厕所又忍不住笑，“程嵘，程嵘，你记不记得你刚到白沙洲时说的第二句话是什么？”

程嵘显然也看到了那个公共厕所，耳朵倏地红了。

这个漂亮的小哑巴开口说的第一句话是：“丁小澄，你太坏了。”

说第二句话时，是他短暂人生经历的晴天霹雳。那时他已经是我的心腹小弟了，他傻乎乎地跟我进了女厕所。我还没来得及骂人，他先反应过来了，一张脸憋得通红，说：“丁小澄，原来你是女生。”

……

“哎哟，你还掐我？”

我几乎忘了，从我承诺不闹了开始，他竟然一直没放开我的手。

我费劲地把手从程嵘手里抽出来，说：“程校草，请你识相一点，我手里可有你的黑料呢！你是不是想让全校师生知道你进过女厕所？”

程嵘不屑：“你不也进过男厕所？”

“咳咳——”我顿时咳嗽几声，懊恼自己当初是脑子进了水。

车子停在白沙洲公园门口，两米高的栅栏里一片郁郁葱葱，我跳下车去跟售票员要四张门票。售票员看着电视，漫不经心地从票本上扯下四张，末了跟我说：“再过一两个月，就别来了。”

“这个公园开不下去了。”我复述给我的小团体成员时，大家听完都沉默了。

白沙洲公园说是个公园，其实很小，除了一片橘子林、一个跷跷板、一个滑滑梯就没别的东西了。它完全没有公园的样子，门票也只是象征性收几块钱，但这个地方只要是白沙洲的孩子，那就都来过——来偷过橘子，跟守园那条叫来福的狗打过架。

“有什么好叹气的，我们是来玩的！”温渺率先开口，“开不下去了也能来玩，武警驻扎地的橘子林不让进，我们不也进去了？”

温渺的话起了作用，或者说十五六岁的我们天生就是“快乐脑”。忧愁？不存在的。

白沙洲上到处是小孩子的游乐场，桥下的溜冰场，洲尾的沙石场，河畔的青草地，四通八达的胡同巷子，哪儿都能玩。这个下午，我们把那些年的根据地统统走了一遍。

累了躺在码头的石板桥上看天，张晚晴老在我边上折腾来折腾去，我忍不住问她：“你今天怎么比我还多动症呢？”

张晚晴白我一眼，看向拿着程嵘的手机打游戏的两人，凑过来问：“丁小澄，毕业晚会你决定当谁的舞伴了没？”

她声音小，我竖起耳朵听半天才搞清楚意思。我大大咧咧地说：“毕业晚会的舞伴？这才五月呢，你怎么这么早就开始惦记了？”

我的嗓门大了点，竟然把程嵘的注意力从游戏上拉了过来。

“你那么大声干吗？”张晚晴不满。

我不解地问：“难道不是我跟你凑一对吗？”

毕业晚会的舞伴没规定非得男女，往年最出彩的都是极具娱乐精神的男男拍档，表姐毕业时那一届就有一个高瘦子和矮胖子组成一对，还拿了人气大奖。

张晚晴嘟囔：“你真不懂还是假不懂？”

“啊？”我挠头不解。

张晚晴清清嗓子，换了个姿态，问：“喂，你们有想好邀请谁当舞伴吗？”

她是问“你们”，后来又特别追加了一句：“温渺，你呢？”

张晚晴并腿坐着，时不时理理头发。我来了兴致：“我看见过，有女生偷偷找温渺说这个事！”

温渺作势要打我，说：“丁小澄你少多嘴！”

“哈哈哈，还不止一个！”我就像个告密分子，异常积极，“有一个是你们田径队的吧？还有一个是二班班花！”我爬过去，手撑在程嵘肩上，一脸八卦，“温渺，温渺，你选哪一个啊？”

“你想知道？”

我回头看看张晚晴，她的手指扭成一团。我说：“大家都想知道！”

温渺一副正在思考的样子，目光挪来挪去，落在张晚晴脸上又躲开，嘴上很是嘚瑟：“我选……我凭什么告诉你啊！”

我不依不饶，一开始挑起话题的张晚晴却没兴趣了，话题无疾而终。

回程时，我和程嵘落在后头。程嵘问我：“要是有男生邀你当舞伴，你答应吗？”

“答应啊！”

他眼神有点冷。想了想，我补了一句：“不过也得看是谁。”

“比如谁？”他眼里充满鼓励，“说说看。”

我说：“比如贺纲就不行，练习时他把临时舞伴的脚都踩肿了，我不想遭罪。”虽然离毕业舞会还有段时间，但体育老师已经把体育课改成了练习课，上堂体育课就有人丢了脸。

“那你的意思，除了贺纲，其他人都可以？”

“其他人不至于把舞伴的脚踩肿吧？”

我自认为说得挺有道理，程嵘却突然冷了脸，他不同意就不同意，凶什么凶？

天擦黑，快走到分岔口时，前面远远地传来叫骂声和笨重的单车落地声，我和程嵘对视一眼，跑着往前面赶。

分岔口的老香樟树下躺着温渺的老式单车，他捂着脸站着，中年男人打了一巴掌不解气，又往他小腿上踹了一脚，嘴里骂骂咧咧地说：“玩到天黑也不回来，家里事那么多就知道在外边玩！你爹在外面累死了，回来一口饭也吃不上，养你有什么用？”

那时张晚晴已经沿着分岔口的另一条路回家了，我和程嵘站在十来米远的地方，不敢接近。

温叔是个温和勤奋的人，我从没看到过他脸上露出这样暴戾的表情。

温叔看到我们，愣了愣，从暴戾恢复到面无表情。他点点头算是对我打招呼的回应，一脚踹在温渺腿上，示意温渺推车回家。

这是温叔第一次在大庭广众之下这样对待温渺。

从前那些遮遮掩掩，温渺不说我们也装作不知道的东西全被掀开了。我那时才知道，生活会把人打磨成自己都不喜欢的模样。

程嵘和我一直等到他们从右边分岔路去我家后院才醒过神。

程嵘问："丁小澄，温叔讨厌温渺吗？"

我庆幸程嵘没问别的问题，例如温叔喜不喜欢温渺，或者温叔为什么要这样对待温渺。我隐隐约约知道答案。

但对着程嵘，我难以启齿。

后来网络上有一个话题，问大家是哪一个瞬间发现自己贫穷。在我们还没有体会校园霸凌之前，白沙洲的小孩已经率先学会了排挤。

我们这群小孩一致形成一个意识，就是不跟大房子和红房子里的小孩玩。

大房子里的程嵘和红房子里的张晚晴，那时我们不那么懂，但已经隐约意识到我们与他们的不同。

那些排挤，说白了就是嫉妒。

那天之后的一个星期五下午，我突然接到大房子主人的邀请，程爷爷请我去他家。我坐在程嵘他们家客厅的沙发上之后，他整个人显得非常活泼。

"可乐？冰激凌？"程嵘撑着厨房的门，声音遥远。隔了一会儿，他又走到我面前，眉头紧皱，生怕怠慢了我，又问，"要不，我带你去买奶茶吧？"

我摆手说："不不不，我随便，不用麻烦。"

程嵘家里静悄悄的。他家和我们家一样有前院和后院，不一样的是我们家前院养着鸡，后院全都是新盖的单间砖房准备出租，而程嵘家全都是花草和巨大的树。张晚晴说这叫庭院。

习惯了一大家子的吵吵闹闹，对这份幽静我有些坐立难安。小时候隐约意识到的不同，长大后已经彻底明晰，不管你坦荡不坦荡，贫穷都无法隐藏。

我抓着程嵘的衣袖，要他低头："你爷爷叫我来干吗呀？"

程嵘没被接来之前程爷爷就是个脾气怪的糟老头，偌大的院子，要是有哪个小孩爬上墙头过来玩，肯定得挨他一顿骂。

把程嵘接来之后，他倒是和颜悦色不少，但对象仅限于程嵘和程嵘的玩伴。我内心对程爷爷还是很敬畏的。

程嵘目光灼灼，像是忍不住想提前揭晓大奖，他问："丁小澄，你愿不愿意……"

"咚咚咚！"

拐杖杵在地砖上发出声响，我往声音的源头看，程爷爷被护工搀着，从一扇雕花木门里走了出来。

"丁小澄。"程爷爷努力露出和蔼的表情，但他严肃了几十年，表情做得不伦不类。

我站起来，乖乖喊了一声"程爷爷"。

程爷爷拉着我坐下，神情犹豫，闭了闭眼才开口说："孩子，爷爷有件事想求你帮帮忙。"

"求"这个字眼让我瞬间愣怔，张皇失措地寻求程嵘的帮助。

程爷爷却让程嵘先回自己房间，我没了可以求助的对象，对眼下的情况莫名不安。程爷爷问我："孩子，你觉得程嵘和白沙洲其他的小孩有什么不一样？"

我顺着话想，有什么不一样，不一样的地方可多了，光是聪明这一点就足以让程嵘鹤立鸡群，白沙洲上能几乎考满分的孩子可就他一个。

但程爷爷对我的答案并不满意，他说："我也不兜圈子了，你或许知道他是为什么被送来白沙洲的。"

我心说当然知道，被保姆折腾，在深圳没人照看嘛。

"他当时被心理医生确诊为自闭。"

自闭？像是哪儿的小孩扔了个炮仗，我脑子里"轰"一声，身体不由自主地往后靠，磕磕巴巴地说："怎么，怎么可能呢……"

他也就是不爱说话而已，他也就是……

我不能接受这样的信息，程嵘和自闭，这是两个不相干的词。

程爷爷很快把话补全："当时确诊是轻微自闭，他来洲上时你就救过他一命，我想你应该记得，他当时一直不肯说话。”

是了，否则我也不会把他上白沙洲时说的那几句话记那么清楚。

“可是他现在和我、温渺还有张晚晴，我们都玩得挺好啊！”我想推翻这一点，却忍不住动摇。我想起周安妮跟我吵架时，她质问我是不是程嵘的代言人；想起程嵘不爱说话时总看着我，让我帮他说……

他就只是不爱说话而已，这不是学霸的高冷吗？电视剧里的学霸不都这样吗？

程爷爷有些欣慰：“说明这些年心理医生的辅导确实是有效果的。”

“心理辅导？”

程嵘每两个礼拜去河西听一次“课”，那个“听课”就是去见心理医生？

原来蛛丝马迹这样多，我一直以为自己很了解他，其实什么都没发觉。猛然被告知一切，我才明白程嵘背负着秘密在我们中间走了那样久。

程嵘是什么样的感受呢？

我转头看楼梯，楼梯空空荡荡。

程爷爷说了很多，我时不时点头，但其实两眼放空，神思飘忽。

程爷爷絮絮叨叨地讲他身体不好，耳朵不太灵光，跟心理医生沟通时反应不过来，也难以观察到程嵘有什么变化。他期期艾艾，磕磕巴巴，最终才说出主题：“你能代替爷爷，陪他去心理治疗所吗？”

我诧异：“啊？”

“我能干什么？”疑惑脱口而出，罪恶感随之降临，我第一反应是害怕。

程爷爷顿了顿，絮絮叨叨的嘴突然闭上，所有的话戛然而止。他闭了闭眼，叹息说：“是啊，你也只是个小孩。”

我只是个初三的学生，我能帮程嵘什么？我只是个小孩，我怎么担得起这样大的事？我陪他去见心理医生又需要做些什么？慌乱又抗拒，我怀疑自己能否起到作用，也觉得我完成不了这样的事。

可程爷爷的叹息又让我觉得难过，我盯着他混浊的眼睛，怀疑他要掉下眼泪。

忐忑、局促，我找不到地方摆放我的手，意外揣进口袋里，却摸到一张四四方方的牌。

我把牌掏出来，摊在手心，看到那张牌时我愣住了。这是周安妮送给程嵘的卡牌，躺在我手心的这一张叫“守护神”。

——从小到大都是我罩着你，我不是你的守护神吗？

——是。

六岁的程嵘说：“丁小澄，你怎么才来找我？”

十六岁的程嵘说：“丁小澄，你慌什么？”

我……我不是程嵘的老大吗？我不是他的守护神吗？

我抬起头，突兀地发问：“程爷爷，为什么是我？”

和程嵘走得近的玩伴不止我一个，为什么是我呢？

程爷爷张张嘴，说：“因为……”

因为程嵘相信我。

初遇时，我把他从水坑里拖出来；年幼时，我把他甩下又掉头去找……我们一同走过这样漫长的岁月，我再如何口是心非也无法否认我们的默契，他也不曾怀疑，从不觉得我会将他抛弃……那我怎么敢辜负？

“程爷爷，您再给我说说，去心理医生那里需要注意些什么？”我找护工小哥要了本子和笔，把程爷爷说的内容都记下来。

程爷爷絮絮叨叨地说，我奋笔疾书地记，直到写满一页纸了，太阳西沉了，程爷爷才反应过来：“孩子，你这是……”

我说：“程爷爷，我和程嵘是朋友，他愿意相信我，我也不愿意辜负他的信任。”

“啪嗒”一声闷响，声源处是楼梯那儿。

我转头往楼梯那儿看，楼梯拐角处有个掉了一只拖鞋的少年，我盯着他看，好像把这个少年看进了心坎。

第三章

雨过天晴

“程嵘……”我对程嵘笑了笑，以为能起到安抚作用。

但程嵘见了，反而打了个激灵，噌地转身跑了。

程爷爷顺着我的目光看过去，楼梯口空空荡荡，还以为我发癔症了，转头看我时眼里带着疑惑。我没跟他解释什么，因为楼道口除了被程嵘落下的那只拖鞋，没什么能证明他出来偷听过。

本子上写满注意事项一到三十五，程爷爷疲倦了，摆摆手说明天再继续。

我目送程爷爷离开，在楼梯口捡起程嵘那只毛茸茸的布朗熊拖鞋，敲开了程嵘的“闺房”。

“程小嵘……”

程嵘一看见我，就从床上蹦起来，往阳台走，没理我，从嵌在阳台墙边的铁楼梯爬上屋顶。

我把布朗熊拖鞋丢了，跟着噌噌往上爬，还试图嬉皮笑脸蒙混过关。然而我才露出个头，脑袋被一股外力抵住——他禁止我往上爬。

我攀在铁楼梯上抬头看程嵘，程嵘坐在房顶伸出的平台上倏地俯身，他眼睛里带着晦暗不明的光，说：“丁小澄……”

说完这句没了下文，我忐忑地收起脸上的笑，跟他讲和：“好了，我不闹了。”

夕阳余晖映照着少年的脸庞，少年却目光幽深。他说：“你刚刚犹豫了。”

他说的是程爷爷请我帮忙时，我的第一反应。

谁把我心脏当大鼓敲，重重一击，害我心慌愧疚。

紧接着，他又说：“你沉默了。”

我怎能不沉默呢？我没脸解释之前的“退堂鼓”和忐忑。

沉默的瞬间，他笑了。

他一笑，我更慌。我认识的程嵘脸皮薄又敏感多虑，我得给他一个合理的解释。我试图在三分钟内憋一篇八百字检讨书，然而我刚想了一个开头，他骤然俯身，低头，脸与我的眼只差几厘米。那一瞬间，我看见他眼里的执拗和颤动着的纤长的睫毛——倔强脆弱的少年之美霸道地占据我眼帘。

我下意识地躲开，错开眼才发觉我刚刚忘了呼吸，又在心里再一次咒骂，这是颗心脏，不需要连续重锤！

只那一瞬，程嵘勾起嘴角，薄凉地笑了：“你还躲我了。”

我……我……

“我冤枉啊……青天大老……”“爷”字在程嵘薄凉的瞪视下被吞回肚子，我无赖般攀着他手臂，借力爬上屋顶，“让让，给我挪个位置。”

爬上去之后，我说：“手给我。”

程嵘脸上写着“你想干吗”。

不给我就抢，我把他手拽过来，“啪”一巴掌打过去，手挪开后，他手心里多出一张卡牌。

“这是不是你塞我兜里的？”

是那张“守护神”。上次玩纸牌游戏，他偷偷把它放进我的衣兜里，但我到今天才发现。

程嵘没开口，但耳朵表了态，悄无声息地红了。

转头后他又一脸冷酷，就像对待除了四人小团体之外的其他同学那样：“丁小澄，你走吧，就当你今天没来过，或者我们从来没认识过也行。”

我被他酸了一下，不是牙酸，是心酸。

我可以毫不夸张地说程嵘是白沙洲上最漂亮的孩子，他应该要被优待的，像张晚晴那样任性，像温渺那样嚣张。但程嵘不，他很冷酷，却只是看着很冷酷。遇到任何的冲突抉择，他不会说“丁小澄，你必须跟我站一边儿”，他只会说“丁小澄你跟他们走吧”，哪怕他真的很想有人站在他那边儿。

他总是仓皇地等着被人选择，在被人抛弃之前先说出“我不在意”，好像这样就成了真的不在意。

我不明白我什么时候把程嵘看得这样真切，看懂了，眼睛也湿润了。

我盯着他的眼睛，力图让他相信我：“我没害怕你。”

程嵘顿了顿，问：“你知不知道这是个什么病？”

我知道什么？我懵懂地表达我自以为是的乐观：“不知道，但这并不妨碍我陪着你治好呀！”

程嵘的脸色一瞬间变糟糕，张着嘴不知道该说什么，过了半晌像火山爆发那样喷薄出来：“它时时刻刻缠绕着我，有记忆以来一刻也不得放松！就像个满是负能量的垃圾桶……”

他的喋喋不休让我措手不及。这样的程嵘是我从没见过的，我潜意识觉得我该打断他，于是一慌乱就抖了个包袱：“正好，你是垃圾桶，我是垃圾。”房间不整洁时，丁太太就这么说我。

“丁小澄！”他气急败坏，倒真没有继续自怜自艾了。

我叹气，按着他的肩膀逼他跟我对视：“没什么大不了的，程小嵘，它就像一个小秘密，你和我之间的小秘密。

“就像张晚晴和温渺的小秘密是学音乐，我和你的小秘密是陪你两周去听一次‘课’，不会有人知道，一切会很安全。我会陪着你，直到……”

我想不到用哪个词来形容，不想用“病好”也不想用“痊愈”，顿了顿才继续说：“直到它彻底和你告别。”

我的手和他拿着卡牌的手交叠，然后用力扣紧，掌心隔着那张“守护神”卡牌贴紧。我举起交叠的双手，说：“程小嵘，务必给你钦定的‘守护神’一点信心！”

程嵘眼里闪着光，夕阳给云层和他的脸镀上一层好看的玫瑰红，他嘴角勾起，这次是温和的笑。

“丁小澄。”他看看我们交叠的手，又看看我按着他肩膀的手。

我等着他发表感慨。

他问：“你刚刚拿拖鞋的时候，用的是哪只手？”

“程嵘！”我咆哮，挥舞着爪子，猛虎出笼般扑过去，“你嫌弃我没洗手？我跟你拼了！”

在屋顶上打闹，闹着玩，还是拿命玩。

一个不小心我没踩稳歪倒了，一个不小心程嵘被我压趴下了。他躺在蓝色的瓦砖上，衬得皮肤倍儿白。

我心里痒痒的，贼心贼胆占据大脑，我扣着他的手，制住不敢轻举妄动的他。

“程小嵘。”我咽了咽口水。

我自上而下地看着他，这样的角度莫名有种我能拿捏住他的感觉。

“什……什么？”他说话都哆嗦了，脸颊通红，“你想干吗？”

我笑得不怀好意，说：“服不服？”

程嵘一脸“你说啥”的表情。

我学着我哥的口吻，逼他就范：“乖乖的，叫姐姐！”

这时，我妈的声音犹如晴天霹雳，从不知哪个大婶家的窗口里传出来：“丁小澄，你找死啊！”

丁太太攀着窗台，准确地从玉兰树缝隙里辨别出斜后方老别墅屋顶上的我，骂街一般嚷嚷：“三天不打，上房揭瓦！你还欺负程嵘？还带着程嵘爬屋顶？掉下去，脖子都要摔断！”

“妈，我不是，我没有，我没欺负他！”

我张皇地站起身，扯着嗓子跟丁太太解释。

丁太太完全不信，指着我说：“你等着！”而后她抄起晒衣架，从窗口消失。

求生欲指引我飞速逃亡，撒丫子在白沙洲的大街小巷逃窜，边跑边喊：“程小嵘，我逃命，你跟着跑什么？”

程嵘跟在我身后，没我喘得厉害，只是胸膛微微起伏，脸颊红润，发鬓微润。他咽了咽口水，刚要开口，有人抢答了，那人说：“甜酒，小钵子甜酒！”

“甜酒！买两碗！”

甩掉追兵，买了两碗甜酒，蹲在自来水厂门口的石墩上，我跟程嵘打商量：“好吃吧？一会儿你跟我回家，帮我跟我妈说说呗。”

程嵘拿着小勺舀塑料碗里的甜酒，姿态相当优雅，说：“是我先爬的楼，也是我先动的手。”

我欣然点头，表示他很上道。

“可她什么时候相信过？”

扫兴！我妈对我的信任大约只有八分这么多，剩下九十二分全是怀疑。一般来说我和程嵘一起被抓，我妈肯定说是我带坏了他！

失去生活信念，想着回家我也要挨打，不如干了这碗甜酒。就在我仰头的时候，一辆黑色轿车一闪而过，低洼处的水飞溅，正好溅到我腿上。

“会不会开车啊——”我愤愤地发表意见。

轿车里的人自然没空搭理我，牛气冲天地转向甩尾，拐去了另一条路。

“程嵘！”我抓着他的衣袖，问，“那车是不是你们家的？你爸妈不是说要回来陪你中考吗？”

程嵘愣了愣，反应平平，继续舀甜酒：“不是。他们……忙。”

“啊……”我愣住了。

程先生是个很少悔约的人，他总说忙不是理由。于是，我开始帮程嵘父母找借口：“可能，他们要晚一点吧？毕竟现在才五月，中考还有一个多月那么久呢。”

这话真虚，教室黑板一角写的都是“离中考只有 ×× 天”。

但这话却出奇地奏效，程嵘抬起头，眼睛忽闪忽闪，好像在思考我这话的可能性。

过了片刻，他想起什么似的，以一种大事不好的口吻说：“丁小澄，那车不是我们家的，是张太太的！”

“张太太的车，那又怎么了，你激动什么……”我后知后觉地闭嘴——张太太的车，张太太回来了！而张晚晴和温渺还在张家小洋房二楼的琴房里！我忘记通风报信打掩护了！

“快跑——”

抄近路，蹿胡同，翻台阶，我在白沙洲的大街小巷飞檐走壁，最终以超级英雄的落地姿势降落，带着程嵘猫在小洋房围墙外的梧桐树旁。

没有琴声！

虫和蝉也不叫，四周一片安静。

我喘着气，跟程嵘求个心安：“你说有没有可能躲过一劫？”

寂静的黄昏，突然爆发出一阵尖细的叫骂。

“你拦什么？练琴怎么了，为什么不敢让我进去？”张太太的声音穿透红砖，刺破耳膜。

没可能。

张晚晴虚张声势，声音比她妈妈更尖更高：“是丁小澄跟我学琴，告诉你多少遍了，你进来干吗？敲门了吗？出去！都跟你说了别来打扰我——”

最后一句破音了，引发张太太更猛烈的轰炸。

张氏母女俩在小洋房里争执不休，不要多久，就会有隔壁邻舍趴到窗边看热闹。

我想这样不行，必须解决眼下的困局，于是我踩着围墙，往树上爬。

梧桐树有根枝丫伸到琴房的窗台下，我顺着树，翻进屋，只要进去露个脸，张太太肯定能消停。但程嵘把我压下了，指着翻窗台爬上树的温渺说：“他已经出来了。”

我怀着侥幸往好的方面想，给张太太玩个大变活人也不错，只要不被抓到。

但张太太没那么笨，她还是突破了张晚晴的防线，声音越来越大。她质问：“丁小澄在自来水厂门口玩泥巴！你还想唬我？滚开，我倒要看看，里面的人是谁！”

或许，张太太早就知道琴房里的人是温渺了。

这是个连锁效应，白沙洲的人都知道，如果干坏事被抓的人是我，那我的同伙必然还有张晚晴、温渺、程嵘。如果我和程嵘蹲在自来水厂门口，那和张晚晴待在琴房里的人只会是温渺。

我们狸猫换太子的把戏被揭穿，温渺骑在梧桐树枝丫上，我和程嵘蹲在围栏边往上看，窗边趴着看热闹的人。

这个翻墙、爬树逃跑的场面太刺激，给张太太带来致命一击，我看见她瞳孔收缩，急赤白脸地张大嘴，开口就是一连串祖宗十八代的问候。

我也是那时才明白，脏话不难听，难听的是真话。

温渺骑在树枝上，手指正焦躁地抠着树皮。

张太太攀着窗户，指着温渺骂。她翻来覆去把问候方式骂出花样，还知道专门戳人痛处：穷，没出息，混混，手脚不干净……

“坏了根弦你都赔不起！

“穷鬼养出鸡贼儿子，还想学音乐？

“和你爸一样卖菜去吧！”

张晚晴脸色发白，拖长了尾音劝说张太太：“妈……”

“我还没说你呢！要不要脸啊……跟一个男的待……”

“哐”一声玻璃窗关了，有了阻隔，琴房里的声音嗡嗡的，听不真切了。

温渺从树上滑下来，翻过围栏往外走，对围栏外的我和程嵘视若无睹。

我和程嵘跟上他。

“温渺……”

我想我该说句什么，在“对不起”和“你没事吧”之间犹豫一秒，温渺停下了，他红着眼瞪着我。

我说：“温渺，对不起……”

温渺脖颈上的青筋跳动，质问：“丁小澄，你早干什么去了？”他快哭了。

年纪小的时候我们什么都可以不要，但一定要脸。

越穷越要脸。

我不是温渺，无法感同身受，但我知道刚刚那场面于他而言无异于剥皮去骨，把他所有的脸面和自尊全挫骨扬灰。

“我……”我得解释，又无法解释。因为程爷爷说：丁小澄，这件事整个白沙洲只有我和程嵘知道，现在多了一个你。

我不能说。

温渺看着我，眼里是失望和愤恨。

他声音变了调，凄厉地嘶吼：“打掩护、望风，你答应得好好的，可你人呢？”

“我……”

我该给他一个交代。

“你人呢？”

“我……我忘了。”

我做错事了。

张太太找到学校来，说要给张晚晴换班，谈了三四个小时，张晚晴的座位被搬到讲台边。

张晚晴搬走的当天下午，温渺把桌椅搬到第一小组的最后一位，与她成了一头一尾。

事情发生在下午第一节课之前，沸腾的教室因温渺的举动安静下来。整个教室里没人说话，大家都瞪着眼看温渺搬离。所有人眼里都写着好奇，无论善意或者恶意，他们都表露着一个信息：瞧，他们闹崩了。

那天以后，张晚晴对我也是不咸不淡的态度。每次我试图靠近，就会感受到来自张晚晴身上的“西伯利亚寒流”，接着就会听见周安妮幸灾乐祸的嘲讽。

中考前被减少到两周一节的体育课上，体育老师让我们意思意思，两两组队把交谊舞跳一遍就可以自由活动。

“你能不能对我专心点？”

耳边传来抱怨声。

我猛然回神，抬头便看到程嵘带着抱怨的样子，我下意识地想挠头，手却在程嵘手里。

“我又踩到你了吗？”

程嵘抬起脚尖，我的脚也跟着被撬起。

“那倒没有，就是一直踩着没挪地方。”

可不是踩着没挪地方吗？我挪开脚，白色三叶草鞋面上是我回力鞋的纹路。

我开口道歉，但显得毫无诚意，眼睛一直盯着角落看。角落站着张晚晴，她踮脚转身舞动，手虚虚搭在半空——仿佛有个隐形的舞伴揽她起舞。

那样也是好看的，她长发束起，发尾卷着小波浪，旋转时发尾也舞动，优雅又曼妙。换作是我，绝对没法这样化解没舞伴的尴尬。

准确地说，是没人愿意当舞伴的尴尬。

“程嵘，她还是不理我……”

温渺去集训了，班上人数成了单数，我原本打算和张晚晴组队，我跳男步，张晚晴跳女步。然而张晚晴却对我视若无睹，提高分贝问：“有谁想当我舞伴吗？”

当时周遭吵吵嚷嚷，不确定是没人听清，还是没人愿意，话音落地，无人响应。

周安妮突兀地嗤笑一声，眼睛滴溜溜地在我和张晚晴之间来回，说：“哟，级花也会没人愿意找她当舞伴呢！”

张晚晴无所谓地耸肩，对周安妮视而不见、充耳不闻。她踱到队伍最外围，找了块空地站定，掀起她不存在的裙摆，跟不存在的舞伴行礼致意，仪态大方。

于是乎，我与程嵘“牵手成功”。

听了我的烦恼，程嵘出主意，说：“我们也不理她。”

“别闹！”

“谁闹了？”他语气严肃，“你都已经道歉了，还要怎样？”

“我道歉也不代表人家就非得原谅啊……”

那不是逼着人家原谅吗？

我“制霸”白沙洲以来从没出过这种情况，我没有过和张晚晴吵架 24 小时还不和好的经历，也不知道该怎么处理这样的局面。

程嵘拉我一把，扯着我转圈，在最后一个定点卡住，跳完收工。

不等体育老师说解散，班上的同学都散开了。

体育课是下午最后一节，不少人想提前开溜，老师也清楚这一点，大多数时候都睁一只眼闭一只眼。

我松了程嵘的手，拨开人群往张晚晴的所在地去。

“你帮我想想，我该怎么跟她说……算了，还是别指望你来。”程嵘一脸不耐烦，我自讨没趣地闭嘴。

“晚晴……”

张晚晴在我开口的同时转身离开，走去墙角拿书包。

“老师说自由活动不等于提前放学……”

她转身，语气不善地说：“那你去告老师啊。”

我怔住，她明明知道我不是这个意思，却将我的话扭曲成这样。

“有脾气别冲她发。”程嵘忽然开口了，“之前是你非说学校琴房设施不好，要丁小澄到你家打掩护的。你难道不知道你妈妈对温渺有偏见，出事之前没想过被发现了会怎样吗？丁小澄是好心帮忙，你妈妈拿温渺撒气，温渺拿你撒气，丁小澄凭什么受你的气？”

我和张晚晴都陷入短暂的愣怔中，完全没料到程嵘会说这么长一段话。

“丁小澄向来对外凶狠，对内柔软，就像只刺猬。”程嵘完全是为我说话。

张晚晴因为他这番话神色动摇了，他又说：“上次换座位被排挤的事，是你受了委屈，她是因为帮你才跟人翻脸，你怎么好意思对她窝里横？”

我脸上烧得慌，又忍不住走神——原来我在程嵘心里评价这么高！刺猬，很可爱的嘛！

我盯着程嵘看了又看，他看懂我眼里的揶揄，当即伸手来遮我的脸。

然后就被张晚晴打断了，张晚晴一脸赧然，说：“丁小澄，我……”

我猜她是想给我道歉，却又拉不下脸，因此憋得一脸通红。

“好了，我知道了！”我不是不依不饶的人，何况是对喜欢的朋友。

我罩上去揽着张晚晴，一手勾着程嵘的臂弯：“温渺应该结束训练了吧？本老大勉为其难请你们撮一顿……麻辣烫！黄签别拿，红签随意！”

这两人异口同声地回答：“做梦！”

校门口街边的麻辣烫很简陋，就是一口大锅里放着若干竹签，红签是一块钱的素菜，黄签是三块钱的荤菜。

我们从秘密小巷溜出学校，在麻辣烫小摊贩那儿吃得肚子滚圆。张晚晴这个玩意儿忒不是东西，程嵘刚教训她，让她别窝里横，结果吃东西时拿的全是黄签。

愤怒让我面目全非，我跟程嵘告状：“张晚晴把我当肥羊宰了，你……你怎么好意思吃鸡腿啊！我一个礼拜的零花钱就这么点儿！”

程嵘捏着黄签，拿出一串基围虾。

“你还拿！”我试图在气势上压倒他。

他却一点不怕，拿了一个剥好的虾仁塞进我嘴里，而后用湿纸巾擦手：“她已经扫码付过账了。”

“你不早说，我吃的全是素菜！”

体育课到最后也没有点名集合就打下课铃了，我们带着打包的麻辣烫离开，去了体育队的专用训练场地。我和张晚晴在铁门边探头探脑，打里面出来的高年级师哥看见了，笑了笑说：“找温渺啊？他选上啦，教练放他假，让他跟家里报喜去了！”

“选……选上了？”

“什么时候？”

“就上周五的比赛啊！”

我转头，跟张晚晴面面相觑，眼里欣喜爆开，尖叫着表达情绪。

“啊啊啊——”

“太牛了——”

张晚晴把麻辣烫塞给高年级师哥，我推着程嵘转身就走，连再见也没跟对方说。我们直奔温渺可能会出现的地方——河东菜市场。

温渺家里卖小菜起家，赚了点钱，又添了辆三轮车卖甘蔗，一般都停在河东榕湾镇菜市场。

学音乐那件事爆发之后，张太太冷嘲热讽骂过几次。温渺因此挨了一顿打，原因是不务正业。在他爸眼里，温渺做进省队拿工资之外的事，都叫不务正业。于是除了上课和训练，其他的时间，温渺都被温叔勒令去菜市场帮忙。

“丁小澄，你快点！”

张晚晴在我身后嚷嚷，我踩着小公主的粉色单车载着她，一点都不觉得开心。

早知道我就去坐程嵘的车了。

我完全明白张晚晴为什么这么兴奋。温渺能被选进省队，就说明学音乐不会耽误温渺，这样温叔或许能让温渺学下去。

“温渺——”张晚晴跳下车后往人多的地方钻。

“喂，车没停稳……”

她已经跳了，力气还不小，反向作用力让单车失去控制，我把着龙头掌握不了方向，慌张地大喊：“张晚晴，你害死我了——”

车子在即将撞上卖桑葚的小簸箕时停住了。

我回头，程嵘双脚落地，单手扶车，另一只手牢牢抓着粉色单车的后座。

我长吁一口气，说：“有惊无险。”

程嵘看着我，脸上隐隐透着不满，开口就是责怪：“眼睛看什么呢？都叫你小心点了！”

程校草有时候非常不可理喻，有次我滑倒了，整个人滚到地上，沾了一身牛肉粉的汤。我跟他抱怨，他也怪我不小心。

我气死了，质问他：“我都摔倒了，怎么还怪我？”

程嵘当时说：“不怪你，难道还怪地吗？”

但这次明明是张晚晴的问题，我叉腰指着他准备理论，“哐当”一声巨响，周遭爆发喧哗声，声源是温渺家三轮车的方向。

菜市场人多，那块地方人更多，却又隐隐约约留出了一个包围圈。

“你们动我试试！”

是温渺的声音！

我甩下单车踩到路边石墩上往里看。

温渺被三个男人包围着，手里拿着削甘蔗的刀。

小混混模样的人嚣张地道：“动你怎么了，还拿刀，要砍我啊？”

温渺脖子上的青筋狰狞，犹如一只被彻底激怒的长颈鹿幼崽，凶悍但天真。

穿牛仔裤黑T恤的男人趾高气扬地看着他，气焰嚣张地逼近，如同鬣狗那样无赖，龇着獠牙伺机而动：“哈哈哈，小朋友手别抖啊！”

“赶紧找钱，别逼我们动手。”黑T恤男的同伙说。

我瞬间明白这是怎么回事了，一百块假钞买五块钱甘蔗，不找钱就掀车。

被包围的温渺护着妈妈，艰难地做困兽之斗。

“程嵘……”我下意识地看他。

程嵘张嘴吐出两个字：“报警。”

他掏手机，我踮脚张嘴嚷嚷：“我们已经报警了，派出所的人马上就来了！”

温渺于人堆里看见我，眼睛亮了一下，我给他比了个少安毋躁的手势。

清脆的女声在人堆里响起：“报警了，赶紧走吧。”是张晚晴。

“谁都清楚是怎么回事，警察来了就走不掉了。”围观的人没那么冷漠，纷纷附和。

为首的男人脸色变了变，三人交换眼神，我猜想这是他们想撤退的讯号。

在三人没彻底离开之前，我还是有点怕，我看到温渺拿着刀的手也在哆嗦，我想进入包围圈却被程嵘死死拽住……

哪里的喇叭响了一下，像极了警笛声。那三人一脸谨慎，不动声色地往外撤退。

“程嵘……”我抓着他的衣袖欣喜地说，“好像成功了。”

“小事情——”带着点忐忑的声音突然传来，有人拨开人群走进包围圈，对着那几人点头哈腰，从上衣口袋掏出一包烟，“小事情，小事情，不用报警……抽根烟……”

“嘁——”人群里不知是谁发出嘘声。

温渺不可置信地看着来人，问：“爸，你干吗？他们已经……”

温叔一巴掌拍在他肩膀上：“你闭嘴！”转头又跟那三人笑笑，一脸的讨好，“小孩子不懂事……”

围观的人群散了，报警电话掐断了，温叔没把零钱找给他们，但送了一袋甘蔗，又塞了一条烟。

我们被温叔赶走时已经六点多了，但天还亮得很。

我问程嵘这是为什么，明明那几个人已经退缩了，为什么温叔还要给他们塞烟？

程嵘按着我的脑袋说：“丁小澄你乖一点，别说话。”

我们四个人一字排开坐在桥面上，脱了鞋，把脚放进河里，河水没过小腿肚。我踢着水玩，侧耳偷听张晚晴和温渺说话。

“事情解决就行了。”

“他除了欺软怕硬还会什么？”温渺对爸爸跟小混混点头哈腰的事相当介怀。

“别说，你爸还给他们送烟，有点奴颜婢膝的感觉……”

张晚晴这话一出，我就转头盯着她看，“奴颜婢膝”这四个字有点过了。

果然，温渺暗骂一声，一脚踢过去，撩得河水四溅。谁也不愿意用这样的词来形容自己父亲。

“温叔也有他自己的考量。”程嵘陡然开口，“菜市场有菜市场的生存规则，总有人照管不到的地方。”

我缩着脖子偷偷看程嵘，想问的没问出来，就听见张晚晴说：“考量什么呀，不就是欺软怕硬呗。”

“张晚晴——”

“哗啦——”

“怎么了？”她挑眉问，完全没发现已经停止踢水的温渺又猛地踢了一脚。

我想我们都是双重标准的人，我可以说丁太太大嗓门特别粗鲁，但不代表我可以高高兴兴听别人说我妈是个大嗓门。

“你……”我转着弯给她使眼色，她一点都没明白。无奈之下，我只好强行转换话题，“你答应龚嘉禾的邀请了吗？”

张晚晴挺翘的鼻子皱了皱，说：“龚嘉禾太恶心了，整天显摆他的苹果手表，我才不当他舞伴呢。”她挺直背，故作自然地开口，“温渺，你的舞伴定了谁呀？”

这话直译过来就是——温渺，我允许你成为我的舞伴。

“王胖子吧。”温渺随口说。

“温渺！”她声音娇娇的，没一点生气的迹象。

我算是放下心来，佝着背把自己缩成虾米。

“丁小澄，”程嵘扯我的头发，问，“你不好奇我的舞伴是谁吗？”

雨过天晴，我也有心情说笑了。

“我知道呀！”我晃着脑袋特别高兴，程嵘也看着我笑。

“那你说是谁？”

我手托着下巴，食指点点鼻子，我就不说“我呀”。

我眼睛转了转，存心戏弄他，说：“食堂那条许倾城！”许倾城是食堂大厨许师傅养的斗牛犬。

程嵘没好气道：“好好说话！”

与此同时，张晚晴也被温渺逗恼了：“到底选谁当舞伴，你好好想清楚！”

突然，一声咒骂传来：“老娘把整个学校翻遍了也找不到人，你倒好，不练琴偷跑出来玩，还恬不知耻倒贴着要当人家舞伴？张晚晴，你要不要脸了？”

尖细的声音刮擦着耳膜，我们同时回头。

三米开外是一脸怒气冲冲的张太太。张太太抱着手臂，一脸讥诮：“看我干什么？我说错了？”

张晚晴脸都吓白了，哆嗦着喊叫：“妈，你瞎说什么啊！”

小桥上此刻没有行人，我们都吓得不轻，完全不知如何应对眼下的局面。

张太太盯着温渺，又看看张晚晴，刻薄地道：“倒贴一个卖菜的……”

“恬不知耻、倒贴什么的，你别以己度人了！”温渺梗着脖子，无视张晚晴难看的脸色，“舞伴的事你放心吧，我就是选食堂那条斗牛犬，也不会选你女儿！”

“温渺，你王八蛋！”张晚晴爬起来，赤着脚跑了。

我看着张晚晴仓皇而愤怒的背影，想说谁告诉我雨过天晴来着？

第四章

没资格一起

气温持续升高，我们在东雅中学就读的第三年也没盼来入学时校方承诺的“装空调”。

没雨，天气闷热得很，吊扇搅动着闷热的气流，发出令人烦闷的声音，一整节自习课，没谁静得下心。突然，吊扇的嗡鸣声增大了几倍，有好事者往窗外看了一眼，立刻惊呼：“看，八爪鱼！”

“啪嗒”一声，谁把窗推开了。

“懂不懂？懂不懂？明明是航模！”所有人转过脑袋看热闹。

我趴在桌子上，再一次叹气。上一次和解失败，老李彻底没耐心等待了，就座位的问题发出强制性命令，现在我和程嵘成了同桌，而闹得天崩地裂的张晚晴和温渺各自单着。

程嵘把座位搬到我旁边时，周安妮斜着身子冲我发出无数眼神攻击，冷哼一声接着一声，害我差点没问她是不是鼻炎犯了。

刺激周安妮的大好机会也被我放弃了，我心里有事，对什么都提不起兴趣。

“唉……”

程校草抱着一本英文书，撸猫似的摸我的头：“你怎么总有那么多操心事？”

“你难道一点儿不担心……”

“哐”一声，悬浮在窗外的航模忽地跟玻璃窗来了个猛烈接触。

真把我吓一跳，我不由自主地哆嗦一下。

我往窗外看，好家伙，悬浮的航模上绑着一块小横幅，横幅末端吊着一朵向日葵，横幅上中英文交错。我定睛一看：“天哪——”

“张晚晴，上面写着你名字！”

前边的杨超吼着粗嗓子公布消息，没人守堂的自习课忽然像水溅油锅，炸得噼啪作响。

正闹得沸沸扬扬时，张晚晴撑着讲台边站起来，傲气回复：“杨超，你闭嘴吧！”

杨超被骂了一句反而更起劲了:“让我看看上面写着啥——张晚晴，May I？”

“是舞伴邀约！”

有八卦的女生趴在窗边往下看，认清始作俑者之后，转头大喊：“张晚晴，龚嘉禾说‘May I dance with you？’”

“哟嚯——”

拍桌子的、瞎喊叫的，闹个不停。

出动航模来做这事，在场的各位有羡慕也有不忿的。我一眼扫过去，只有温渺盯着自己的课桌，手攥成拳头。

张晚晴甩着波浪卷的马尾从温渺身边走过，眼睛长在脑门儿上似的，还学着犯鼻炎的周安妮冷哼。

“快看——”我揪着程嵘的衣袖大呼小叫，期待接下来的场景，以为会有什么大事发生。

然而，温渺就这样放任张晚晴离开，什么也没发生。

“真没劲……”我撇嘴，转身靠着桌子，看张晚晴接下来的动作，问程嵘，“你说张晚晴会同意吗？”

程嵘表情欠揍，一副懒得搭理的模样。

张晚晴研究了小横幅一会儿，也不搭理楼下喊叫的龚嘉禾，拿着不知从哪里找出来的油性笔，打开窗户，揪着那朵向日葵，在小横幅上写下俩字——待定。

我托着下巴感叹：“哇，好——”

“怎么，你羡慕？”

冷不丁被程嵘问起，我看他，他却还看着英文书。程嵘转头看我，还是百忙之中抽空看的一眼。

“好老套。”我撇嘴，“十部偶像剧九部这样演啦，龚嘉禾真是一点新意都没有。”

“话不是这么说的，龚嘉禾没新意，但是家里有财力啊！”杨超转过来加入谈话。

“血吸虫”事件之后杨超单方面跟我和好了，我并没有同意。但是他似乎天生少根筋，很多时候他不是故意搞事情，只是忍不住凑热闹，忍不住哗众取宠。

“喂，朋友，张晚晴看起来像是会稀罕他们家钱的样子吗？”

程嵘合上书，轻而易举地从杨超那儿夺走我的注意力，他问：“那你喜欢什么样的？”

“那当然是……”我语气矫揉造作，脸上的娇羞几乎满分，被程嵘眼睛一瞥，我立马收敛戏精姿态，乖巧坐好，“那当然是有心就好。不过……江边写字楼那么多，要是有一栋为我亮灯的话，我会超开心的！”

星城大小算是个造星城，曾经有位“小爱豆”来星城时，他的粉丝团倾尽心力为他买了一座楼的户外广告。这个行为被我称为“亮灯”。

杨超插嘴：“小姐姐，你这不是向钱看齐，你这是向花钱如流水看齐！”

我一巴掌把杨超扇回去，附赠一句：“少女情怀总是春，没听过吗？”

“丁小澄！”

“嗯？”我下意识地转头看向程嵘，他下巴朝着另一个方向点了点，成功让我乖乖跟着看过去。

不妙！

张晚晴杀气腾腾地杵在温渺的课桌前，拿着那朵从航模上揪下来的向日葵点着温渺的课桌。在她说出什么惊世骇俗的话语之前，我腾地站起来，喊：“张晚晴——”

张晚晴应声转头，而我却没了下句台词。

“干吗？”她问。

“这个……”我还没想好借口，幸好开完班主任会议的老李及时出现，救我一命，我正气凛然地回答，“老师来了。”

老李走上讲台，开口说的第一句就是问责：“怎么物理课代表站着维持纪律，班长却坐着不动？”

身为班长的周安妮转头瞪我，眼里有杀气！

老李你误会了，我……算了，我跟周安妮的恩怨不差这一星半点。

老李照例念叨中考在即，抓紧复习，照例旁敲侧击让大家中考志愿都填东雅。苦口婆心地念叨半晌，他的话锋才由苦转甜：“我们班除了年级第一程嵘，又多了两个出风头的人物呀！”

老李的褶子脸笑成菊花，还让人猜是怎么回事。

大家配合他演戏装猜不中，让他高兴半天，他才公布好消息：“艺术班考核成绩出来了，我们班有同学考了专业第一啊！”

近两年星城越来越跟得上时代潮流，东雅高中部设立艺术班，还模仿各艺术高校艺考一样建立初升高艺术班考核。老李说的艺术班考核，周安妮和张晚晴都参加了，此时提起，不用想我也知道是说她们俩。

班里的议论声如几千只苍蝇同时振动翅膀。有人按捺不住了，高声问：“是谁？周安妮还是张晚晴？”

周安妮又神气起来，约莫是把背背佳拉到极致，背挺得笔直。

老李道：“安妮？安妮成绩也不错，不过专业第一是张晚晴！”

嗨，老李这大喘气！

“噗……”我揪着程嵘的胳膊，把脸埋在他衣袖里，遮住得意忘形的笑容，“周安妮得被老李气死。哈哈哈，你瞧见没有，跟奥斯卡最佳女演员颁奖一样，老李说她名字时，她都快站起来致谢了！”

程嵘点着我的鼻子说：“调皮。”

我怔住，不知道笑了。

“李哥！李帅哥，另一个出风头的人是谁？是不是温渺进省队了？”

教室里安静两秒，立刻爆出巨大哄闹。因为温渺是田径队队员，连带着全班人对奥运会田径比赛的关注都多了起来。那时我就做过这种梦，无限憧憬地说：“温渺，有生之年，你一定得让我们在电视上看到你！”

温渺对我这个梦想嗤之以鼻，说：“出息，你就不能去现场看吗？”

这时宣布温渺进省队，大家都有股与有荣焉的兴奋。

然而，温渺相当淡定，支着椅背解释：“教练只提了一句，具体进没进还得等名单。”

我转头跟程嵘求证，还没开口问程嵘就替我解答了：“他说的那个教练是省队的领导。”

言下之意就是那位教练说话很管用了？

我喜滋滋地给程嵘抛媚眼，捂着心口说：“程卿，你可真是朕的小蛔虫！”

典型处女座的代表人物程嵘，闻言脸色一变，拧着眉说：“丁小澄我是不是对你太好了？”

“丁小澄——”老李叫道。

人倒霉的时候，连点名都会被人点两次。

“在！”

老李站在台上，痛心疾首。在我以为大事不妙之时，他倏地笑了，就像寒冬腊月盛开的老菊花，他循循善诱：“小澄啊，你看大家都是白沙洲出来的孩子，怎么就你……”说完，他还叹气，一副怒其不争的模样。

我相当不服气地说：“我怎么啦？我难道不是全年级最了不起的物理课代表吗？我‘老板’很牛的！”

主职物理老师兼职班主任的老李瞬间失笑。

程嵘的表情难得一见地跟所有人同步了，都是一副要吐的模样。谁叫我戏精本色，拍马屁无敌呢？

但也有我这样的“无敌”搞不定的时候。

放学之后，温渺走出破除寒冰第一步，正准备跟张晚晴搭讪时，龚嘉禾突然出现了。

人民币玩家一出场就带着他的电动车抢夺目光无数，再加上一张求而不得的《三体》舞台剧入场券，张晚晴瞬间把温渺忘到天边。

张晚晴并没有占人便宜的想法，问："多少钱，我给你。"

龚嘉禾没要钱，而是邀请张晚晴上了他的电动车后座。张晚晴犹犹豫豫，最终还是坐上了后座。

"张晚晴——"温渺只来得及喊她名字。

张晚晴像是才看到温渺一般，说："舞台剧七点就要入场，有什么事明天再说吧。"

一阵轰鸣，龚嘉禾载着张晚晴扬长而去，留给我一辆粉色单车和急需安慰的温渺。

"别想了。"我拍着温渺的肩膀安慰他，"路口有交警，他们很快就会被抓的。"

温渺瞪大眼睛，仿佛见鬼。

我说："开玩笑嘛。不过你现在才知道后悔，当初怎么不知道住嘴？"

本世纪最伟大的哲学家我妈，丁太太，常说相骂无好言，越是了解，越是熟悉，在气头上越要控制情绪，因为出口必伤。

温渺闷声不语，脸上的懊悔不是作假。

我有心想问他，为什么之前张晚晴旁敲侧击那么多次，他却始终没有一句准话。可看他沉闷的状态，我也不好再提了，随手掏出一条巧克力递给他："听说吃巧克力能让人开心，你试试？"

温渺咬下一口，程嵘从办公楼出来，一眼就看到了我俩。

"程嵘，出来了？是跟你说升高中部的事吗……怎么了，看着我们干吗……"话说到一半时，我声音停了，循着程嵘的视线看向温渺的手。

手？巧克力？

巧克力！

我哆哆嗦嗦地抢夺巧克力：“那什么，渺渺，这巧克力过期了，我换个别的给你……”

温渺手一扬就躲开了，还看了看包装，道：“还差半年呢。”

巧克力上还有温渺的牙印，要是温渺拿了奥运冠军，我倒是能把这玩意儿拿出来炫耀，但现在……我满脑子都是上次陪程嵘去见心理医生时，心理医生说的话：他有极严格的心理舒适安全标准。

也就是说，我把程嵘给我的东西转手送给了温渺，可能导致……

“这是我给你的东西。”程嵘表情冷漠，目光锁定我。

他什么时候走到我跟前的？看他这样子，我莫名心慌！

“给丁小澄的？怎么没见着给我吃点，你也太偏心了吧……”温渺嘟囔着。

巧克力是不是能让人开心我不知道，但我知道下一秒温渺就不开心了。因为程嵘伸手从温渺手里夺走巧克力，两步跨到垃圾桶旁边，眼睛直勾勾地看着我：“我给你的东西你不要，那就丢掉。”

“咚”一声，巧克力掉进空荡的垃圾桶。

这一刻温渺的脸，臭得像垃圾。

“你什么意思？”温渺冷静得很，就是涨红的耳朵不太冷静。

我把人拦下，劝解道：“处女座嘛，理解一下，理解一下。”我给全天下处女座诚挚道歉，事有急缓，实属无奈。

“一块巧克力有多金贵，我还不配吃？”温渺较真了。

我有时候认为温渺和程嵘应该是亲哥俩，都姓“犟”，犟脾气上头怎么说也不听。

温渺的质问得不到回应，我左右为难，又颠颠地跑到程嵘跟前，试图私下与他协商：“我知道那是你给我的……”

“那你还给他？”程嵘不肯降低音量，犟着非要掰扯原因。

温渺自嘲地说：“那看来我是真不配吃。”

多大事儿啊，至于吗？我心里腹诽，可面前两人表情严肃是真较上劲了。

“程嵘，我冒昧问你个事。”温渺的语气一点不像是冒昧的样子，反而盛气凌人，“在你心里我算是你朋友吗？”

这话我就不乐意听了，打断温渺，说：“渺渺，大家都是发小，一起长大的，你这么说就没意思了！”

“要什么意思？”温渺眼睛里邪火翻涌，声音反倒平静得不行，“你知道微信朋友圈‘共友可见’吗？”

“不知道啊，我又没有智能手机。”他说这话摆明了就是绝交前兆，即便知道我也不说知道！

温渺涨红着脸，像准备放大招时读条被打断那样气闷，一个好脸色没给我，转头离开。

得，我又得罪一个。

“走不走？”

始作俑者程嵘在我把温渺气走之后又恢复了平静，还催促起我来。

我应了一声，翻身骑上单车。粉色单车顺着长坡而下，通过十字路口和桥洞，上了通往白沙洲的小桥。

我知道温渺的话是什么意思，尤其是在跟陈医生聊过之后。温渺觉得他和程嵘的关系，仅仅是有那么两个共同好友而已。

温渺比程嵘更早出现在我生命中，他能成为小团体成员，能与程嵘结交，都是因为我的“阴谋陷害”。

那年带着我打弹珠、玩沙子的表哥跟着父母去了别的城市，我又无法加入表姐的橡皮筋队伍，陷入孤立无援之时，温渺出现了。一辆小三轮开进隔壁门前，小三轮上的木桶里伸出一个脑袋，不需要别人喊，温渺就自己跳下来，虎了吧唧地问我：“小矮子，你谁呀？”

我摔了甘蔗跟他打一架。那之后，温渺成了我的第一个小弟，也是第一个带头造我反的小弟。

那时白沙洲的小孩都排挤程嵘，我却因救了程嵘一命破了例。于是温渺就开始了“清君侧”行动，带着我的“小弟们”造反，围剿我。

白沙洲大路被绿荫覆盖，一群臭孩子追着我和程嵘，嘴里还喊打喊杀。那场景给我大舅看见了，他回家学给我妈听，还附带了一串“哈哈哈”。

我妈认为那场旷日持久的“白沙洲战役”爆发的原因是温渺吃醋了——我跟程嵘玩，不跟他玩，他吃醋了。

我却觉得是温渺觊觎大哥之位已经很久了。于是我想出一个拖人下水的法子，骗温渺吃了程嵘提供的进口零食，然后他成了另一个被“喊打喊杀”的对象。

温渺被迫逃亡，嘴里还嘟囔：“丁小澄，你阴险狡诈！”

我笑嘻嘻地让程嵘把进口零食拿给他，忽悠说：“反正已经是叛徒了，不吃白不吃！”

当时的温渺眼睛盯着零食，咽了咽口水，妥协了。

所以我想，是不是当初他们成为朋友的手段太不光彩，才导致今时今日这样的状况？

山地车和粉红单车一前一后驶进程家别墅的侧门，我把车靠边放下，之后张晚晴会先来这儿取了单车再回家。

“丁小澄。”

“嗯？”

“我给你的东西，以后不准给别人，听到没有？”

我没回答，他又重申：“听见没有？”

“你也太霸道了吧？东西不能给，以后是不是还不能跟他们玩？程小嵘你想霸占我呀？”我嘴里跑火车，心里想着要真是霸占，那叫什么事？冷酷校草霸占我？想想还挺带感的。

程嵘拧着眉头逼我回答：“听见……”

“听见了，听见了。”我支着脑袋，敷衍地回应，又忍不住问，“为什么不能给？那是温渺，又不是别人。”

“温渺也不行，除你之外都是别人。”程嵘忽地语出惊人。

我讶然，怔怔地看着他。他眼里没一丝说笑的神色。

踌躇半天，我忸忸怩怩地开口：“可你的手机，游戏机不是都随他玩吗？”

程嵘表情奇怪，仿佛我问了什么莫名其妙的问题：“那是给你的，只给你。”

好嘛，我的心脏又开始打鼓了。那是给我的，只给我，意思是独一份，丁小澄专享？显然，程校草有一套我理解不了的道理。

“巧克力好吃吗？”

“好吃。”

“喜欢吗？”

我不明所以，点点头。

“我猜对了。”程嵘心情甚好地笑笑，忽然吩咐我，“你等着。”

簇新的山地车被他摔到地上，他噌噌跑进屋子，过了一会儿捧着一个盒子出来，盒子被他强行塞我手里。

“这是干吗？”我看着一大盒巧克力有些不明所以。

他却郑重地吩咐：“你明天带去教室吃，记住……”

“不准给别人！”我替他把话补全，“好好的，买这么多巧克力干吗？”

抹茶巧克力、黑松露巧克力，这一盒子大杂烩里五花八门，光看包装就知道不便宜。我在大脑里搜寻半天关于巧克力的信息，一个念头一闪而过，我试探着问：“是不是因为上礼拜我说费列罗最好吃，周安妮说我没见过世面，你才买的？”

“周安妮是谁啊？”他的语气听起来颇牛，有种睥睨天下的即视感。

这时谁要是灌我一碗中药，我都会说：甜。

五月底的小团体也依旧是四分五裂的。周五中午，老李突然跑来通知放学，吩咐我们下午别来了。倒不是从此放假在家备考，是学校就初升高志愿填报问题召集家长开了个填报会议。

杨超为此忧心忡忡，他说他不知道该去哪里好。

照我看来，他该担心的是有哪所学校会要他。

站在白沙洲的马路边，张晚晴踩着单车打转转，她下午得去钢琴老师家里接受指导，因此只是陪我回来而已。

她问：“你就一点儿不着急？”

我说：“我和你们一样，升高中部呀！”

张晚晴哼哼唧唧地说：“谁一样了？温渺可不一样。”

“他以后要进国家队的，当然不一样了。我们都有光明的未来！”我说着假大空的话，咬着张晚晴给我买的梦龙，她总用这个贿赂我，让我帮她把车骑走。

“给我吧！”我问她要车。

这次她却挥手拒绝了，脸上带着某种兴奋和羞涩：“不了，我自己骑车过去。”

我讶异地问：“龚嘉禾不来接你？”

张晚晴不知为什么心情那样好，蹬两下，踩着单车远去，声音像风筝一样飘高，高喊：“二进一晋级失败，龚嘉禾 out！”

行行行，你们玩音乐的跟我有代沟，神经兮兮！我撇嘴掉头走向程家的别墅。

心理诊疗室的老师要去外地，打电话问程嵘能不能把时间改到今天下午。老师特别抱歉，说占用了我们的复习时间。其实我觉得，占得真好！

程家的别墅除了铁栅栏大门，还有扇缠着爬山虎的小拱门，有那种经典拍照地的感觉。我也想过在门口摆几个造型，但都被张晚晴嘲笑说戏多。

我叼着梦龙往里冲，没料到正好有人往外跑，“哐”一下撞个正着。我脑袋磕在木头上，嗡鸣声配着和弦，把我震蒙。

“没事吧——”

我捂着脑袋，心说怎么是温渺的声音？抬头一看，可不就是温渺站在我跟前吗？

我愤愤地说：“你说呢？我都磕出脑震荡了！”

“这么严重？”温渺立马慌了，放下怀里的吉他包，拉开拉链就开始检查吉他，“你什么脑袋？别把吉他磕坏了！”

什么？我重要还是吉他重要？我恨不得冲上去给这吉他一脚。

温渺见我气势汹汹，立马解释说：“吉他是程嵘的。”

“哦，那算了。”

温渺的表情立马变了：“你这德行……”他没把话说完，确认吉他完好无损后，拉上拉链就准备走。

“哎，程嵘的吉他……你，你俩和好了？”我拉着他不让走。

张晚晴总认为程嵘和温渺有种默契，一种我俩并不懂的默契。一点小事，两人闹得天崩地裂，在我和张晚晴犯愁该怎么办的时候，两人悄无声息又凑一起打游戏了。

温渺含含糊糊地说：“我还有事，先走了。办好了回头请你吃梦龙。”

说起梦龙，我刚刚叼着的梦龙呢？

蚂蚁闻风而至，盘踞在地上的梦龙周围。我悲痛欲绝地看着离我而去的梦龙，我才吃了三口！

我暴跳如雷，打算找温渺算账：“温渺——”

温渺呢？听见我的吼声，他加快步伐跑了。

“丁小澄！”程嵘拧着眉站在小拱门里，神色不满。

“我的梦龙……”

洁癖大王程嵘说：“你一会儿把这块地洗一洗。”

我不！

“我给你买哈根达斯。”

“好的！”

“走吧。”程嵘把单车推出来。

“王叔今天不送我们吗？”白沙洲上的车不多，除了常见的五菱面包车和三轮车，就只有张晚晴家和程嵘家有车。

“爷爷去看老战友，他送爷爷去了。”

“那走吧。”我跨坐上程嵘的车后座，还好他没打算骑山地车。

程嵘拧眉，有点不满地说：“你就不能坐得斯文一点吗？”

我不解地看着他，再看看自己，有什么问题吗？不就是腿分开两边，跨坐吗？

程嵘对着我指手画脚，说：“并腿，坐一边儿，就像张晚晴那样。”

“噢——你说‘甜蜜蜜’那样啊？”

我刚说完程嵘就咳嗽了，真是金贵的“小少爷”。

按照他的吩咐，我并腿在他车后座上坐好。他就是杞人忧天，还说怕我会掉下去，让我抓他的衣摆。

“开什么玩笑！就是把车子踩到最快，我跳下去，也能空中转体三周半再落地，绝对安全着陆！”

程嵘专心骑车。

“你别不信啊，我试给你看……”

“坐好！老实点！”

哎哟喂，霸道校草恐吓我，惹不起，惹不起。

隔了一会儿，我抓着程嵘的衣摆，叫他：“程嵘程嵘，你唱首歌。”

程嵘心情很好地回头：“什么歌？”

“就那首，周杰伦那首，那首叫什么名来着？”

我和他同时开口，他唱：“载着你，就像载着……”

我唱：“快使用双节棍，哼哼哈……”

程嵘说：“哈。”

他把头扭过去，专心看路。

我心说，他这声“哈”是什么意思？嘲笑我？

就是在这时车子驶上小桥，小桥边的建筑里传来带着混响的吉他声，有人开口唱：“云霞遮去半边你，无声无息入梦里……藏不住的风光旖旎，那是你……”

我怔怔地开口：“是温渺的新歌。”

我抓着程嵘的衣摆想叫他停车，他反而滑出一段距离，单脚撑地，回头跟我说：“嘘！”

我懂规矩地放低音量，问：“温渺怎么躲在这里练琴啊？”

程嵘说：“他在等张晚晴。”

“啊？”

“他想唱给她听。”

被开口跪的嗓音惊艳之后，我气恼地问：“他说的有事就是单独给张晚晴开个人演唱会？太不够义气了吧！”我撸起袖子，准备跳车搞事。

突然，我腰上多出一只手，程嵘把我箍住，训斥：“别捣乱了，他好不容易才有勇气。”

“是……是想邀请张晚晴当舞伴吗？”

“嗯。”

我愣了愣，忽地满意了，说：“这个比龚嘉禾的遥控飞机有诚意多了。”

我们靠在单车上，听桥洞里传来的少年歌声。

程嵘问：“你觉得张晚晴会答应谁？”

龚嘉禾和温渺，张晚晴会答应谁的邀请？我想了想，很是犯难：“遥控飞机没意思，可是《三体》很难得啊。”

程嵘笑了，满脸都是少年意气，他把他和温渺的“秘密”透露了出来，说：“那是因为你不知道这首歌名字叫‘晚晴’。”

我怔怔的，这首“新歌”原来不是没有名字，温渺只是在等一个好时机公布，等一个机会唱给她听。

把《晚晴》唱给张晚晴。

我满心都被粉红泡泡填充，说：“哇——”这真是个新套路。

程嵘还扶着我的腰，以一人之力撑着单车和我，保持两者都不歪倒。他突然凑过来，我不自在地往后缩，人的眼睛捕获画面时像素有多高？我怎么觉得他眼睫毛也在颤？

程嵘问：“丁小澄，你知道邀请一个女孩当舞伴是什么意思吗？”

我没说话。

他又说：“好像一直没有正式说过，但丁小澄，May I have a chance to dance with you？（我能请你共舞吗？）”

我一直认为程嵘这样的人是有必杀技的。龚嘉禾需要出动遥控飞机，温渺得要写首歌，但程嵘，他只要站在那儿看着你，都不需要开口，你就会点头答应他的一切要求。

“这……”

“好像我这样太没新意了？”程嵘突然开口，扭转我，让我看河西的高楼大厦，他指着连成一片的万达写字楼说，“丁小澄你看那儿——”

我……我承认这一刻我心都哆嗦了。

我怀疑程嵘可能有个小本本，上面记着一切我说过的胡话，随时准备找机会完成。比如：整栋大楼为我亮灯，LED 灯拼凑出我的名字，然后一行字从大楼上滑过……

“你开玩笑吧？”

程嵘笑得恣意，拿出手机点了点，举在我眼前。

手机处于拍照模式，就在焦点对准万达写字楼的时候，屏幕闪了闪，大楼的 LED 灯亮了，“丁小澄”三个字出现在那栋写字楼上。

程嵘为我做了这种事？

我哆嗦着，一不小心视线离开了手机屏幕。手机屏幕外的万达写字楼一片寂静，别说灯了，只有霾！

怎么回事？那大楼根本没亮啊！

我再看看手机，程嵘单手滑了一下屏幕，就像张晚晴自拍时切换滤镜似的。屏幕里，大楼上的字变了，变成滚动的“丁小澄，May I have a chance to dance with you”。

我一会儿看大楼，一会儿看手机屏幕，还不明白怎么回事就是我蠢了！压根没亮灯，这就是一个像自拍 APP 表情功能的小道具。

“这是假的，你要我——”

程嵘抓着我的手让我把那些写字楼拍下来，每一栋楼上面都有我名字。

“当然是假的。这多便宜，写个小程序就行。”他还乐，还给我介绍，“还可以想拍哪里拍哪里，还能把字给改了，并且绝对看不出是假的。”

真的假的？我抢了他的手机，把文字改成：恭贺程校草少年秃顶。

我记仇，始终记得他说看我头顶像是已经秃了。我偷偷摸摸拍下照片，突然想起手机是他的，他想删就能删，瞬间又觉得没劲儿了。

程嵘特别大方地说："我不删，你喜欢就留着。"

我嬉皮笑脸地问："这多不好意思，多影响你程校草在广大少女心中的形象。"

程嵘思考两三秒，问："你叫广大少女吗？"

我笑嘻嘻地回答："我是广大少女之一。"

他一脸严肃，说出来的话叫我心如擂鼓。

他说："别'之一'了，就'唯一'吧。"

那之后心理诊疗室的电话打来询问我们到哪里了，才把那段对话打断。程嵘骑上车，继续前行，风拂过静默但暗地汹涌的河水，抚平了夏日的毛躁。

我一颗心本来平静了，忽然听到程嵘哼起歌，前奏是：是否一颗星星变了心……

"来啦？"

心理诊疗室开在僻静的河东，在一块联排别墅里占着一户的空间。我们抵达之后就被廖老师迎进了门，程嵘落在我后面，被助理姐姐安排去了隔壁。

坐下之后，我就跟廖老师道歉，解释来晚的原因。

"不碍事。"廖老师很和蔼，约莫四十岁，往沙发上一靠，姿态悠闲得像个邻家阿姨。

她给我拿了点心，然后微笑着看一眼单向玻璃外的程嵘，问："怎么样，最近有什么变化吗？"

我放下点心，给廖老师说起程嵘的近况："也没什么变化……他和温渺吵了一架，但又和好了。怎么和好的，我就不知道了，我问了，但两人都不肯说。"

"小澄，"廖老师忽然坐直，翻开了茶几上的档案，"你刚刚说程嵘和温渺吵了一架，原因是你把程嵘给你的巧克力给了温渺？"

我难为情地笑笑，说："挺幼稚的吧？"

"不，我不觉得。"廖老师正色道，"我原本想多考察一段时间再跟你说的，但看来……"她摇摇头，似乎很头疼，"但看来你已经知道了。也或者是因为我让程嵘把你带到这里来，让他更肆无忌惮了。”

“这是，什么意思？”我微怔，她这话我有些不明白。

“你之前吐槽的时候，说过程嵘是霸道校草霸占你。”

我惊慌地解释，连连摆手说：“那个就是开玩笑的……”

“是真的。”

“啊？”

“程嵘小时候黏着你，现在更是把你纳入非同一般的安全等级范围。”

我看着廖老师温和不失郑重的脸，不明白她在说什么。

“程嵘刚来我这里时，整个人处于防备状态，警惕过头，草木皆兵。聊了两年才慢慢使他不那么抗拒我。为了治疗，我帮他搭建起一个安全点。安全点是为了让他给自己创造一个假想安全壁垒,从而透过安全壁垒与外界进行联系。

“安全壁垒可以说是他最特别的存在，能让他觉得舒适、安全。”廖老师缓缓道来，目光温柔，说出来的话却让我觉得寒冷，“有些人会对自己的安全点产生独占欲，会觉得安全点对他来说非常特殊……但这其实只是心理暗示产生的错觉效应。”

我转头看向单向玻璃后专注填表的程嵘，明明他看不见我，却忽然抬起头，目光与我相撞。我下意识地转开头，懵懵懂懂地问：“他的安全点是什么？”

廖老师似乎深呼吸了一下，说：“是你。”

“啊？”我大脑里一片空白。

然而不等我反应，廖老师又说：“我问他有没有让他觉得舒适的人或者东西，他没等我说完就说丁小澄。”她一脸慎重，“每隔两年我都会再问一次，每一次他都说丁小澄。程嵘认定你是他的安全点。”

我看着廖老师的眼睛，那双眼睛里带着些许温柔和慈悲，我脑子里生出一个想法，问：“所以，让我陪他来您这里，不是因为程爷爷年纪大了？”

廖老师点头。

我忽然有些慌神，不敢对上廖老师的眼睛，转而继续看单向镜那边的程嵘。程嵘依旧仰着头，“看着”我。我脑子里的思绪杂乱得像被大风刮跑的柳絮，四处飞舞。

我想起程嵘唱《唯一》，想起他刚刚说“别‘之一’了，‘唯一’吧”，想起他问我知不知道邀请一个女孩当舞伴是什么意思，想起我刚刚小鹿乱撞似的心跳……

恍惚中，我再跟廖老师确定：“您刚刚说程嵘他……”

“程嵘认定你是他的安全点。”

啊，这样子。我了然地点头，忽然想起之前种种，又想起廖老师说的话，所以程嵘对我做的那些应该不是喜欢，对吧？

但我怎么……喘不过气了呢？

第五章

少年式的悲壮

那天回程忽然下起大雨，程嵘买下超市里的最后一件单车雨衣，把我罩在里面。雨衣是黑色的，我躲在里面什么也看不见，唯一有光的地方是帽子两侧的缝隙。

下着雨也闷，雨水打在塑料雨衣上，震得耳朵疼。

我低头看见雨衣下方，隐约猜测我们在小桥上了，河水快与小桥齐平。我忽然想，温渺等到张晚晴了吗？

邀请一个女孩子当舞伴，是温渺喜欢她的意思吧？张晚晴，也应该是期待着的吧？

雨衣外一声炸雷，我抓紧程嵘腰侧的衣摆。

他似乎察觉到了，伸手安抚地拍拍我，应着雨声喊：“别怕，很快到家。”

那之后程嵘再一次对我说“May I have a chance to dance with you”时，我点了头，心也打起鼓，可我看着程嵘澄澈的眼睛，耳边是廖老师的话：你是程嵘的安全点。

我猜我和程嵘想的，不是一回事。

这大概不是喜欢。

暴雨停了，水位一再上涨，河岸堆起沙包，地方台和卫视台争相报道，甚至把直播车开到堤坝上。

但在丁太太嘴里就成了："不关你的事，老老实实地复习，别想着抓蚯蚓钓鱼！"

丁太太再三叮嘱要我别去河边，我还是想办法抓了三盒蚯蚓，系上蝴蝶结，送给我的青梅竹马们。只有温渺知恩图报，当晚就送了一条鱼作为回礼。

洪水算什么，这是季节和气候送给白沙洲孩子的礼物啊！

那时我不知道，洪水也可以吞噬生命，我能做的只是背着书包照旧上学。

临近放学时突然狂风呼啸、乌云翻滚，瞬间遮天蔽日，如同日夜颠倒，而后暴雨倾盆，再没停下。我和张晚晴上了程嵘家的车，温渺拿走了我的雨衣去菜市场帮忙。

雨太大，整个城市都被水雾笼罩，车速一直不快。我从水雾弥漫的车窗隐约辨认出方位，快下桥时看见不少人逆行上桥，离开白沙洲。

不好的预感涌上心头，我讷讷地问："这是怎么了……"

王叔放缓车速，降下车窗询问，路人说："别下去了，水淹上来了。"

张晚晴说："多大事，白沙洲哪年不被淹一次？"

或许王叔也是这样想，继续拐弯下桥，然后降速刹车，叹息道："回不去了，公路都被淹了。"

我往前座挤，暴雨把雨刮器变成废物，依稀看见车外白茫茫一片，河水淹上公路，把河边的小香樟树淹得只剩下树冠。

"王叔，你让我下车吧，我自己回家。"

程嵘死死扣着我，眼底写满不同意："你疯了？雨这么大，洪水已经淹上公路了！"

"那又怎么了，大不了蹚水回家。"我的想法很乐观。

王叔似乎被打动，他从后视镜里用眼神请示程嵘，程嵘铁青着脸，没发话。

"程小嵘——"

程嵘把我晾了十来分钟，一直拿着手机玩，但表情又很郑重，仿佛玩手机可以申请国家专利。在我憋不住想爬窗下车时，程嵘下了命令："把我们送到大桥底下的废弃溜冰场，再去弄条船来，今晚不能留在洲上。”

“啊？”

“啊什么。”程嵘拉着我下车。

王叔一句废话没有，把车开走。

程嵘举着手机说：“红色暴雨预警显示七点之后会有更强降雨，防汛台预测凌晨一点洪峰过境。”

“不是吧？”张晚晴惊呼，立马拿起手机打电话。

“洪峰过境”这个词我一点不陌生，只是现在往混浊汹涌的河面望一眼，却觉得毛骨悚然。我还试图缓和，还想调侃程嵘小题大做，喧哗声突如其来，彻底打破我的自以为是。

有人撑着木楼梯和轮胎绑成的船抵达，船上的人拖家带口，把“船”撑到岸边，弃船就跑。还有人推着木脚盆蹚水靠近，脚盆里的俩孩子抱在一起，大孩子撑着小雨伞……武警驻扎部队的大门开了，武警小哥哥扛着快艇往河水里放……

所有的一切告诉我，事儿大了。

我拿起诺基亚拨号，接通就喊：“妈——”

我“妈”说：“对不起，您拨打的电话暂时无法接通，Sorry……”

我求助般抬头看程嵘，程嵘说：“你换个号再打。”

“噢。”

我机械地拨号，把家里大人的电话都打遍了，也没联系上一个。

“我……”我喉咙里的热意翻涌着。

看着被推到花坛边的门板船，我说：“我得回家！”

“丁小澄，你发什么疯？”

程嵘拦着我，我不知道怎么跟他解释。我水性很好，现在雨也停了，虽然水淹上来了，但最多到我大腿，所以……

“不行！”程嵘神情严峻地摇头。

“太危险了。”张晚晴挂了电话来劝我，“而且你们家地势比较低……”

我都没发现我带着哭腔："那我更要回去了！我们家都要淹没了！电话都联系不上，要是——"

"不会有事的！"程嵘扣着我肩膀，可我觉得他的手也在抖。

天还阴着，不知道什么时候会再下雨。陆陆续续有人拖家带口往桥上跑，似乎有居委会大妈用喇叭喊："撤离——所有居民撤离——"

我掰开程嵘的手指，他另一只手又抓上来，他死死盯着我，说："我去。我去帮你确认你家情况，你待着别动！"

他眼睛注视着我的时候，我突然就不慌了。

"我跟你一起啊……"

我还想跟上去，被程嵘按着脑袋压住了。而程嵘撸起袖子捡起那根简易木桨，踩着花坛边缘跳上门板船，回头冲我喊："你放心——我马上回！"

程嵘撑着粗制滥造的门板船，撑着木桨，小心避开被洪水冲来的漂浮物。丑丑的夏季校服贴在他身上，单薄，我却觉得说不出的安心。

我那时疑惑程嵘是什么时候从一个小尾巴长成一个能叫我放心的少年的呢？

程嵘最后还是带上了我。张太太带着快艇赶到，破天荒好心一次，把我送回家。而我的家人们确实没时间接电话，都忙着把一楼泡在水里的东西搬上二楼。

一楼的洪水齐腰深，我家被淹了一半。

全家人都在忙，忙着抢救一楼的东西。丁太太看见我，于一堆杂物中准确找到她给我收拾好的书包："你走吧，离开白沙洲，跟着他们一起撤出去。"

我蒙了。

丁太太说："跟张晚晴，算了，还是程嵘吧，你跟程嵘走吧。"

我愣了愣，心脏被人攥紧，为什么要把我打发走？我也可以留下来帮忙啊！

"妈。"我眨眨眼，鼻子迅速泛酸，张嘴爆发出激烈的哭喊，"妈，我不走！我要跟你们在一起！我要跟你们共存亡，我不要走——要死也要一起死………嗝——"

程嵘一巴掌拍我背上，强行把我拎回快艇："闭嘴，别给你妈添乱！"

丁太太嘴巴张着，隔一会儿才把话说完："去程嵘家借住一晚，妈明天去接你……死孩子你哭什么，吓死我了。"

我讷讷地闭嘴，尽力掩饰惯性抽噎。

丁太太："你都要中考了，留下添什么乱！快走，家里用不上你！"

我乖巧地应答，用书包把脸埋起来，努力遮掩我的尴尬。最后由于碍事，我被丁太太踹上船。

张太太带来的船不算大，可以勉强让两人并肩坐，船尾有位小哥拉动引擎操控方向。我和程嵘并排坐着，潮湿的裤子黏在腿上，膝盖碰膝盖。

"程嵘，你说，温渺回来了吗？"

程嵘转头问张太太："表舅妈，能不能去温渺家看看？"

我与张晚晴眼巴巴地盯着张太太，她挨个看一眼，神情不耐烦："哪有那个闲工夫，开船！"

"妈——"张晚晴哀号一句。

张太太赏她一个白眼，跟大喘气似的补充："到前边梧桐树那儿右拐，进巷子。"

巷子里就是温渺家！

"张太太，谢谢您！"我真心实意地道谢。

很少能有这样的体验，在我有记忆以来白沙河一直都沉默地流淌，像是近现代诗里赞颂的母亲河，温柔而沉默。它现在也是沉默的，沉默地用混浊的河水将河面抬高，洪水没过青草小树，漫上街头巷尾，朝着建筑物并不好看的窗棂逼近。

温渺家铁门敞开，洪水坦荡荡地从院子涌进他家一楼。刷着红漆的门虚掩着，隐约看到温渺把校服袖子撸到胳膊上，费力搬运浸泡在水里的水果，掺着黄泥的水没过他的腿弯。

"温渺，跟我们走吧。晚上洪峰过境，洲上会被淹了的！"

"温渺，你爸妈呢？"

比起我们家的热火朝天，温渺家安静得不像话。他抱着一箱杧果，蹚水走两步，把杧果放上台阶，脸色带着茫然：“他们一会儿就回来了。”语气肯定，但神态并不确定。

张太太拿着长柄伞，戳开木门：“你走不走？”

在我听来张太太并没有不耐烦，但温渺梗着脖子，下意识地激烈回应：“不走！”

“走吧，命重要还是钱重要？”张晚晴焦急。

“我……我得把水果搬上二楼。”温渺口气缓和下来，但自己定下了主意，“不搬上去，这点水果就得泡水了。”

我知道他没得选，但我更怕他对这次来势汹汹的洪水一无所知：“气象台说晚上七点就会下暴雨，你留在这儿很危险！”

温渺笑了笑，说：“天气预报什么时候准过？”

“那还有……”

“不碍事的。”温渺看看那垒成堆的水果箱，带着少年式的英雄豪迈，“我们家就我在，不是我搬，谁搬？”

程嵘开口说了进来之后的第一句话：“我搬。”

我赶紧响应：“我也可以！”

“我……”张晚晴看着张太太没敢说。

温渺愣愣的，勾着嘴角别过头，抬手擦擦脸上若有若无的汗，半晌说：“都滚吧，多大点事，非要给我添乱。瞧见我那大轮胎没？我弄完扛着它，游到桥边就好了。”

“那……”我们也可以啊。

温渺说：“我不想扛着它的时候还扛着你们。”

“你们准备废话到什么时候，又开始下雨了！”张太太忍无可忍开口抢白，“那小孩——”

我以为张太太要骂人，她却说：“记下号码！”她报完又跟开船的小哥重复一遍，“没错吧？”

张太太说：“这情况你爹妈说不准连桥都下不来，武警会在桥上拦人。不管你拯救完你们家水果是几点，看见武警叫武警，没看见就打这个电话，他会来接你。”

那时天上一道电光闪过，我不是觉得张太太会被雷劈，而是突发奇想觉得那个阴雨天里的张太太也许不是张太太，因为她好像带着圣光。

那晚，我住在程嵘家市区的复式楼里。夜里两点时，程爷爷撑不住了，剩下我和程嵘巴巴守着电视机。地方台直播镜头里是漆黑的夜、被拍摄灯照亮的汹涌河流、两岸加高的沙包和疲劳的武警战士。

白沙洲上早已停了电，它静默地浮在水面上，像一头巨大的鲸鱼，仿佛随时会沉入河里。所有人焦急而忐忑，我们都在等着洪峰平稳过境。

第二天早上，我被程嵘拍醒，提醒我说：“该去上学了。”

我睁眼，电视机里无声播报新闻：洪峰平稳过境，天会放晴，洪水会慢慢退去……

那是我们第一次面对凶狠的白沙河，那之后一切恢复平静，仿佛只是我们少年生活中一丝微不足道的波澜。生命在自然力量面前如此渺小，有人还没来得及长大，就永远不老，而我还没来得及想明白，就经历了中考。

中考期间我一直待在程嵘家。

洪水来势汹汹，退去也需要时间，加上大灾之后的防疫，丁太太一度想让我借住在她闺蜜家。丁太太拿着行李包来学校找我，让程嵘劝了劝，立马改了主意，让我提着行李跟程嵘回家。

“程嵘当时说服我妈的样子，只能用四个字形容——”我举着手指头跟温渺复述当天发生的事，温渺倚在程嵘家的真皮沙发靠垫上，有点拘束：“他们家……”

“程爷爷出去下棋啦，家里就我和程嵘！”

温渺彻底放松，瘫在沙发上，漫不经心地打量着这栋复式楼，嘴皮子耍贱道：“丁小澄，你可是跟校草‘同居’过的第一人。”

一罐可乐横飞向温渺的脸，还冒着冷气，他猝不及防被砸了一脸冰凉。

“哎——”

程嵘端着半边西瓜，眼神冷冷，问：“你怎么还不去训练？”

“哎，怎么了，嫌我碍事了？”

西瓜被程嵘搁在茶几上，我立马从沙发上滑下来，跪坐在地毯上，毫无姿态可言地吃了起来，边吃边关心温渺：“对啊，你们训练不是连过年都没几天休息吗？都中考完了，怎么还不见你去训练？”

“哧”一声，温渺拉开可乐拉环，嗔怪道：“我好心好意来接你回家，来给你当‘挑山工’，你怎么一点不记我的好？一会儿行李你自己扛！”

我扔了勺子，一脸谄媚地讨好有车一族，还没开口，程嵘脸臭臭地打断：“我送你回去。”

“真的？”我在长白软毛的地毯上跪坐起，凑到程嵘跟前，“你也回洲上吗？”

中考的第二天，据我妈说洪水已经退到公路边了，只是到处是洪水卷来的黄泥，需要清扫，房屋被大雨浸泡太久，也需要检查修葺。但程爷爷反倒吩咐人把大房子里的东西拿来，像是要在复式楼常住的模样。

“不回。”程嵘盘腿坐在茶几旁，眼睛垂着不肯跟我对视，“爷爷有挺多战友住这个小区，他可能想多住几天吧，也可能……”

温渺十分欠揍地嗤笑：“那你还送来送去？不嫌累得慌？”

“不回去啊……”说不好是怎样，我心里有种怅然若失。以前的寒暑假，张晚晴和温渺都会离开一段时间，或者去训练、学琴，或者回老家，只有程嵘哪儿也不去，跟我在洲上找乐子。

“那没人跟我玩了啊！”我拉住程嵘的衣袖，短袖被我扯变形，“你跟爷爷商量商量，回去住呗？要不，你自己回家住，每天上我们家吃饭也行……”

温渺一脸不甘心地拿脚捅我：“我难道没跟你玩吗？我还陪你来拿行李！”

“放屁，你难道不是想来看看程嵘家吗？”

一言不合，两相开打，我倒在程嵘身边，拿脚踢温渺，情况一度混乱，就在这时候，“啪嗒”一声，复式楼的双开防盗门开了——从外往里打开。

"程爷爷……"

进来的是一对中年男女，男人西装革履，女人穿着套裙，臂弯里挎着爱马仕宝贝。两人开门进来时有些惊讶，仿佛没料到屋里有人。

我们仨也愣住了，没料到开门进来的是不认识的人。

"你们……"女人率先开口，似乎对我们的存在感到困扰。

我迅速调整姿势站起来，试探着问："你们是程家叔叔阿姨吗？我们是程嵘的同学，也是他在白沙洲上的邻居。"

温渺也跟着站起来，可乐罐被他捏了捏，不知道该放下还是继续端着。

女人怔了怔，捋一下头发，开口道："啊，这样……"然后又没了下文。

程嵘呆呆站着。中年男人眉宇间透着不悦，他们没有开口赶人，却也没有表现出和善。

空气一度凝滞，最后我率先提出离开，拉着温渺带着行李出了防盗门。

刚进了电梯，温渺就开始抱怨："什么玩意儿，都不拿正眼看人的！"

虽然程先生程太太没说几句话，但我完全明白温渺的感受，程先生程太太骨子里有一种优越感，开口说的那几句话里都带着一种盛气凌人的感觉。

"算啦，我们跟程嵘做朋友，又不是跟他爸妈。"我劝温渺，顺手按下电梯按钮。

"我算知道程嵘身上那股子冷傲是哪儿来的了，有其父必有其子……"

"喂！程嵘又没得罪你！"

温渺悻悻闭嘴。

"说起来，他们怎么回来了？他们不是连过年都很少回来吗？"

程先生和程太太说起来也是白沙洲的住户，白沙洲的大房子就像是程爷爷的养老专属，从我出生起就很少见过两人踏足白沙洲，更少回星城。

我想起程嵘之前收到的信息，幽幽叹气："他们说要回来陪程嵘中考呢。"

"中考？"温渺夸张地吸气，"这可赶巧了，刚考完就回来了。是诚心陪考吗？"

在白沙洲经历特大洪灾之前，我妈连电视剧都不看了，装模作样抱本《知音》

陪我学习；张太太每天车接车送，就为了让张晚晴路上背背单词……每位家长都严阵以待，除了像故事背景人物一样的程先生程太太。

“可能是……”我想了想程嵘逆天的成绩，“程嵘太让人放心了吧。”

温渺的老式单车放上我的行李就已经摇摇晃晃了，我没敢坐，拿着中考后奖励的国产智能机给自己扫了一辆共享单车。

从复式楼小区沿着江畔并肩骑行，一阵低沉的轰鸣声逼近，我和温渺赶紧让出道路。

后方来车非但没有快速超越，反而吓唬我们似的，加大引擎轰鸣。

烦得不行了，我扭头骂人：“要超车赶紧超，这么大空间，吓唬谁呀？”

那人把头盔上的挡风护目镜往上一推，叫我看清了真面目——龚嘉禾。

龚嘉禾眼睛充血似的盯着温渺，把他的电动车骑成小朋友的电动摩托，瞎咧咧地说：“路你们家的？我想怎么骑就怎么骑，关你屁事？骑个破单车，一副穷酸样，也不知道哪里好……”

他嘀嘀咕咕刻意嚷嚷给温渺听。

我刹车停下，把龚嘉禾吓得够呛，赶紧转向刹车，避免撞上。

“突然刹车干什么？你神经病——”

“你才神经病！”我单脚撑地，撑着单车中的宝马，毫不留情地抨击，“有钱才叫好吗？温渺长得比你好，跑得比你快，能写能唱能进省队……我告诉你，你浑身上下就一点比他好。”

龚嘉禾趴在电动车上，二傻子似的接话：“什么？”

“自我感觉比他好！”

温渺就停在不远处，粲然一笑，那个长相，放选秀节目里就是“C位”出道的料。把龚嘉禾气得脸上红了又白，想了半天只吐出一句攻击力不够的脏话，让人感觉词汇量相当贫乏。

“哈哈哈，龚嘉禾，你连骂人都不会吗？”

龚嘉禾恼了：“得意什么？明明早就知道名单上没有你，还拿省队吹什么牛？”

龚嘉禾来得快去得也快，等车子引擎声消失，我才反应过来他刚刚说了什么。

我大脑短路，怔怔地问：“渺渺，他说你知道省队名单上没有你？”

温渺低着头，沉默不语。

我们单方面跟命运约好的光明未来，并没有如期到来。

“我听不懂，所以是他们家把你挤下去了？”

张晚晴仿佛看不出温渺不想回答似的，喋喋不休地追问。

事情严峻，哪怕知道程先生程太太难得回家，等弄清了前因后果，我还是把程嵘召唤来温渺家，开紧急会议。

温家小院里堆着废弃的水果纸箱，洪水退去后的黄泥也没有好好清洗，这个家庭并没有清理居住地环境的时间和闲心。

张晚晴站在黄泥波及不到的凳子上，气势汹汹地诘问：“上次那个省队的教练呢？他不是很看好你，他不是领导吗？”

丁先生有时候会跟丁太太叨叨，说领导也分大小，领导的上头还有领导，每个领导都有各自的想法，左右为难的都是小兵小卒。我拉拉张晚晴，要她别这样激动：“领导当时说那句话肯定是对渺渺有好感的，渺渺，你之后有没有再遇上他？”

“嗯，遇见过。”

“他怎么说？”

温渺跨坐在老式单车的后座上，无意义地荡腿：“怎么说？抱歉的话倒是说了些，但那又有什么用，还不是……”

“把你挤下去的人是谁？跟他比一场。”

我转头看向程嵘，程嵘嘴唇动了动，吐出的话让人热血沸腾：“竞技体育不是第一就是输，跟他比一场，你赢了，就能让人看清你的价值。”

我说：“好主意！赢了能拿回位置，输了也能明白为什么输。温渺，你去找找那位领导，就说要比一场！”

温渺目光飘忽，嘴里没个准信。

“轰”一声，铁门被撞开了。

三轮车挤进来，随车子进入小院的，是温叔的咒骂。是我听不太懂的方言，粗俗又凶狠。

“爸——你怎么了？”

温叔手肘上擦破了皮，血珠往外沁，半边身子脏脏的，看着像是翻过车。他跳下车，对着迎过来的温渺就是一脚：“小畜生，叫你去帮忙不去，害老子车都翻了……”

我蒙了，温渺默默忍受，程嵘眉头皱起，张晚晴惊愕后，叫嚷：“你怎么能打他呢？你摔倒又不是温渺的错！”

温叔说：“老子打他怎么了，老子生的，老子想打就打！”

“你——”

温渺把气得跳脚的张晚晴拦住，求助似的看我，说：“你们先回去吧。”

那一眼看得我心里发慌，强行拉扯着张晚晴，拽着程嵘离开。刚跨出铁门，身后就传来温叔骂骂咧咧的声音。

张晚晴问：“为什么要出来？”

我说：“温渺不想让我们看见的。”

他已经够不体面了，不想自己全无尊严。

“我妈说，温渺家最近太倒霉了。”我把听来的小道消息说出来：被温渺抢救出来的水果一直堆在楼梯口，有天倒了七八箱，在洪水里泡了一天才被发现；两辆三轮车中的一辆被城管没收了；再然后就是温渺没进省队……

穷人光是生存就已经耗费掉全部心力了，哪还有什么气力去维持体面？

张晚晴拧着眉，要发表什么高见。铁门内“哐当”一阵响动，温渺悲愤地嚷：“什么都怪我？不就是因为我没进省队，拿不了工资吗？我去找那个人比一场总行了吧？”

废物、畜生、吃干饭的……温叔的叫骂声一直没停，程嵘看着我，张嘴想问我问题，但被我别头躲过。我因此没有注意到程嵘越来越糟的脸色，在“嘭”

一声响动后，程嵘转身抬脚踹开铁门。

“程嵘——”

我急忙拉扯程嵘，却一眼看到被温叔踹倒在地的温渺。那不是温渺，温渺搞田径的，身量高大，怎么会被人踹到地上这样狼狈？

温渺看到我和张晚晴，别过头，不跟我们对视。

温叔喘着粗气，表情局促又难堪：“要你们管什么闲事，出去！”

“你把温渺当什么了？本金都不肯出，就要求高回报？你这买卖可真划算，把孩子生下来，喂口饭，剩下的都是孩子回报你……你把他当儿子还是当生财工具？”

“程嵘，你别说了——”

我知道哪怕真相如此，捅破那层窗户纸，也只会叫人恼羞成怒。

果不其然，温叔如头暴躁的犯了疯牛病的老牛，龇牙红眼，骂骂咧咧，却始终没有实质动作。

“小兔崽子，快滚，不然我抽死你！”

程嵘冷漠地看着他，没有轻蔑，只说事实：“你敢吗？你连菜市场的小混混也不敢得罪，也就能对着自己儿子逞能，你就是窝里——”

“闭嘴！”温渺暴跳如雷，从地上爬起来。

“闭嘴——你闭嘴！我爸是什么人，我们家怎样，你管不着！你滚——”

程嵘和我都明白了，温渺说的闭嘴不是冲他爹，而是冲程嵘。

温渺跳起来推搡着把我们赶出去。退到门口，张晚晴醒悟过来似的，嚷嚷：“温渺你发什么疯？程嵘都是为你着想，他说你爸说错了吗？”

“哐”一声铁门关上，温渺从里把门锁了，对张晚晴的抱怨充耳不闻。

“程嵘……”我小心翼翼地戳他。

他一直垂着头，再抬头时眼睛有点红，讷讷地问我：“丁小澄，我做错了吗？”

张晚晴嚷嚷着说当然没错，我却一直不接话茬。

温渺有时候会觉得张晚晴、程嵘和他不是一个世界的人。我从没附和过这个观点，但我心里清楚，事实如此。

张晚晴总说自己是小公主，而程嵘呢？他在我心里是个不谙世事的小王子，或许也有被他洞悉的真相，可他不一定能明白真相之所以如此的原因。

他们都理所当然地觉得钱能解决的问题不算问题；他们不会知道自卑的人，连接受别人的善意都觉得没了自尊。

“丁小澄……”

我叹息似的回应：“错了。”

“这次不要我报成绩了吧？”老李站在讲台上，露出大战之后的轻松姿态，拿着一沓蓝色册子冲我们挥了挥，那是初中毕业证。

我跟着笑笑，拖长尾音跟大家一起回答：“不要——”

“填报志愿的事情不要我多讲，你们爸妈会给你们弄好。等会儿毕业证发完了就去操场拍毕业照，我叫到名字的一个个上来拿……”

“程小嵘，吃不吃橙子？”

处理得干干净净的橙子被我小心翼翼地推过去，程嵘看我一眼，突然抓着我的手腕往腮边送，张嘴要咬我。

“你干吗——”我赶紧把手抽回来，橙子掉在他干净的白 T 恤上，留下三两点黄色印记，“哎，你不吃就不吃，干吗咬我？”

程嵘幽幽盯着我，说冷笑话：“你不是给我吃‘橙子’吗？”

橙子是我妈对我的爱称，绝大多数时候，她对我称不上爱，只会咬牙切齿全名全姓地喊丁小澄，因此这样叫我的人着实不多。

我不说话，他忽然变了态度，委委屈屈地问：“丁小澄，我到底哪儿说错了？”

那天他在温渺家闹了一场，下了温叔的脸，又让温渺下不来台，我当时愣怔着说出一句实话。之后再怎么转移话题都没用，他非要跟我掰扯个是非对错。

我捏起掉在他衣服上的橙子，准备起身去丢掉，含糊着说：“没说错，就是……”

讲台上有人突然念了我名字，我抬头一看是周安妮。老李不知什么时候离开了教室，让周安妮代发毕业证。

周安妮随意地把我的毕业证丢过来，正好掉在第一排人的课桌上。我走过去时对方正好翻开我毕业证看，惊叹于我突飞猛进的成绩：“丁小澄可以啊！可惜中考不会进行排名，不然你估计是年级前十了吧？”

我谦虚地说哪里哪里，眼尖瞥到周安妮抽了抽嘴角，她说：“程嵘。”

“给我吧，我顺路带过去。”我朝周安妮伸手。

周安妮自上而下看着我，毕业证被她捏在手里，不说给，也不说不给。

还是那位女同学，突然站起身子，一把将毕业证抽过来，翻开一看，吓得吸气：“妈耶，程嵘也太厉害了吧？你们白沙洲有不聪明的孩子吗？你这样，程嵘这样，张晚晴还是艺考专业第一……”

周安妮说：“温渺不就很蠢吗？数学都没及格过！”

我一听这话就不乐意了：“温渺明明是体育特长生，他靠速度吃饭！”

“是吗？”周安妮一声轻笑，倚在讲台上，手指敲敲讲台，提高分贝说，“可我怎么听说，省队的纳新名单上没有温渺啊。”

周安妮朝着温渺的方向高声喊：“温渺，你到底进没进省队啊？”

教室原本吵吵嚷嚷，突然一个八卦把所有人都镇住。

我事后才了解到，周安妮曾把舞伴人选转换成温渺，但温渺记仇，拒绝时说：“找我当舞伴？不好吧？万一血吸虫还能通过肢体接触传染呢？”

当时温渺刚被爆出会进省队的消息，风头太盛，气焰嚣张；如今他像个痞子那样靠着椅背，用沉默抵御周安妮的讽刺攻击。

“没进？真的假的？”

“没进省队的话，温渺的成绩应该上不了好高中吧？”

“什么好高中，上职高都难！”

议论声嗡嗡，我转动僵硬的脖子，力图寻出一线生机。

周安妮得意于她制造出来的舆论风暴，语气慵懒地再度把水搅浑：“哎，那个谁，你之前不是还邀请温渺当舞伴吗？他要是答应了，你可就得跟一个职高新生跳毕业舞了……”

那女生赶紧澄清："我才不要呢！谁要跟一个职高学生……"

我张嘴，和张晚晴同时喊出来："你闭嘴！"

周安妮活像个反派："哟，职高生人气还挺高，竟然有人争着要。丁小澄，你要跟张晚晴抢？温渺，两位女嘉宾都站在这儿了，你倒是快选啊！"

张晚晴坐在讲台右边，此时站起来，和我正好在讲台的一左一右。

温渺说："滚。"

周安妮跳脚，嚷嚷："你以为你还有得选吗？进不了省队，成不了职业运动员，你就只能去职高！职高里都是抽烟、打架、打游戏的，混得好也就是学一门技术，将来去当厨子、洗头小弟！"

张晚晴拍桌子开口："我还就乐意跟厨子、洗头小弟跳毕业舞，怎么了？"

我心想小姐姐酷毙了，她转头就跟温渺说："温渺，我能不能请你跟我跳毕业舞？"

"哇——"

吆喝声、拍桌子声各种声音响起，突然沸腾了教室这锅水。我兴奋起来，跟着嚷嚷："我也想，温渺，我也想——"

剥好的另一半橙子塞我嘴里，程嵘突然出现，掐住我的手腕："丁小澄，你再乱说话我就吃橙子了。"

"唔……"我咬橙不语。

杨超看热闹不嫌事大，拍着桌子打出节奏，带着其他人一起喊："温渺，I do（我愿意）；温渺，I do；温渺……"

程嵘拉着我回座位，我咬着橙子，把甜甜的果汁咽下去。回头时看见张晚晴笑得恣意又甜蜜，我想这故事是个好结局。

可温渺说："不能。"

——我能不能？

——不能。

我反手拽住程嵘，生生把他拉停，扭头看温渺。

温渺怕大家没听清似的，又说了一遍："不能。"

“为什么啊？”杨超代大家问出心声，“你一个职高新生，跟白沙洲白富美、艺考第一跳毕业舞，是我就该美死了，你为什么……”

温渺冷笑：“白沙洲白富美？呵，不稀罕。”

“温渺——”这是愤怒与背叛交织的张晚晴。

“哈哈哈！”这是如愿以偿的周安妮。

“温渺，你大爷的——”这是突然登场挥拳相向的龚嘉禾。

那天在我记忆里混乱得快要失真。我后来问程嵘，温渺真的说过这句话吗？我也问过周安妮，为什么一定要充当我们人生里的反派配角？

程嵘没回答我。周安妮说在她的剧本里她是主角，我们才是抢走她关注度、不顺她意的讨人厌的配角。

这些都不是重点，重点是那天有个傻姑娘，捧出一颗真心，然后被人吧唧一下砸地上。

温渺不要的，有人摔地上也要接着。

据说龚嘉禾原本是来通知我们下去拍毕业照的，他从听到“能不能”开始僵立在门口，到“不稀罕”时开始冲出来揍人。

我们把人分开，程嵘推开龚嘉禾，我按着温渺。

张晚晴一步步走过来，哭得特别有影评家说的层次感。她摇摇头，挤出一个难看的微笑，泪水顺着脸颊流下。她说：“龚嘉禾，你再问我一次。”

问什么？问 May I have a chance to dance with you。

我分明感觉到温渺浑身一颤。

我问程嵘：“是否只有少年时代才会做令自己后悔的事？还是我们整个人生都在不断重复着后悔的事？”

程嵘说：“丁小澄，你只要不对我做让自己后悔的事就行。”

第六章

当之无愧的主角

“丁小澄，温渺找你，快点下去！”

谢过多管闲事爱传话的表姐，我慢吞吞地下楼。天擦黑，温渺蹲在前院大铁门外的石台上，显然已经等我很久了。

“什么事？”

温渺犹犹豫豫道：“丁小澄，你能不能……”

“不能，我已经答应程小嵘了。”

温渺不满地咋舌：“没问你舞伴的事！”

手撑着石台边缘，我一跃跳坐上去：“那你找我干吗？”

少年蹲在我身边，脸上是难得一见的局促：“我……”

看他下不来台，我又于心不忍：“是不是想让我当和事佬？渺渺，不是我说你，你那天对张晚晴太过分了。”

伤春悲秋的歌词都爱写“哪怕全世界与我为敌”，结果你第一个放弃。谁的勇气有多，经得住对方一而再的磋磨。

“第一次，你说你跟食堂的斗牛犬跳毕业舞都不跟张晚晴跳；第二次，你当着全班的面说白沙洲的白富美不稀罕……她在谁面前都横行霸道，唯独跟你忸忸怩怩，温渺你别说你不知道这是什么意思。”

“她答应龚嘉禾了？”

我送他一个白眼：“你当时不都听到了吗？”

温渺忽然笑笑，笑声泛苦：“我不知道我怎么了。”他拿手捂住脸，“我明明不是这么想的，突然就管不住嘴，好像那样说他们就不会咬着我不放了一样。”

仇恨转移，祸水东引。犹如困兽想撕开口子，解除困局，却没想过拖人下水的做法一点都不善良。

“那天跟程嵘也是这样。我知道他说得没错，可是他那么说我爸，我……”

我了然。读小学时，我突然有天找到丁先生公司去了。丁先生手忙脚乱地接待我，嘱咐我不要乱动乱跑。我乖乖照做，但还是让丁先生受到牵连，挨了上司的无端责骂。

那是我第一次看见丁先生觍着脸给人道歉，那以后我才明白，我的爸爸是个英雄，但他也是个凡人。我们都明白爸爸是个凡人，却无法忍受英雄退去光环，变得平庸甚至不堪。

我没有开口安慰温渺，只是静静陪他坐着，直到“啪”的一声，我又拍死一只蚊子。

“这都不是大问题，我们不会一直怪你。”真朋友不会太过执拗对错。

等温渺抬起头，我继续说：“但前提是你不会重蹈覆辙，并且，你得道歉。”夜有点黑，我好像看到温渺的刺猬头点了点，“我看班群消息说，你没去拿定做的礼服？”

温渺说：“我不打算去。”

“还是去吧。想牵的手，想做的事，不搏一把怎么知道一定输？再说，就算不能跟张晚晴跳毕业舞，也可以跟她跳第二支、第三支舞，总有机会。”

我很想跟他“剧透”，毕业舞会当晚会有领导来，省体校的领导。

温渺就跟猜到我心里所想似的，突然提起程嵘那天说的话：“程嵘说比一场，还说……我想问他家借点……”

手机忽地亮起，我含糊地推托：“等会儿，我回个消息。”

“她亲手包了饺子，芹菜猪肉馅。”

程太太可真厉害，恰好踩中程嵘最喜欢的和最讨厌的。

最喜欢饺子，最讨厌芹菜。

我给程状元支招：“那你意思意思吃一点，然后说你从来不吃芹菜，显得你是为了她才吃的。”

“我不说。你就不能来我家吗？”

“哪有天天往你家钻的？听话，照我说的做。”

我回完消息，装腔作势地说：“没事了吧？你明天记得拿了礼服早点去礼堂。”

温渺问：“和程嵘发消息？”

“他有点摸不准跟他爹妈相处的门道，我给他出点馊主意。”

温渺张嘴还要说什么，手机闹哄哄地响起来，我拿着手机冲温渺耸肩：“噫，我们程学霸搞不定了，我得给他当军师。你明天记得早点去，记住，一定要去！”

不去怎么知道，东雅是一所有情调又有意思的学校呢？

东雅中学的传统，学生会团队卸任前的最后一个大活动，是给毕业生操刀举办毕业舞会。我进到礼堂时差点误以为自己来到了霍格沃茨，想起程嵘说的，他爸妈主动给学生会团队提供赞助……礼堂这样梦幻也就不足为奇了。

“丁小澄！”

我转头在家长区扫了一遍，才发现声音来自班级休息区域。

快步走过来的少年穿着剪裁得体的休闲西装，寸头显得格外精神。我忍不住要吹口哨：“谁说不来的？不来太可惜这身衣服了，多好看。”

温渺说：“谢谢，你的裙子也很好看。”

“那也是因为我穿着，它才格外好看。”

温渺脸上写着一言难尽，换话题问：“你抱着什么呢？档案袋？”

来礼堂之前，心理诊疗室的老师把我叫过去一趟。我给她汇报近期程嵘的大小事件，跟爸妈沟通顺畅、帮温渺牵线找体校，廖老师认为这是个好现象，而后给了我一份资料。

这是机密文件，我当然不能说。

“老李呗，我都毕业了还拿我当马仔。这是他写给全班同学的同学录。”我扬了扬另一个文件袋，“等会儿得把东西给周安妮，让她发，省得她又觉得我抢她班长的活干。”

“丁小澄——去后台准备了！”

毕业晚会有个重头戏是毕业舞，整个过程特别有仪式感：以班为单位出场，主持人分别介绍出场的每一对，集体亮相完毕后才是集体舞。

我幸灾乐祸：“走吧，张晚晴肯定也在后台准备了，咱们抢人去！”

温渺反而摇头：“别添乱了，我当观众就好。再说，也能跳第二支、第三支舞。”

噫，榆木疙瘩开窍了。

“那你帮我看东西？”我找了张小圆桌把档案袋放下，交代说，“你记清楚了，右边这个贴胶布的是老李写的同学录，左边这个是我的东西，不能动不能开，听见没？”

“走吧你，再说不给你看东西了！”温渺推我一把，“你看那边，谁在等你呢？”

蓦然回首，恰好对上程嵘看着我的眼睛，我提着裙摆飞快地向他靠近，他自然而然地对我屈了臂弯。

“你跟他说了？”

我把手放进程嵘的臂弯，得意地奚落他：“怎么，怕我拆穿你打算给他的小惊喜呀？”

后台指挥的学妹说：“程学长，丁学姐，你们站左边。”

“好的。”

脑后的花苞头被人弹了弹，我回头，程嵘正好收回手，语调奇怪地说：“调皮！”

我冲他做鬼脸，忽然听到主持人开始介绍我们班的同学，忍不住挠程嵘：“你想知道你的出场介绍是什么吗？”

出场介绍本来是由班主任来写，老李非说他老了，想法不够新颖，于是推给了班干部。我觉得他就是想偷懒。

于是别的班画风是“下面出场的是品学兼优,多次获得××大奖的某某某”,只有我们班是“下面出场的是——快赐予我力量吧，我要改变世界——王筠宜和我相信伸手就能捡到钱的杨超……”

程嵘：“你给我写的？”

“嗯嗯，你想知道吗？”

程嵘：“那我肯定不喜欢。”

有没有搞错？为了给程校草想一个惊天地泣鬼神的出场介绍，所有人争得头破血流，最后我的被全票通过。他竟然敢不喜欢？

“你都没听就说不喜欢。”

我很不高兴了，程小嵘就跟看不见我生气似的，拉着我一步上前。

“喂——”

程嵘说：“嘘，乖一点，下一对就是我们。”

一阵激烈的鼓点，主持人用激动到不可一世的口气介绍：“下面出场的是——别给我加什么全年做题无休的人设，当学霸，靠的不是题海，是脑子——初三一班毕业生程嵘；以及——学霸校草的跟班，年级级花的陪衬，田径队潜力股的跑腿，所有人都觉得我普普通通，但不好意思，我就是普普通通的年级第三——初三一班毕业生丁小澄！”

出场介绍一出立马引起尖叫，在后台等待出场的队伍里似乎有人拍大腿狂叫。

我隐约听到张晚晴在喊：“丁小澄你放屁，什么年级级花，我是校花！”

我挽着程嵘的手臂，心说好的，张笑话。

掌声打成拍子，我和程嵘踩着节奏走向舞台。在舞台中心欠身行礼，我们大大方方，一派坦然，如同最佳主角。

追光灯跟着我和程嵘，礼堂里的所有目光，如同此刻的追光一样，在我们身上聚焦。

我面带微笑地看向台下，嘴里仍然锲而不舍地追问：“刚刚的介绍不霸气吗？震慑全场人好不好？”

程嵘：“不好。”

“哪里不好？”

“不够甜。”

这是什么理由？我觉得程小嵘自从他爸妈回来之后，变化大了——像是终于知道自己被宠爱，肆无忌惮起来。却是一种让人为他高兴的肆无忌惮——这样的他，开朗而生动。

主持人继续介绍后面的人，追光灯离开，程嵘借着这个空当凑到我耳边：“我喜欢橙子。”

“什么？”我惊得猛地转头，“你刚刚说话了？”我怀疑是音响效果太好，我被震聋了。

程嵘眼角带笑又重复一遍：“我喜欢橙子。”

“你你你——”

程嵘镇定自若：“我的出场介绍，初三一班喜欢橙子的毕业生程嵘，我喜欢这样的。”

他说：“橙子，笑一笑，我爸妈在拍照。”

嘿，他这可就不好笑了！我脑子里响起廖老师说过的话，压不住扑通狂躁的心跳。

全班人的出场介绍很快结束，音乐响起，毕业舞开始。

温渺站在班级休息区观看，身边也有其他不愿上台的同学。我不知道他后不后悔，因为整个毕业舞会太热闹了，原本中规中矩的队形被杨超“一骑红尘”打乱，周安妮和张晚晴斗起舞，接着全班人开始“抢戏”——乱套却掀起全场高潮。

一曲毕，所有人气喘吁吁地听班主任寄语，我以为老李要嫌我们丢脸，他却说：“我为你们骄傲。我乐意看见你们彰显个性，也乐意见到你们安坐台下静静观看。人生的选择没有对错之分，无论选择什么，走什么样的路，你们都是自己人生当之无愧的主角，所以别应付。”

我飞奔下台时还在想，老李是不是年纪大了，才会说出这样鸡汤满满的话。直到各种纷杂的麻烦涌上脑门儿，我才知道鸡汤的功效就像古装片里的人参——

吊着命呢。

“渺渺——”我想率先揭开谜底，但仍记得取得程嵘的同意。

见程嵘点头，我才说：“你看那是谁？”

我满以为温渺作为田径队最有潜力的好苗子，应该一眼就能认出那位省体校的领导。

但温渺脸上只有少年做错事时愧疚又拉不下脸的赧然，慌慌张张地看着程嵘，发现他脸上没有冷漠的神色，才舒了口气问：“她呢？”

变故就是这时候发生的。

我后来一直反复思索这场事故发生的关键，如果我谨慎一点把廖老师给的档案袋放到校外超市的储存柜里，或者我勤快一点把档案袋放回家，这些事情都不会发生。

可惜那是毕业晚会，那时的我刚刚得知自己的中考排名是年级第三——我狂妄到走路都在飘，连犯了错都在指责温渺。

我找上温渺的前两分钟，他把档案袋给了周安妮，骚动就从那时候开始。秘密在班级休息区内传开，很快有人高声问：“程嵘，你小时候受过虐待？”

“这是你的病历？”

“你得了自闭症？”

“妈耶，我从没见过活的自闭症！”

羞耻和怒火从尾椎骨一路蹿上脑门儿，我下意识地转头看程嵘，没看清他的表情，却看到走到附近的程先生程太太。

显然，程嵘也看到了。

像是体面人被当众扒光衣服，羞恼和惶恐让他整个人都战栗起来。我看着他，就好像我能感同身受，我应该要想办法解决问题的，可我转头骂了温渺。

“我告诉过你贴了胶带的才是同学录，你会不会做事？”

那是毫无意义的迁怒，温渺怔忪，而后开始磕磕巴巴地解释，说自己不是故意的，说自己告诉周安妮是右边那个……而周安妮早对同学录失去兴趣，她都快冲到程嵘跟前，巴巴地问：“这是真的吗？难怪你平时都不跟大家交流。”

议论声纷纷扬扬，他们分析、谈论，几乎拼凑出整个真相。

程先生程太太就在这时离场，如同压垮程嵘的最后一根稻草，他拳头越捏越紧，眼看就要落荒而逃。

我把周安妮推开，用身体把程嵘挡住，手从他小臂上滑下，紧紧包住他的拳头。

“当然不是！”我心乱如麻地撒谎，“学霸天才要跟你们这些凡人交流什么？他跟你压根不在一个层面上，好吗？这些东西——是我打印出来跟程嵘闹着玩的。”

这话说出来我都不信，果然，没过两秒就有人质疑：“真的假的，闹着玩，这档案也太全了吧？”

我口气不可一世，又像在开玩笑，说：“丁湘琴和程直树玩什么游戏，你们管得着吗？”

“哇哦——”有人怪叫着哄笑，所有的质疑都变了味道。

三五分钟后，台上的毕业舞再度成为大家的焦点。我语气沉稳，吩咐温渺把资料统统收回来，原封不动地把档案袋封好，拉着程嵘离开。

丁先生丁太太并没有请假出席，所以我仓促离开也不用向谁交代。

温渺用他那还算发达的脑子想了想，一直没说话，跟在我们后面，直到离开礼堂，进入小花园才开始发问：“那些是真的？”

“假的——”一开口我的喉咙就泛酸。

我是个很奇怪的小孩，按理说丁先生丁太太自由恋爱，家庭生活幸福，教出来的孩子应该开朗又自信。我的确开朗又自信，但遇上什么差错就开始反省，总认为自己罪恶大了。

温渺难得主动承认错误：“我不是故意的。”

“现在道歉有什么用？你刚刚仔细一点，不就没事了吗？”这是我的真心话，嚷嚷完自己又内疚，“算了！也怪我，都怪我……程小嵘，对不起……”

程嵘僵立着，没接受我的道歉。

我暴露了他的秘密，是他和程爷爷、廖老师再三叮嘱我要守口如瓶的秘密。

愧疚感如暴雨来临前的闷热笼罩着我，呼吸都是混浊。

“我……”我张张嘴，说不出话，眼睛先下了雨，“对不起……”

这会给程嵘带来多大的心理压力？这会让他再度产生抗拒感吗？为什么他一句话也不说？我脑子里的小念头涌动，复杂又繁多，越想越害怕。

程嵘动了一下。我一眨不眨地盯着他，屏息等他的判决。

他却只是掏出振动的手机，接电话：“喂？”

电话那头的王叔问，程先生程太太怎么突然买了高铁票离开。

“哦。”程嵘应了一声，抬手替我擦眼泪，“有急事吧。”

“程小嵘，他们是不是——”

他们是不是知道你还没好，所以才走的？这话我还没问完就已经哭得上气不接下气了。

我知道程嵘有多想和程先生程太太待在一起，也知道他们回来的这短短十来天，他有多愉快。我这是造了多大的孽？

程小嵘挂了电话，说：“别哭了，再哭，橙子就不甜了。”

温渺似乎意识到问题的严重性，闷声道歉。

程嵘忙着给我擦眼泪，没转头也没看他，说：“没事，跟你没关系。”

确实跟温渺没关系，都是我的错。我哭得脑袋晕，抓着程嵘再次道歉。

程嵘：“道歉有用的话，要警察干什么？”

我抬头觑他脸色，古井无波，我就知道他是怪我的。

程嵘将我按坐在台阶上，叹口气说：“丁小澄，做错了事就要挨罚，你认不认？”

我抽噎着回答：“要罚什么？”

程嵘：“罚你早上七点起来，沿白沙洲跑半圈。”

“啊？”一圈有二十几千米，半圈岂不是十几千米？想想我犯的错，我诚恳地点头，“好……好吧。”

程嵘又说：“罚你暑假结束前不能吃冰激凌。”

“啊——好，好吧。”道歉也要付出实际行动。

“罚你不准看《复仇者联盟》。”

“什么——”妈呀，这个我真不能忍！

“这都接受不了，叫什么道歉？”程嵘一脸严峻。

我讨价还价：“能不能换一个？延后看也行啊。”

程嵘勉强宽容一点，说：“那罚你陪我去迪士尼乐园。”

“好！”完了，我道歉态度太不诚恳了。说完，我就后悔了，偷偷摸摸看他脸色，结果他笑了。

妈妈呀，程小嵘对我也太好了吧？

这一点很快被温渺看破并且点出。

程嵘说：“嗯？你还没走？”

于朦胧目光中，我看到温渺似乎处在抓狂边缘。

温渺闭嘴，三秒后，他犹犹豫豫地指着程嵘准备用来给我擦眼泪的餐巾纸：“你刚刚拿那个给她擦过鼻涕。”

我哭得太用力了，一时没反应过来，就听见程嵘回答说：“没事，她不知道。”

“滚蛋！去买新的！我要湿纸巾！”

成功把程嵘赶开，我拍拍身边的空地，说：“渺渺，过来。”

温渺一副怕我把鼻涕蹭到他身上的样子，选了花坛的另一边坐下：“你说吧。”

“你过来点，我又不会拿你衣服擦眼泪。”

温渺摇头，指着我身边擦鼻涕的纸，一脸嫌弃：“没地儿下脚。”

我心说滚蛋。

然而，我还没想好怎么开场，温渺先说：“是真的，但已经不严重了对吧？”

“你……”

温渺说：“要严重的话，我们也不是青梅竹马了。”

我百感交集，张晚晴早说过温渺和程嵘之间有一种默契，一种我们不懂的默契。这样复杂的情况，我都不需要说什么，温渺就全盘了解了。

温渺问：“我能知道……”

“不能。”我一口回绝，“等他彻底好了，我会告诉你的。”

温渺点头，说：“我会保密的。”

甚至不用担心他是否会用异样眼光来看待，我很是欣慰：“乖了。”

温渺咧嘴一笑，说：“滚。”

我脾气上来拿餐巾纸扔他，他边闪避边嘲笑：“看看你那一双肿泡眼！”

真的假的？我翻出手机，点亮屏幕就看见张晚晴发来的未读信息，点开就是扬声器播放。张晚晴喊：“丁小澄你死去哪儿了？我跟你说，刚刚龚嘉禾跟我表……”

后面的话被我及时掐断，我下意识地去看温渺。温渺怔忪着，反应不过来。

“渺渺……”我于心不忍。

温渺哪里都好，就是瞻前顾后这点不好。我经常看见他面临选择，其实哪个都不会太坏，他却硬熬着，直到放弃也不做决定——尤其是关于张晚晴的决定。

但这天这样奇怪，温渺想装作没听清，却要他再听一次。

张晚晴看见花坛直角这边的我，嚷嚷：“你们都到哪儿去了，你知不知道刚刚吓死我了，龚嘉禾跟我……哦，你也在啊。”

她生生变了脸色，从惊慌抱怨变成甜蜜抱怨：“那个龚嘉禾啊，刚刚跳完毕业舞就把我拉去老花园，还绑了一堆气球……噢，对了，我跟他还拿了舞会的人气奖呢！”

以前我觉得以牙还牙，以眼还眼是个痛快淋漓的词，正面碰上这场景才知道有多诛心。温渺的脸越白，张晚晴的嘴角越往上扬。

我们为什么非要让对方受到同等伤害，才觉得畅快？

我想制止张晚晴，站起来跟她使眼色：“他带你到老花园，那个，你没同意吧？”

“那个？哪个啊？”张晚晴装模作样演戏，演完没听清又演恍然大悟，“噢，你说龚嘉禾跟我告……”

“丁小澄！”温渺忽然高声打断，“七夕那天出来玩吧！”

“啊？”

温渺改成盘腿坐，不紧不慢又意有所指地补充："就我们俩。"

张晚晴惊诧又慌张地看着我，眼里充斥着控诉；温渺残忍地盯着我，不容我反驳，双重目光夹击，委屈感在这一刻攀到顶峰。程嵘，你是去小卖部造纸了吗？为什么还不来救救我？

"温渺，你太过分了！"

"丁小澄，七夕那天桥洞下见。"

两人同时开口，让我头大，让张晚晴转身就走。

我看见姗姗来迟的程嵘拿着一塑料袋的零食、水和餐巾纸，站在原地看张晚晴赌气跑走。他来得可真是时候，我扭头看温渺，他还是装出不在意的模样。

温渺说："丁小澄，你会来吧？你不来，我不走。"

我该骂他的，骂他总是重复犯错，悔悟之后再犯；然后又觉得自己也在重复犯错，我骂过他多少次，他不还是这样？

我看着他眉目清朗的脸，觉得这样真没意思。我说："渺渺，晚晴知不知道你给她写过一首《晚晴》？"

我看着温渺傻掉，想起那天桥洞里的少年歌声，他唱："云霞遮去半边你，无声无息入梦里……藏不住的风光旖旎，那是你……"

那歌里没藏什么风光旖旎，只藏着年少真挚却反复不定的情意。

毕业舞会之后程嵘和程爷爷回了大房子，夏日炎炎，午后的烈日能把人晒化了。我们家只有一个总电表，我一开空调就会引起小舅母的念叨，索性躲在程嵘家蹭空调。

第一天见我来了就往地板上躺，第二天程嵘就叫王叔买来长毛地毯，把整块空地铺得严严实实。自从张晚晴打游戏时发觉我和程嵘在一起，于是程嵘的卧室成了夏日新据点。

吹着空调，吃着西瓜，看着落地玻璃外的炙热光线，别提多爽了。除了张晚晴拒绝提起那天发生的一切。

我试图向她解释，但她仿佛掌握了未卜先知的技能，总在我要提起相关话题时撤退。她不问我会不会赴约，也不问温渺为什么这样做，连龚嘉禾也不再提起。

“看我干什么？准备啊！”

张晚晴推我一把，我才发现 iPad 上的小人排排站好，就我没有“准备”。

“哦，好。”

我们把程嵘的卧室当成据点，但也只是我和张晚晴看电视，他打游戏。突然有天张晚晴注意到程嵘在玩的“突突突”枪战游戏，拉着我开始组队模式。

这一把是五人小组赛。

我一直觉得，以张晚晴对自己的“美少女”定位，她在游戏里一定是：“安全了吗？我可以捡东西了吗？”实际上是：“哪里有人？让我来！”

她莽莽撞撞冲出去，一顿扫射，然后死了。

这一把她也是这样，死了还十分生气：“明明我已经把他打倒了，结果我被他队友打死了！”

声音通过话筒，传到队友耳机里，那边有人笑：“女的啊！怪不得死这么快。”

张晚晴气，我也气，对着平板电脑喊：“你说什么呢？”

那边的队友是网络随机配对的路人，口气有点横：“不就是这样吗？这个游戏，一个队有一个女的就够呛了，还来两个。女的就不适合玩游戏！”

嘿！我这暴脾气，我摸到这位队友的附近，“砰砰”朝他开两枪。

“谁打我？哪儿开枪？”队友之一有点傻。

队友之二目击了我行凶的全过程，告密说：“那女的打的，神经病！没事，队友开枪无法造成伤害，我们一会儿自己走，不带她！让她自己死去！”

队友二号说完就挂了，旁边通告提示：我爱吃橙子用手雷炸死了队友【神一般的教父】。

张晚晴拍大腿笑：“哈哈哈——”

语音频道里队友二号开始发飙，什么脏话都往外吐。队友一号也叫嚣：“你是故意的吧？你说句话啊？”

屏幕上又一条通告提示：我爱吃橙子用手雷炸死了队友【姑苏慕容狗剩】。

程嵘说：“舔包。”

队友一号："神经病？开局杀队友，这可是五人小组，你们两个打五个，是找死吗？"

程嵘说："死了就退队吧，她一个顶你们俩。"

这话真不是吹牛，我在游戏领域是有一定天分的，或者说我和程天才配合默契。一局打到最后，我收了不少人头，骂骂咧咧的两个队友也都闭嘴了。

"还剩两个人，我猜他们在山坡那边。"

程嵘说："再等等。"

他向来是计划周全再动手，我则是逮着机会就上。瞄见旁边就是我们开来的车，我爬过去，开了车往山坡那边冲，压倒一个，同归于尽一个，程嵘收割人头，赢得简简单单！

赢了他还不乐意："我不是说等等吗？等一下你就不会死了。"

我看破"生死"，相当无所谓："你不是还活着吗？赢了不就行了。"一看程小嵘那脸，我就知道他还不满意，还想跟我掰扯，非要我认同不可，我连忙使眼色让张晚晴救场。

"听说——白沙洲要拆迁了。"结果张晚晴一开口就是大消息，"到时候我们就要搬走了。"

我腾地从地毯上坐起来，凑到她跟前问："拆迁？为什么拆迁？"

"还能为什么？年年发大水，住在洲上年年都得遭灾。"

我心里不得劲："那也不是每年都像今年这样啊。"

"以防万一呗。"张晚晴耸肩，对遭灾非常不喜，"我是不想年年这样狼狈，要不是我爸说红房子占着财位，我妈才不乐意来住呢。"

"可是——"

这次轮到我想掰扯，张晚晴早早休战："较什么真，我也就是听说，谁知道搬不搬呢？"

这样的小道消息传得飞快，在我们听到之前，洲上居民的八卦内容早已被这条消息霸占了，所有人都蠢蠢欲动。

拆迁，意味着机会。

拆迁意味着不用年年洪灾暴雨过后修葺房顶墙体，不用年年断电撤离。

“我只是觉得太突然了，我不想离开这儿。”

这个小沙洲上有我的童年和青春，有我的朋友和家人，十几年来每一次介绍自己，我都要说我是白沙洲的孩子。

张晚晴突然拥住我：“我也不想离开你，拆迁之后，我们就不能住在一起了。”

我愕然转头：“为什么？”

像其他拆迁的地方一样，不都会重新规划居住地吗？到时候还在一个小区啊。

张晚晴：“我妈说安置小区太乱了，不会住那儿。”

“要真拆迁的话，安置小区不也是新建的吗？乱什么？”

我傻愣愣地看着张晚晴失笑，想明白关键，张太太说的乱不是地方脏乱，是人太乱。这个道理我还只有六七岁时就明白了的，我们和大房子、红房子里的孩子不一样。即使我和他们成为朋友，也还是不一样。

“程小嵘，”我忽然觉得怅然若失，“你也不会住安置小区，是吗？”

程嵘没回答，我妈在别墅外喊：“丁小澄——”

“干吗？我不回家！”

“丁小澄——”她又喊了一声，接下来的话让我始料未及，她说，“温渺家要搬走了，你不来送送吗？”

我以为离别很远，其实就在眼前。

最终去送温渺的只有我和程嵘，说是送他，其实也只是默默陪着走了一段路。从白沙洲洲尾的分岔路一直送上小桥。

“就到这儿吧，再送就要过河了。”

温渺把三轮车推上小桥，温叔骑车，温婶在后面推，很难想象他们住了这样久，搬走时东西只装了一辆三轮车。

自从上次温渺说了那番“七夕出来玩，就我俩”的话，我没再见过他。之所以躲着，是因为我不知道怎么处理，也因为生气。

我以为不回应就是一种回应，温渺却在离开的关头旧事重提：“你会去吧？”

程嵘问：“去哪里？”

“这个是我跟丁小澄的秘密。”温渺口气有点欠揍，“丁小澄，怎么说我们也是十几年青梅竹马的好朋友啊！”

“我……”

直到他被温叔叫走，我也没有回答。温渺转身时有点失望，那失望挂在我心口上，勒得我难受。

十几米开外，温渺背着我们跑远，又忽然停下，回过头，执拗地喊：“不管你去不去，我一定会去的！”

年少时没什么能捏在手里的东西，越是仅有的就越想握紧，越想告诉别人：我不是一无所有，我不是只有你。

回程，程嵘忍不住把我截住：“你们到底在说什么？”

这件事我已经瞒他很久了，他一问，我顶不住压力全倾吐了。

说清楚前因后果，程嵘沉默片刻，问：“你到底怎么想的，去还是不去？”

我们是边走边谈，那时我没注意公路左边的房子墙角躲着人，她原本伫立偷看了一场离别，此刻又偷听了半个真相。

我直言不讳：“我想去。”

我想去把话说清楚，我把温渺当朋友，他不该把我当成和张晚晴角力的筹码。或者最后一次告诉他，别陷在重复犯错的循环里，伤人伤己。

想法是很好，真到了那一天又没办法实现，突如其来的亲戚聚会让我成了观赏物，丁先生丁太太以我突飞猛进的成绩为谈资，从中午说到下午三点。

我想提前走，亲戚们拦着不让，非要年级第三陪吃晚饭。我打电话给温渺，用户不在服务区，辗转找了程嵘帮忙带话。匆匆赶回家时，程嵘似乎刚从桥洞下回来。

“你跟温渺说了吗？”

夏天的晚上，快八点了夜幕才真正黑下来。我正好在程嵘家门口堵住他，转头又去了超市。

咬着甜筒我才算活过来：“他怎么说？”

程嵘："他没来。"

"没来？"

"我等了半个小时，一直没看见他，可能来了又走了，也可能没来。"

"哈。"空气中传来一声冷笑，有个身影从黑暗的公路踱过来，是温渺。

"老板，拿瓶水。"

我一巴掌拍他肩上："原来你也才来？你电话打不通，害我以为你会一直等着，还叫程嵘去找你。"

"撒手。"温渺偏头，他的脸在超市的灯光下暴露，伤口也无从遁形。

"你怎么了？打架了？怎么回事——"

"撒手！"

他肩膀一甩，我的手直接落空。

"你怎么了？"我慌张了，温渺从没用这样恶劣的态度对待过我，"是不是……等太久生气了？你到底来没来，身上的伤是怎么回事？"

温渺冷笑，扭着脖子说："我来没来？我来没来不算数。"

"渺渺——"

温渺把两块钱硬币丢在冰箱上，扭开瓶盖猛灌两口，问："程嵘，你说我来没来？"

程嵘："我没看见你。"

"哈——没看见？"温渺笑得狰狞，"没看见？好，很好！"

说完那句话，他骤然把水泼向程嵘，扔了瓶子就是一拳。程嵘没有防备，生生挨了一下。

变故来得又快又怪，反应过来时，我已经挡在程嵘前面，拦着温渺："你疯了吧？发什么神经？"

温渺眼珠子沁着血，逼问："丁小澄，你护着他？他和你根本不是一类人，你护着他？

"你看看你裤腿上的泥，你知道不知道你户口本上写的是什么？菜农户，农民，懂不懂？你以为你在跟他玩，是他在玩儿你！

“张晚晴是这样，程嵘也是这样，他们有钱，所以我们就得做小伏低，奴颜婢膝！”

温渺狂躁地喊着，嚷着：“我受够了！”

“我们才是一个世界的人，十几年的狗腿子，你还没当够吗？”说完，他讥讽地笑，“也对，你是女生，你巴着程嵘也好……”

“你嘴巴放干净点！”

程嵘说出这句话的同时挥拳，两人厮打交缠，在我叫来小超市的老板之前温渺甚至被程嵘卡着喉咙按在地上。

温渺吐出带血的吐沫，讥诮地道：“其实你也忍我很久了吧？是因为丁小澄才勉强接纳我的吧？想想我也不该这么对你，毕竟你有病嘛，精神——”

“温渺——你闭嘴——”

程嵘被小超市老板架开，温渺躺在地上像一堆烂泥。他还笑，说：“我知道这个时候不该问这个问题了。丁小澄，明明是我先认识你的，明明我们待在一起更久，现在让你选，我和他，你站谁一边？”

我已经被刺激到手抖，我十分后悔暴露了程嵘的秘密，从此以后这成为他最容易被攻讦的弱点；更后悔我就那样相信了温渺，以为他们有所谓的默契，不至于让程嵘受伤。

这一切都莫名其妙到极点，温渺还躺在地上大笑。他知道自己一时冲动说出的话会给别人带来多大的伤害，可他从不悔改，并且乐此不疲。

就像以牙还牙，以眼还眼，脑充血的情况下我无法思考到以后，我说：“这还用想吗？谁会选你？”

这就是我们张扬恣意，任性到极点的少年时代，不论是谁伤害你，大可把语言化成夺命的刀，捅过去。我当时认为我没错，后来的很长一段时间也认为我没错，直到温渺的号码变成空号，社交账号被拉黑……我才大梦初醒般惊觉已经没了和解的机会。

我想，我也只是偶尔会想想，其实也没什么大仇。

第七章

再见不是朋友

“来，从丁小澄开始，依次做自我介绍！大家鼓掌欢迎！”

春去秋来，又是九月，我站在讲台上做自我介绍，眼睛羡慕地盯着台下一片黑白色校服，不知道我的新校服什么时候会到。

讲台上一连站着五个人，挨个自我介绍完，班主任郭德一脸喜庆地宣布：“从今天起，他们就是A部高三一班的一员啦，现在我们开始上课！”

“郭德，来一下——”

门外突然有人喊，班主任郭德仰头冲门外走廊吼：“搞什么？我要上课了！”

隔壁班班主任好心告密：“去拿你们班那五套新校服啊！有的校服堆仓库太久发黄了，去晚了，你们班学生只能穿发黄的校服了！”

看得出郭德是个心为学生的大龄青年，吩咐一句班长管下纪律就匆匆离开。

我抱着书包往老师安排的座位走，位置在最后一排，靠墙的那边坐着一个满脸写着“生人勿近”的少年，脸臭得像谁欠他五百万。五百万臭脸少年和他旁边的桌子上堆满了书，椅子上还放着他的书包，占山为王还为之自豪的模样。

我说：“同学，这是我的座位，请你把东西挪开。”

五百万臭脸少年眯眼冷哼：“凭什么，你算老几？我现在不开心，不想搬！”

依照我前白沙洲老大的暴脾气来说，他敢说这句话就已经惨了。可我现在不是白沙洲老大，我于搬离白沙洲那年失去所有小弟。

今天的我是个普普通通的高三插班生，做不到横行霸道，勉强保留颜面，我抱着书包说："哦，好吧，等你开心了再搬吧。"

两年前新生报到的那天，我在分班告示栏前从一班看到五班，看了三遍也没找到程嵘的名字，同样的，也没有张晚晴和温渺。

谁都不见了，谁都联系不上了。

高一的课程上了一个礼拜，程嵘带着他的手机残骸从国外回来，看到了整个白沙洲的房屋变成废墟，还没有签同意书的大房子屹立在废墟里，墙体和童年一样被打上了"拆"字。

我事后逗他："你是不是吓哭了？谁让你去国外待那么久？"

其实我没资格笑，我早就吓哭了。

白沙洲的房子变成废墟，程嵘辗转找到我所在的班级，闯进正在上课的高一一班教室。他视线如利刃刮擦，精准地锁定我，然后杀气腾腾冲过来，扯着我就走。

老师都蒙了，在学生们吆喝起哄之后才后知后觉地喊："你是谁啊？还在上课呢！你们干什么？"

程嵘拽着我狂奔，那时我浑浑噩噩地上了一个礼拜课，我总觉得这一切都是假的，我的身边怎么没有我的朋友呢？

然后我就等到了他，他把我从让人窒息的陌生班级里拖出来，我浑身细胞都在高唱凯歌。我想，这噩梦终于要醒了。

程嵘把我带到废旧老花园，甩开我的手，劈头盖脸就问："不是说好了读同一所学校吗？你为什么骗我？"

这是个啼笑皆非又无可奈何的误会。程嵘当初点头说留在东雅高中，校领导珍而重之地对待，连志愿填报都是主任代填。他的的确确交代我填"东雅高中（西校区）"，可我却忘了把括号里的内容转述给替我联网填志愿的丁先生。

那时我并没有想起自己犯的错，还觉得委屈，张口就嚷："你们都不理我——

打电话不接，发消息不回——你们、你们干吗呀，为什么都不理我——”

天塌地陷般绝望，所有人我都联系不上了。程嵘突然出国；拆迁消息下来的第一天，张太太就签了字，带着张晚晴搬走；而温渺一直处在“用户忙”……我再三自省，把断联之前的相处经历翻来覆去地琢磨，也弄不懂为什么忽然就成了这样。

四分五裂，再不往来。

还好，程嵘还在。

但程嵘在也无济于事，我的差错导致我们仍旧就读东雅高中，然而一个在老校区，一个在闹市新建的西校区。

知晓一切关键，程嵘带着我闯进年级组长办公室，开口就是大言不惭：“我要转学，她过来或者我过去，你们选！”

程嵘很牛气，因为他是程嵘。

年级组长很有资历，一个电话叫来了丁先生丁太太。

“学籍刚刚归档，你以为转学这么容易？学校有学校的规矩！”

年级组长苦口婆心，程嵘反反复复只给一句话：“丁小澄要跟我在同一所学校！”

丁先生和丁太太惯不是爱给别人添麻烦的人，尤其过错还在我。男女二人联合讲道理，说谅解，最后丁先生祭出撒手锏：“丁小澄，这是你自己犯的错，你凭什么要别人为你买单？”

于是我动摇了，该一致对外的时候，我演奏了退堂鼓。我在丁先生丁太太的眼神杀鼓励下开口说：“算了吧。”

我清清楚楚地记得当时程嵘脸上的诧异和被背叛的愤怒。他闭口不言，在一切风波平息后，涉事人准备离场前，咬牙切齿说：“丁小澄，你这个骗子！”

两年后东西校区合并，我蹲在新班级的地板上犹如丧家之犬。

程嵘从后门进来，看见我时愣了愣，不再咬牙切齿，而是云淡风轻，好像我只是他一个刚好有点印象的老同学。

他说：“丁小澄？你进我们班了？”

我彻底从回忆里抽身，五百万臭脸少年还是不开心。我局促地站起来，腿有点麻，撑着桌子勉强维持体面：“嗯，考进来了。”

“哦。”他淡淡应一句。

五百万臭脸少年饶有兴趣地盯着我和程嵘看，程嵘微不可见地皱眉：“你和顾妄怎么了？”

“谁？哦哦，没什么。”我后知后觉地意识到顾妄就是五百万臭脸少年的名字，“他说他现在不想清桌子。”

我看得开，一会儿班主任回来了，他照样得清。

这只是一个短暂而客套的寒暄，程嵘说完这两句，就提着东西离开，疏离，正常。走出两米远，他却停下来，疑惑地看我：“还不过来？”

“啊？”

“你坐我旁边。”

我飞快地抬头，试图根据他现在的表情判断他的心情。可他说完那句就转身继续走，让我无从判断。

“不行——”

突然有人唱反调，我才意识到除了顾妄还有第三人在关注我。转头看是个女孩，她手里抱着一个木盒子，盒子里是化学实验器材——和程嵘拿着的是一套。明显，他们俩刚刚一起去了实验器材室，一同取了实验器材，而程嵘承担了重物。

女孩说：“那个位置是放实验器材用的，实验器材搁在地上，万一磕着碰着怎么办？”

女孩的理由合情合理，程嵘也没开口。我落寞地垂头，失落从心里透出来，蔓延到脸上：“那还是算了吧，实验器材挺重要的。”

这话假到我自己都不信。我都这么委屈了，我都以退为进了，程嵘居然一点反应都不给！

顾妄笑得像个反派：“你过来吧。我现在开心了，容许你清桌子。”

“哦……”我用犹豫的步伐，充分地将身在曹营心在汉演绎得淋漓尽致。

“丁小澄！”等我龟速般挪到顾妄旁边的桌子时，程嵘猝然高喊，“好玩吗？

我数三下，你自己过来，别让我动手！”

哇，我好歹是前白沙洲老大，居然敢威胁我？

我抓着书包带一甩，气势汹汹地杀过去，拍桌子叫嚣：“不就是周末放你鸽子吗？哥哥你怎么还没消气啊……”

别误会，除了拍桌子的声音大点，那两句话只有我和程嵘听见。没办法，谁让我的狗儿子在程家寄养，谁让我的身高在冲破一米六六之后再不动弹……谁让我被人家捏着把柄，又打不过人家呢？

我一喊哥哥，程小嵘脸上哪怕是十级飓风，也能立马放晴。丢脸得很，我最乖巧的小时候都没管他叫程嵘小哥哥，反而是成了他口中的骗子、叛徒之后，一再退让，江山失守。我迫不得已，寒暑假和每个周末都去“不差钱咖啡自习室”接受程天才的调教，偶尔来不了还得提前打报告。打完报告他还斤斤计较！

他呢，脾气见长，得了便宜还得寸进尺：“那你意思是你没错？”

程霸道划拉着算盘又开始算账，我当他和尚念经，自顾自拿纸巾擦课桌。

抱着木盒子的女孩子不甘寂寞，说：“哎，新来的，那个座位是放实验器材用的，你换个地方坐，万一磕着了……”

新来的？明明是程嵘叫我坐这儿的，怎么专捏软柿子呢？我最不喜欢像周安妮一样不懂礼貌的女孩子了，尤其她还没有周安妮好看。

于是我像个祸国殃民的妖姬，捅了捅程嵘：“她不让我坐这儿呢！”

程霸道超级凶残，冷冷一眼扫过去，说：“坏了我赔。”

噫，有钱了不起啊！不好意思，有钱就是了不起。

“哈哈哈——”顾妄笑得快断气，冲我说，“哎，小橙子，我后悔了。你坐回来吧，我给你搬东西。”

我说：“你不是不开心不搬吗？”

顾妄说：“现在开心了，何甜甜不开心，我就开心！”

看着郭德抱着校服进教室，我正襟危坐偷偷讲话：“你们班同学都这么神经质吗？”

程嵘回答：“嗯，都不正常，你别理他们。”

一堂课浪费了不少时间，只讲了十来道选择题就打下课铃了。郭德比我们还不愿意拖堂，还提前几分钟把新校服给发了。

准确来说，不是新校服，是A部校服。

东雅中学改革合并，东校区完全作为初中部，西校区作为高中部。又将高中部按原来两个校区划分为A部、B部，统一考试，B部前二十名升入A部，A部倒数二十名降级去B部。

程霸道听到还要统一考试，并且只有前二十名才能升A部，气到爆炸，当场打电话叫程爷爷想办法，但我不让。

“一个电话就能解决的事，稳妥点不好吗？”

我说：“程小嵘你冷静点，你想想寒暑假和周末，我都在程天才的指导下兢兢业业学习，你对你教出来的人有点信心，好不好？”

事实证明，凭自己实力我也是穿得上A部校服的：“周安妮可喜欢这校服了，可惜，她是第二十二名，进不来！”我拿着新校服往身上套，想着周安妮给我发的消息，脸上有点惋惜，“周安妮说我原来的班级就在艺术班旁边，她还看到了张晚晴……程小嵘，我们中午去找她吧！”

程嵘说：“她理过你吗？

“张晚晴是没拉黑你，可她接过你电话，回过你消息吗？

“你别这样犯……自欺欺人，行不行？”

一个星期过去了，星期六临放学时，郭德点了一串名字把人扣下，其中就有我和程嵘。

我对A部的了解全都源自程嵘的解说，他清了清嗓子，想勾我主动问他。然而我垂着眼帘，视若无睹，等着郭德的解释。

我并不高兴程嵘用“犯贱”这个词来形容我，哪怕他及时闭嘴收回，但不妨碍我知道他心里这样想，这样看待我郑重其事对待的友谊。

“以上同学跟我走，其他人放学……”

郭德并没有要求队形，我落在队尾，不出十几秒，程嵘拖拖拉拉黏到我附近，不说话，也不离开，就一直黏着。

像乖巧却照样被主人抛弃的狗，一旦惹得谁爱怜，便死赖着不走。这样想让我有点胸闷难受。

一共六个学生被叫出来，跟着郭德进了一间实验教室，里面已经坐着十来个人了。

“自己找位置坐。”郭德走上讲台，吩咐道。

“丁小澄——”

“顾妄——”

六个人加入十几人的队伍，有熟识的立马打招呼寒暄。

在我眼里周安妮这个“熟人”是绝不会叫我的，但她脸上的“喜悦”的确不像作假。我瞥一眼程嵘，拎着书包过去问：“你旁边有人吗？”

实验教室的实验桌都大得出奇，一桌能坐两人，看到周安妮摇头，我便在她边上落座。程嵘提着书包，哀怨地看我一眼，在我后面坐下。

周安妮回头，眼神轻佻地在我和程嵘的校服上来回打量：“哟，A部校服，果然校服是最好的情侣装。是不是啊，程嵘小哥哥？”

初中毕业舞会的事已经过去很久，起初被周安妮追着问是真自闭还是闹着玩时，程嵘对她恶语相向，说过“关你屁事”。后来年纪增长，周安妮道了歉，他依旧对她不假辞色。这次他只是看了她一眼，已经是相当平和了。

我一直觉得周安妮是个神奇又惹人厌的姑娘。初中时她总爱宣扬说自己要去艺术班，要当明星，后来什么也没发生，留在老校区普通班，并且搬到了我家附近。

我问过她为什么。当时她嚼着口香糖，没心没肺地说：“金融危机啊，股票套牢啦，公司垮了，我们家破产了，没钱给我开公司当明星了。”说得就像讲故事一样。

除了讲故事，周安妮还擅长惹人厌。

“哎，你怎么不跟你小哥哥坐一起？吵架啦？”

程嵘适时加入话题，趴在实验台上企图控诉我，黏黏糊糊地说：“我已经道歉了。”

周安妮眼睛瞪得像铜铃，生怕她觉得程嵘太奇怪，我连忙妥协说：“好好好，不是什么大事，我没生气。”

程嵘说：“那你坐过来！”

口吻很是颐指气使。

其实我本意是想离他远点，与“犯贱”那事没关系，而是我终于意识到我和他好像不该那样亲密。

程嵘眯眼看我，在逼我就范和继续装可怜之间，何甜甜选择了坐下。

“你——”程嵘锁眉，相当不甘愿。

何甜甜没看过前情提要，还以为程嵘是在欢迎她：“就剩你这儿空着了，不介意我跟你一组吧？实验搭档。”

“你跟程嵘是实验搭档呀？”周安妮热络地展开交际。

何甜甜仿佛很高兴有人问到这个，滔滔不绝地宣扬她和程嵘不得不说的二三事。

周安妮眼珠子一转，坏水往外冒：“丁小澄，你和程嵘每个礼拜都要‘约会’，他没和你说过这些‘传奇’？”

组队竞赛答题获第一，任何实验都能达到最快速度和最高完成度，干任何事都能把第二名甩老远……程天才犀利到如同开了作弊器，但这些“传奇”，他的确没有一一告诉我。

都是我问起，他才会停下笔干巴巴地回答两句，末了还加一句“也没什么意思”，仿佛他的高中校园生活苍白无趣。

听了何甜甜精彩纷呈的版本，我才知道货不对板，但是我依然不能丢了气势。

“他说没说过我干吗跟你说？”

“怕她吃醋。”

我和程嵘同时开口，丁式牛皮被程嵘戳破，还被他渲染上一层粉色。周安妮开始怪腔怪调地打趣，何甜甜则快要崩溃：“吃醋？约会？”

我解释："他瞎说的，我们是正儿八经的学习小组！"

"哎，哎，别聊了——传卷子行不行？聊天去茶馆啊！"顾妄在程嵘身后，敲着桌子不耐烦地嚷嚷。

转身我才看见桌上的试卷，拿了试卷才明白郭德召我们来干什么——要选十二个人去参加密室逃脱之高考争霸比赛。

听名字就是个倒霉活动，参赛还得考试。一张试卷三十分钟，筛选出十一个人，周安妮和另一个男生分数一样，最后她被留下了。

"你刚刚跟老师说了什么让老师留下你？"

周安妮笑嘻嘻道："我说我们家开密室逃脱游戏室的。"

比赛就叫"密室逃脱之高考争霸"，家里开密室逃脱肯定占优势，老师选择周安妮也不是没道理。

我应了一声，充作回应，周安妮笑吟吟地看我："我们家都破产了，你就不好奇，为什么我们家还能开密室逃脱？"

其实我不好奇，人家的家务事，我费那个劲调查清楚干什么呢？

周安妮自顾自地乐了，说："我骗人的啊！什么密室逃脱，是我妈在那里当前台而已。"

我真不知该夸她乐天挺好，还是该说骗人不对。我想也许是周安妮有自己独特的处世哲学，而我浅薄了看不懂。

走神了两分钟，教室里的学生忽然交谈起来，郭德站在台上目光慈祥："那组队我不管，你们自由组合！"

我忽然就听不明白郭德说什么了，疑惑地问："为什么还要自由组队？"

"密室逃脱有两人场、四人场和六人场，大家自由组合。"

程嵘解释完，周安妮已经离开位子去找人组队了。A 部学生速度很快，没两分钟就把组队名单报给郭德。

郭德低头在纸上记录大家报名参加的场次和相应的名字："四人场缺一个，二人场没人报名？怎么回事，二人场难度系数高，都不敢去？"

我想了想举手报名："我去。"

与此同时，郭德那句“程嵘你去”刚好落下。

听我说完郭德笑了，说：“那行，就你们俩……”

“老师，我想去二人场！”

“老师！”何甜甜站起来，阐述她的竞争优势，“我和程嵘当了两年实验拍档，我们之间更加默契。”

在场同学表情多多少少有些微妙，组队随意得很，自由组合，谁都可以。但在郭德确定了人选之后再跳出来自荐，总有点醉翁之意不在酒。

一时间，郭德愣在台上没说话。

有人看热闹不嫌事大，喊：“那就投票选呗！怎么说也是事关集体荣誉的大事！丁小澄，说出你的优势！”

“我？我没什么优势。”

就一句话，程嵘眼睛里闪着的小星星一下就暗淡了，他说：“丁小澄——”很是无可奈何，像是失望，又像是埋怨我不肯放过他那句无心之失。

他就是这样，让人忍不住想高高拿起，轻轻放下，仿佛口气重一点都是对他的残忍，谁又忍心对他残忍？

至少，我不忍心。我抽出那张差三分满分的考卷，弹了弹，随意地说：“我没什么优势，就是聪明！”

程小嵘一下就高兴了，眼睛里的小星星能把人闪瞎。

周安妮第一个为我摇旗呐喊，说：“丁小澄，你牛！”

何甜甜有理有据，指着比赛说明阐述观点，什么二人场实验占比大、难度系数高，叨叨一大堆，直接被周安妮打断：“你就是觉得你更占优势呗？”

“这事关学校荣誉，应当大家投票决定！”何甜甜义正词严。

她脸都红了，要是两年以前我遇上这样的姑娘，这样软绵绵，又带着一股青涩情意的姑娘，我总忍不住戳破人家的绮梦——为我自己那点没琢磨明白的小心思。

就像当初对周安妮那样，打破她对程嵘的幻想。

现在却不会了，不会，并且不忍。

我举手表态："要不然……"我去四人场好了。

话没说完就被程嵘打断，他说："那就投票啊，从我开始，我选丁小澄。"

顾安果真是何甜甜不高兴他就高兴，拍桌子狂笑，还喊："何甜甜，你听过一票否决权吗？"

我觉得糟糕透了，不是为程嵘的不留情面、何甜甜的尴尬，也不是为满座人脸上的调笑，而是为我心里隐秘的欢喜。

他选择我，我如此欢喜。

但廖老师说，我之于他，只是"安全点"。

比赛那天是工作日，学校派车接送，但程嵘拒绝了："我家里有车。"

"你家里有车，你替我拒绝干吗？"

我在洗漱间刷牙，把话和漱口水一起吐出来，然后洗脸，倒腾护肤品——郁美净和防晒霜。

"这是什么？"程嵘转移话题。

"郁美净。"

"哦，我试试。"

我给他挤了一点儿，他看了看手心那点白霜，伸手朝我脸上抹。

"喂——谁让你往我脸上试？走开啦！"

鸡飞狗跳不可开交，丁先生和丁太太看了笑呵呵，还点评两句"感情还是这样好""两小无猜嘛"，然后甩下我们孤男寡女就这样离开。

"妈——"我冲出来嚷嚷，"你倒是把钱留下啊！"

程嵘不慌不忙地从洗漱间出来，挑破真相："钱不是在桌上吗？"

"哦。"

我也醉翁之意不在酒，在我不能离他太近。

早饭是甜酒冲蛋配油条，程嵘拿起筷子夹油条，让我不由自主看看自己直接抓着油条的手。跟他一比，我吃相都不能用"不雅"来形容。他呢，咬着油条也能笑得好看，也不怪何甜甜会对他情窦初开。

在投票风波之后，顾妄主动示好并告知我一堆程嵘与何甜甜的“秘密”：两年固定的实验搭档，大家各自换了好几拨，就他俩没换；何甜甜说程嵘很照顾她，被女生打趣，何甜甜又解释说他俩目前都想好好学习……

话说得模棱两可，程嵘没有否认，风声就这样传出去了。直到反派一样的我出现，大家才惊觉，“关系好”和“关系好”之间差距悬殊。

我胡乱甜蜜着，程嵘猝然审讯：“丁小澄，昨天傍晚六点到晚自习上课的这段时间里，你在哪里？”

我态度强硬：“干吗？警察问讯啊？”

“你去乐团找张晚晴了。”

居然是陈述句，一副用不着我承认，他都清楚的口吻。其实我没有故意去乐团找张晚晴，我只是想去看看。

周安妮说张晚晴已经很久没去交响乐团训练，而我的信息还滞留在张晚晴发的朋友圈，说她成为乐团大提琴首席；周安妮说张晚晴三个书包交替用了两年，除了校服还是校服，而我的记忆里张晚晴一学期恨不得有五个书包，每天轮着换……我想知道她怎么了。

程嵘叹气：“你去找她干什么？她又不肯理你。”

我放下瓷调羹，调羹碰撞瓷碗发出声响，又冷又脆：“我总得知道真相，总要弄清楚为什么——”

“她不联系你，这还不够表明态度的吗？”

“你跟她是亲戚，你明明能帮我约她出来，我至少要知道为什么她就突然不联系我，我到底做错什么了我——”

程嵘身体往后靠，隐隐有抗拒的意思：“是她做错了，跟你没关系。”

我赌气道：“那我自己去找她！都在一个学校了，我难道还堵不到人吗？”

“丁小澄——”

“我吃完了。”把碗一推，我非暴力不合作到底，换完衣服站在门边，无声地催他走人。从出门坐车到抵达比赛场地，全程不发一言，我用所有的肢体语言表达“我不高兴”。

在候场区等待时，程嵘终于松口了："是不是我不帮你，你就自己偷偷去找张晚晴？"

我睨他一眼，心说这不是废话吗？

"行了——"程嵘无奈地妥协，"比完赛带你去找她，行了吧？"

"你要是骗我，你就——"

程嵘挑眉，笑得危险："我就怎么？"

相较于程嵘拿我没办法，其实我也拿他没办法。

"嘿嘿嘿，没什么，到我们了，比赛了，比赛了！"

得了程嵘的承诺，我这颗心一直飘着没落地，进了二人场的密室也觉得脚步飘忽，等程嵘把第一关解出来，我才后知后觉想起这是比赛。

进了第二扇门，难度升级，一整面的数学题需要解，这虽然难不住我们，但需要费点时间。

题解出来答案全是两位自然数，我点评说："谁想的招，太损了。先解数学题，再把数字转换成英文字母或者……"

"是元素周期表。"程嵘没等我推测完就说出正确答案，"再打开第一关获取的宝箱，根据提示的元素，用宝箱里的化学实验器材做实验，把实验得到溶剂放入检测杯里，密度符合要求就能通过第二关……"

"倒霉孩子……我才说一句，你全说了！"

何甜甜跟程嵘做实验怎么会不默契呢？他完全不需要任何人，他脑子转得太快了，或者说别人需要思考的东西，他能轻而易举找到其中的联系。跟他打配合，只要在该递东西的时候递上他要的东西就行了。

第二关如此，第三关也如此，我索性偷懒，全程让程嵘闯关，我就负责大惊小怪地探险加破坏主办方设施。

就这样，我们居然还是用时最短的一组。

郭德笑呵呵，说："你俩长得好看，等会儿你俩上台领奖。"

我说："后面还有四人场、六人场呢，你这话说得太满！"

"这要是赢不了，那全是酒囊饭袋！顾妄，我说你呢！"郭德还点名。

被点名的顾妄臭着一张脸，指着实时播放的屏幕说：“您去操心四人组去吧，您看何甜甜做的什么实验呢？那试管，她捏着哪儿呢？”

“我的天——”

郭德惊呼诧异的空当，程嵘拖着我说：“走吧。”

“干吗？”

“你央我办的事，怎么自己忘了？”

“找张晚晴？”我摸着脑袋想不明白，“可她现在不是在学校上课吗？”

程嵘说得另有深意：“不是上课的时间找不着她。”

我心沉了，但又很快浮起来，寻找张晚晴的第一站是某个大型商场里的电玩城，喧嚣动感的电子音乐，衣着清凉在跳舞机上扭动腰肢的小姑娘……我们没找到人。

我觑着成排的娃娃机，说：“也许她喜欢抓娃娃呢？”

第二站是废弃广场，打着鼻环的跑酷青年、滑板青年扭头打量误入者，神情冷厉，依旧没找到人。

我说：“多好，锻炼身体！”

第三站是被不良少年占据的烟雾缭绕的咖啡店，里头充斥着脏话和推搡，老虎机摆在墙角，桌上放的不是咖啡杯而是扑克牌。但仍然没找到人。

我明白程嵘的意思，他把见不得光的、叛逆的、藏污纳垢的事实摊在我面前，逼我承认我和张晚晴早已不是一路人。

她是跳舞机上挑染了五颜六色头发的小姑娘，是穿着低腰裤蹲在废弃广场的滑板青年，也是咖啡厅甩牌说“四炸”的叛逆少女……但不是拉大提琴的假淑女，叫嚣着让我宠她的小公主。

脖颈被伤感压弯，我垂着头，盯着脚尖。程嵘勾着我的脖子拖着我拉近距离，他的呼吸就在我头顶耳边。他说：“丁小澄，这不是你能强求的事，她已经变了。”

“变了……”我喃喃附和，想起政治老师说世上唯一不变的就是变化，张晚晴变了，那又怎么了？谁能保证自己永远不变呢？

他捏着我的后颈，逼我做出作罢的承诺。

我摇头说不行。

八岁时，张晚晴挡在我前面，说别怕，蛇来了先咬她；十二岁时，我被人讽刺总穿表姐的旧衣服，张晚晴瞒着张太太，拿自己没拆吊牌的衣服塞给我；十四岁时，张晚晴说她不想跟我分开……

“不行啊，程小嵘，我控制不住自己，换成是你我也会强求到底。”我抬起头，拿浸了水的眼睛看他，“她是我的姑娘，是我的小公主。”

程嵘盯着我看了足足三十秒，而后叹气，就在我以为他妥协的时候，他说：“那我呢？”

“啊？”

“她是你的姑娘，我呢？我是你的什么？”

我真不该指望自己能打动程嵘，他就是随时随地、不分场合地斤斤计较！

我说：“你？你是幼儿园小朋友！”

程小朋友气鼓鼓地把手一甩就走，把我丢在路口。我就纳闷了，特别想说“程小嵘你是男孩子，不要一点小事就随随便便生气”，但我怕他发飙，只能哄着。

“喂——小朋友，你去哪儿啊？”

程小朋友一脸冷傲：“找你的‘小公举’去！”

我当他还生气呢，哄了一路。他努嘴说：“喏，就这儿。这里再没有，我也不知道她能在哪儿了。”

我转头看招牌，是个酒吧。镭射光、劲爆音乐、舞池和疯狂甩头扭腰的那种美式酒吧。这是迄今为止，最令我震惊又觉得理应如此的地方。

然而我俩忘了时间，下午五点不到，里面除了工作人员再无其他人。

“得了，今天就到这儿吧。”我兀自宣布，七弯八拐从巷子里出来，前边正好是通往江边的路，“走走吧？”

说是走走，其实是带着全家桶、奶茶和鸭脖子在沿江风光带找个石凳坐下。九月的阳光没那么毒辣了，尤其快到傍晚，风凉快，景也好。

吃饱喝足开始谈天，程小嵘难得地絮叨好久，他刚结束铺垫，进入正题问我比较喜欢哪个国家，我就说：“嘘！你听——”

程嵘配合着闭嘴屏息侧耳，一个男生说：“你怎么能这样？我对你还不够好吗？”

失望和无聊两种情绪在程嵘脸上交叠，没错，就是小情侣吵架。

我勾着手指叫程嵘凑过来，怕惊扰了男女主角，小声在他耳边说：“打个赌，你说是男生强势，还是女生强势？我觉得是女生。”

程小嵘莫名其妙地揉揉耳朵，说：“不一定。”

男声又说：“我自问对你不错吧？又不是多过分的事，至于让我在朋友面前下不来台吗？包包衣服鞋，你要什么我没买给你？”

程嵘挑眉，意思是“你看吧”。

我却不同意，女生还没开口说话呢，谁知道会不会“反杀”？

果然“反杀”了，“反杀”了我。

女声响起时带着让我窒息的熟悉感，让我不由自主从这个看戏的最佳角落冒出头，无端卷入我缺席两年的偶像情感剧。又让我明白，当“蓦然回首那人却在灯火阑珊处”的情节发生在我身上，这不是生活的惊喜，而是残酷的真相。

长大后的张晚晴长什么样子？衣着鲜艳，妆容靓丽，眼线整齐，纤长的指着男生鼻子的手指上是繁复的水钻和亮片。她说：“滚你的龚嘉禾，我问你要了吗？明明是你自己要送的！”

“哈？我死乞白赖要送的？好，就算是我非要送的，我送东西是什么意思你不明白吗？”

鸭脖子和烤翅索然无味，我尝不出咸淡。程嵘说真相很丑我不信，非要亲自扒开。但扒开了才知道，谁要骗我呢？没必要啊。

第八章

我拥有的都是侥幸

A 部高三一班所在的楼层是全校制高点，教室外的过道是走廊也是阳台，常年被大片男生占据，据说那个位置可以把对面楼艺术班里的情况看得一清二楚。

我厚着脸皮站在男生堆里，何甜甜路过时斜眼看我、轻蔑地冷哼：“女孩子还是要自重。”

这话她还是学的我。

她这么讽刺我的原因，我俩心知肚明。她把打扫完公共区域回来的程嵘堵在楼道里，强行送公仔，我下楼时正好看见，笑笑说：“女孩子珍爱的东西还是不要轻易送人比较好，人家不稀罕，多尴尬呀！”

“多尴尬呀”学的是岳云鹏，这一句就让何甜甜垮了脸。

何甜甜一直觉得上次参赛夺冠是我沾了程嵘的光，本来就看不惯我，旧恨添新仇，对我的一言一行她都恨不得带显微镜来挑刺，梁子大得非比寻常。

我不以为意，让她落个自讨没趣，终是离开。

从小到大看书都有程嵘监督，近了不行，远了不行，躺着不行，光线太暗不行……亏得程唠叨严格控制，让我视力良好，也就没有错过站到艺术班走廊上的张晚晴和死皮赖脸来哄她的龚嘉禾。

在江边的那个下午，那些细节在我脑子里回放了无数次，我想我错在当时不该站起来。

他乡遇故知，不能是在对方最狼狈的时候。

我喊了声“张晚晴”，然后怔忪着不知道该怎么开口说第二句。

张晚晴的脸霎时间变了，愤怒、恍惚、狼狈、尴尬各种表情闪过，最后停在她脸上的是麻木。她面无表情，说：“哦，丁小澄啊，真巧。”

人就是那么奇怪，遍寻不着之前我一直觉得满腹疑团，总要寻着她然后一一问清楚。现在那些疑团仍旧在肚子里，在喉咙里，它们叫嚣着势如破竹般往上涌，最后却像冲破水面的气泡，骤然消散。

而后龚嘉禾被无视的不甘、张晚晴被纠缠的羞恼、我不合时宜地关心和程嵘突兀的帮助……种种交叠在一起，张晚晴说：“我和龚嘉禾的事不劳你们费心。”

“龚嘉禾，你走不走？”

他们抬脚离开，我讷讷地把人叫住。我说：“张晚晴，星期一一起吃午饭啊！”就像以前一样。

张晚晴没回头，像是很不经意那样说：“不了吧，我和朋友一起吃。”

我猜想过的相遇场景很多，但没有一个是这样展开。

“你没有听过《最佳好友》？”

走廊上，身边的两位男生分享一对耳机，其中一个问。

我的视线里，对面教学楼走廊上的张晚晴甩开龚嘉禾纠缠的手，然后几个女孩——她的新朋友围着两人说着什么。

耳边男生的交谈还在继续，另一人说：“你识不识字？是《最佳损友》好吗？”

偶像剧情发生，龚嘉禾把道歉礼物送上，女孩子们哄闹着，让张晚晴羞赧起来。她接过礼物，对面楼的哄闹声响彻校园。

位置变了，各有队友。

我垂着眼帘发着呆，再一次确信我不喜欢这个展开。

“站这儿干吗？知识点背了吗？”

我猛然回头，差点儿撞上程嵘的下巴：“离我远点，烦着呢！”

手触到的胸膛硬硬的，我按了又按，硬是没把程嵘推开：“走开点，不然我要叫非礼了。”

“你摸哪儿呢，你就叫非礼？”

看吧，就这种倒打一耙的人，还能被学妹们奉为男神！

我把手撤了，顺便嫌弃地在他校服上擦擦，他反而委屈了，一双眼睛湿漉漉的，一点没有冷酷男神的杀气。

程嵘说：“丁小澄，我发现自从你跟张晚晴连上线，你越来越不重视我了。”

“那我真是该死，居然让你觉得我对你重视过。”

这两年我和程嵘一直保持着东风与西风的关系，我属“三蹦子”——三天不打，上房揭瓦；他属“得寸进尺”，一旦找着我的错处，那可不得了，必须占尽便宜。

但他要是“犯事了”，必然开始撒娇耍赖，装傻卖乖，现在就属于这种情况。我刚说完，他就是一副“我很难过，我很震惊，丁小澄必须哄我，不然我就生气”的表情。

“嘴上能挂油壶了。”我伸手把他嘴巴合上。

旁边突然回头的男生看到后，吓得脸都变形。我赶紧撒手，生怕其他同学觉得程天才货不对板。

程嵘抓着我的手腕，虚虚搭在他胸口的位置：“你别装傻，我跟你说正事。”

“你能有什么……”

“丁小澄——”

我垂下眼帘，低头看我俩的鞋子。

高端刺绣版蓝色回力和蓝色限量版三叶草，配色都是天蓝和白色，看着配得很，但又不配得很。

我说：“程嵘你看我的回力好看吗？”他不满意我顾左右而言他，我接着说，

“回力火啦，明星也穿回力了，足够说明回力的配色好看了吧？可是程小嵘你知道的，我穿回力不是因为配色好看、质量感人，是我只消费得起回力，还不到买三叶草的时候。”

他要说的正事，早在沿江风光带谈天时他冗长的铺垫、看似不经意地提问，早在他平时明里暗里给我做的“科普”，早在很久之前我就知道了——他要出国，他想我一起。

但我一直在打断他，不让他问出来，也不想亲口拒绝他。不问，不答，当作无事发生，我还可以继续骗自己。

我没法放弃高考。我可以奋力一搏考985、211，可以争取奖学金，可以拿宽裕一点的生活费，但是——温渺说我们和他们是两个世界的人，改了户口，我腿上也是洗不掉的泥。贫穷是我无法宣之于口的秘密，纵然这个秘密只有我自欺欺人地保守。

我们家没那么穷，但远不到能毫不费力送我出国留学的地步。

“我们可以申请奖学金。房子的话，爷爷在国外有朋友，可以借住……总之……”

程嵘语气焦急，但眼神坚定，他以为有问题都可以解决，但没想过钱这个问题很难解决。

“林老师，请您再给一次机会——林老师，您知道晴晴很有天赋的——林老师——”

突如其来的喧闹声打断程嵘的游说，我们同时往楼梯口看——一个穿着老气的碎花衣服的女人纠缠着要进教室上课的音乐老师。

“您不要再缠着我了，选谁去参赛是学校的决定，我也没办法。再说，就算我要替她争取，您也看看，张晚晴连人都找不到，心思都不在正道上，我还有什么脸替她争？”

音乐老师甩手进教室，预备铃响起，班长催促着大家回教室。张太太站在走廊上神魂离体，没了意识般恍惚着，倚靠着窗沿才没失去形象地坐在地上。

可她早已没了形象。

张太太以前是什么样？白沙洲上第一讲究人，绝对精致的贵太太，张晚晴继承了她的基因才出落得亭亭玉立。可如今的张太太，头发糟乱，随意地绑在脑后，身上的衣服颜色老气、暗沉，就是我外婆也会不喜欢。

英语老师从另一边楼梯上来，以我反应不过来的语气调侃说："丁小澄，你们俩是列队迎接我呢？"

我茫然无措地抬头看程嵘，用眼神问他张太太怎么会这样。

"干吗呢，干吗呢？嘿，上课了两位，别眼神交流了！"老师拍着门板喊。

我隐隐约约觉得，有什么事情背着我发生了。

"到底是怎么……"

程嵘说："嘘。"

他脸上的神色是我从未见过的复杂，在老师责备之前拉着我进教室，低声说："别问了，先上课，我之后再跟你解释。"

之后没轮上解释，轮上了一场大戏。

那是第四节课，下课铃一打就放学，随着下课铃响起的除了"老师再见"，还有张太太的哭求。

"老师，您想想办法，想想办法——"凄厉又可怜的哭喊声冻住了大家放学离开的脚步。

教室里的同学们都扒在窗户上看张太太抹着眼泪向林老师求情。

"她不比赛就去不了好学校，她只有音乐这一条路能走，老师……老师，您想想办法——"

在场的人大多没联想到自己，都把这一幕当成可怜之人必有可恨之处的闹剧，甚至拿着他们被屏蔽信号的手机录影。

而我脸上灼热，心里沸腾，难堪又难受。我感觉被当众剥下尊严的不只是张太太，还有张晚晴。

"别拍了，别拍——"

我叫嚷着驱赶所有看戏的人，张太太为了制止林老师离开，就差坐在地上，看见我时她眼神呆愣，然后像缺水的沙漠旅人看见了绿洲。

她挥舞着手，使劲儿地向前伸，渴望能攀上救命绳：“丁小澄？你跟你们林老师说，晴晴拉大提琴很厉害的，晴晴参加比赛一定会赢的，丁小澄，你跟你们老师说说——

“老师，您一定想想办法，她要是拿不到这个奖，没办法保送，她就考不上好学校了，老师啊——”

“你不是说解释吗？解释啊！”

午休时间，我抱臂靠在静谧的学校后门围墙边，这里中午会被锁起来，没人出入。

半小时前的闹剧让我对未知的事情有了隐约的猜测：“张晚晴他们家是不是破产了？”

金融风暴，股市跳水，周安妮和我说过她家家道中落的原因，但当时她的表情不痛不痒，以至于看到憔悴的张太太，我才知道这一切并不是不可怕。

“就算她拉不下脸，你为什么不告诉我——”

所以这就是为什么拆迁指挥部一成立，张太太就签字搬家的原因，因为张家缺钱去填补漏洞。

程嵘在我再三逼迫之下才开口：“她不想告诉你。”

“她不想你就不说，好歹你们也是我的朋友，出了事，我甚至完全不知情——”

“你知道了又能怎样？”程嵘打断我喷薄而出的愤懑，让我措手不及，“你知道了你能改变什么吗？你有那个钱——”

他倏地收回没说完的话，半晌，闷声解释：“她爸接受不了现实，哪怕张太太四处借钱填补挽救，她爸也承受不住，最后——”

我没怎么见过张先生，印象里他是个意气风发的中年男人。我闭了闭眼，手控制不住地抽过去：“为什么连这个也不说——她当时得有多难过，她——”我心脏要炸开，说不全话，我的姑娘遭受了这样难以承受的一切，我却不在她身边。

“程嵘，你告诉我，我要怎么面对自己？她爸爸没了，我却完全不知情，我简直——”

“你抽自己干什么？我话说完了吗？她爸没死，甩下烂摊子，离家出走失踪了！”程嵘在我扇自己第二下时抓住我，眼里冒着怒火，“你想没想过，她不想告诉你，不是不知道怎么面对你，是她不肯面对自己！张太太一个人把烂摊子撑起来，卖房子还债，开便利店赚钱，她呢？浑浑噩噩还以为自己是‘白富美’！她逃课、顶嘴、和乐团成员吵架、缺席排练……”他目光如炬，逼着我回忆上次在江边听到的对话，“还问龚嘉禾要这个要那个，一个女孩子……张晚晴已经完全不是你认识的那个张晚晴了！我也不打算让你再跟这种人接触。”

他不打算？这种人？

他话音很轻，轻得我怀疑自己听错了，可他的表情又告诉我没听错。

哪种人呢？张晚晴是有多十恶不赦呢？他不打算？他说了就算吗？

我笑了，我宛如沉寂的活火山，轻而平缓地说：“程嵘你算老几啊？什么叫这种人？你还把人分三六九等了？哈——”

程嵘愣住了，不可置信又恼羞成怒般难堪：“丁小澄你不能这样说我。”

重音落在“你”，别人能这么说，但你不可以。

我懂他的意思，也明白我伤害到他了。可我仿佛疯了，慢条斯理地说：“别计划出国留学这些事了。我这种人够不上，我这种人不配。”

离开时路过小卖部，冰红茶搞活动买一送一。我想起离开前程小嵘受伤的眼神——我很少跟他起冲突，想来这是我六岁时把他甩下后，他第二次受我的委屈。

我买了两瓶冰红茶当作第一次吵架的纪念，揭盖对瓶喝，冰过头的红茶冻得我浑身哆嗦，心真凉啊。

那天以后我下课就往艺术班跑，被张晚晴的新朋友扫描过全身穿戴，我也就习以为常了。

倒是张晚晴，一早在楼梯口堵住我：“你怎么又来了？我说过我不想排练，不想拉大提琴，你管我那么多呢？”

那天我和程嵘一起把张太太扶到办公室，林老师为难，最后折中想了个办法：让张晚晴和学校定下的参赛者比一场，谁赢了谁去参赛。

“我不是来游说你的。”

艺术班所在的走廊上，张晚晴的新朋友们肆无忌惮地打量着我，我记得自己第一天出现在她们跟前时，她们就用了一个词形容我——穷酸。

穷酸但还算整洁的我，没觉得有什么对不起人的地方。我挺直了腰，微笑地说：“我给你准备了个礼物，星期六晚上八点，我在老校区大门口等你。”

“噫，晴晴，你的穷酸朋友还给你准备了小惊喜呢？”女孩的校服拉链拉了一半，写着各种字符和心情的校服松松垮垮地滑下肩膀，站没站相，看着有点儿轻浮。

张晚晴回头就啐了一句：“杨乐语，谁有你穷酸？没你事，别多嘴。”

她趾高气扬维护我的模样和从前一模一样，我眼睛有点酸，想问谁说张晚晴变了？

两秒后，张晚晴转头，漫不经心地说：“说完了吧？我知道了，你可以走了。”

“啊。”我像吃了八年灰的笔记本电脑，CPU 运行不过来。

“那你走啊。”

张晚晴冲我摆手，我被上课铃催促着回了教室，刚好在老师走上讲台前一秒落座。

“你又去找张晚晴了。”

我喘着粗气，下意识地把张晚晴的回答当作了答应，喜不自胜就忘了我和程嵘之间的纠纷，点头说“嗯”。

程嵘追问：“除了找她，放学也玩失踪，你干什么去了？”

讲台上的老师说拿出昨天的卷子，我在低头翻桌肚之前给他抛媚眼，压不住兴奋地剧透：“搞大事情，到星期六晚上你就知道了！”

程嵘怔了怔，意外地没有继续问。

可能是因为太期待，星期六来得比我预想的要快，放学时程嵘的动作一直慢吞吞，我一再催促他，并保证我带他去的地方绝对惊喜。

"你先说说，是去哪里？"他支着脑袋跟我讲条件，眼里含着笑，"不说清楚我不去。"

他先前含蓄而内敛地向我示好并表达了歉意。其实冷静下来，我仔细想想不能完全怪他，除了那句"这种人"过分了，张晚晴不让他告知我，也不主动联系我，其实问题的症结与他无关。

他只是受了我的无端迁怒。

"别跟我啰唆，赶紧的，否则我不带你去看了！"

程嵘眉眼弯弯，是爽朗的少年模样，说："不带我看，你还能带谁看？"他语气牛得很，我没打压他的积极性，就想让他大吃一惊。

把人带到老校区门外的老牌私人奶茶店"快乐驿站"门口，我说："要不然你蒙着眼睛，我牵你进去吧？"

程嵘的反应出乎意料的乖巧，老老实实地用右手捂住眼睛，左手来抓我的手。我却还觉得不够，伸出五指在他眼前晃了晃："看不看得见啊？你别不是装乖糊弄我的吧？"

"真的看不见，要不然你让我自己上楼梯，看看会不会摔？"

快乐驿站是个老牌奶茶店，在所有网红店、连锁奶茶店没诞生之前，它几乎垄断了学校周边的奶茶市场，一家独大。老板颇讲小资情调，一楼是吧台和餐桌，二楼是个半露天的小花园，有桌椅、秋千、花草和中式建筑才有的凭栏。

店面并不大，因此楼梯格外陡。

"我是那种坏人吗？"我伸出小指钩住他的手指，他一点一点地将我手指全部收拢进手心，"喂——"

我绝不承认心跳加速了。

程嵘笑起来，笑声在格外萧条的快乐驿站里被无限放大，让我局促又脸红。

"我抓住你安心一点儿，省得你捣乱。"

他的解释勉强及格，我拉着他踩着木质楼梯上二楼，木楼梯嘎吱响，让我想起我们鸡飞狗跳的初中时代。

那时快乐驿站曾是我们的据点，不对，因为生意火爆，这儿是大多数东雅初中学生的据点，人人都想占据快乐驿站的二楼花园阳台。

“还有最后一级台阶……好了，还不能，还不能睁眼！”

我把程嵘带到二楼房屋中央，玻璃推拉门外有一个露天阳台，阳台上的绿植焕发勃勃生机，粉色丝带和金色、粉色气球相映成趣，绿植前的原木桌上放着蛋糕，木桌的背景板是我用粉色气球扎成的心形拱门——一切都可以说是相当梦幻了。

“我现在松开手，会离开你一小会儿，但是你绝对不能睁眼，听到没有！”

他懒洋洋地回答：“听到了……”

室内墙角的老旧音响被我按下播放键，音乐在空气里流淌。我说三二一睁眼，不出预料，我看见他眼里的惊喜和瞬间露出牙花的笑容。

“丁小澄——”程嵘眼里荡漾着愉悦，他郑重其事地叫我的名字，“丁小澄，你是不是有话要说？”

“哈哈哈——你先回答我惊不惊喜！高不高兴！”

我几乎是蹦到他跟前，他伸手抓住我胳膊，让我不至于得意忘形、乐极生悲。

“我喜欢，很喜欢！”

这是我第一次见到程嵘这样坦率地表露情绪，我喜不自胜，反手托住他胳膊肘说：“你喜欢就好——”然后带着他转过去看他一直没看到的室内墙，“你喜欢的话，张晚晴也一定会喜欢的！”

墙上也是气球，同样也是心形，并且还贴着不少照片，我、程嵘、温渺，我们都在上面，但更多的是张晚晴和拉大提琴的她。

我不遗余力地吹嘘自己：“我觉得这次肯定能成事，环境好，气氛好，再给她讲讲当年，最好把她感动得稀里哗啦、涕泗横流，然后再把她往梦想的道路上一推！嘿嘿，她肯定重整旗鼓去比赛！”

“我这招是不是绝了？！”

“绝，真绝。”

我讶异：“我怎么觉得你这语气不像是表扬呢？”

程嵘盯着我，死死地盯着我，问：“你带我来就是给我看这个的？”

“对啊。”我们是小团体，我不带他带谁呢？“你忘了吗？张晚晴第一次获得省内大奖的时候，我们就说要把快乐驿站二楼包下来庆祝，但那时候老板嫌我们钱少，不让。”

“嗯，现在记得了。”

“那你觉得怎么样？”

程嵘说：“挺好的，挺完美，她肯定会感动。”

“嗯嗯，那行。”我看看手机时间，从西校区赶过来费时不少，现在已经快八点了，“她等会儿就来了，你先走吧。”

程嵘目光幽深，捏着我胳膊说“好”，突然又用了点力气掐我，问：“丁小澄，你真的没话对我说了吗？”

“什么话……”我茫然，心里念叨着接下来的一切，“有什么话，星期一再说吧。张晚晴要来了，你快走吧……”

程嵘没说话，转身离开。

那天晚上，我的演出计划彻底失败，跟张晚晴解释到一半我突然哭了起来，质问她说：“你为什么不联系我？说好的开心难过都一起分享，张晚晴你骗人！”

台本忘得一干二净，自己哭得稀里哗啦，把她也感染得抱头痛哭。

她说：“丁小澄，我过不去这个坎，我过不去——”

天堂到地狱，富贵如云烟，成年人尚且想不通，谁非要为难一个小姑娘想通？

我也跟着偏心说没关系：“过不去就不过了，你是我心里的小公主就够了！”

我说去比赛吧，不是为任何人，也不是为了成为张太太炫耀的资本，是为你自己，你知道的，你从来都很喜欢。

爱和喜欢骗不了人。

她窝在我肩头，哭着点了头。

人生艰难又复杂，但好在少年似初生牛犊，敢闯敢输什么也不怕。

女孩子聊天能从清晨到深夜，被老板一劝再劝，我们才被迫离开。离开时已经很晚了，路上车辆稀少又匆匆。我把她送上出租车，自己骑着单车在晚上十一点半的大街上驰骋。

夜风有点凉，吹得我清醒，我忍不住高兴，我终于让故事有了大团圆结局。

路灯恪尽职守地亮着，十字路口是红灯，我在人行横道前单脚撑地等候。

等红灯跳转时，我不小心瞥了一眼某大楼的LED，上面清楚地写着日期和时间。

9月27日23:35。

我忘了，我忘了！今天是程嵘生日！还有二十五分钟，他的生日就过了！

这个日子十一年来我一次都没忘记过，怎么会在这个时候，这一次就忘记了？

——丁小澄，你是不是有话要说？

——丁小澄，你真的没话对我说了吗？

我错大了。

那天我把单车链条快踩废了，耗尽力气也没能在零点前赶到程嵘家小区，我站在他家所在的楼前，看他的房间——一片黑暗。

我屏息在寂静的夜里拨通号码，拨通的瞬间那头就接起。

“喂——”他的声音带着沙哑，又有点低沉。

“你……睡了吗？”

说完这句后没人说话，只听得到呼吸声。

我心里泛酸，再开口就带着颤抖：“程小嵘，生日快乐。”

他的呼吸顿了顿：“已经是28号了。”

生日已经过了。

“对不起，对不起……”

电话里传来窸窸窣窣的响动，他没接受祝福，也没接受道歉。突然，复式楼楼道冲出一个人，在我头垂下去之前，他用胸膛接住我眼泪，他甚至还穿着放学离开时的衣服。

他说："丁小澄，你太过分了。"

每次他说这句话时，我都真诚悔过，我怎么又把他给忘了？

"对不起……"

甚至还让他误会我给张晚晴的惊喜是给他庆祝生日，还说——她快来了，你走吧。

"对不起……我不是故意的，我真的……真的不是故意的。"

我很抱歉伤害了你，很抱歉伤害了这样信任我的你。

那天我几乎是号啕大哭，完全没了尊严，还好程嵘答应保守秘密。

他的手虚虚地搭在我背上，一下一下地给我顺气："丁小澄你别哭了，我不喜欢哄人，我只喜欢你哄我。"

程嵘说："好吧好吧，勉为其难哄你一下。好了，哄完了，你不能哭了。再哭，今晚别想回家了。"

"你神经病啊！"

程嵘说："眼睛哭成一条缝了，你怎么骑车？"

"对哦，那我要睡小阁楼！"

"得寸进尺。"

九月过完终于迎来了好消息，国庆放假四天。

"我想多陪陪祖国母亲，不如放七天吧？"

郭德站在讲台上眼皮子一撩，说："你要是考得不好，祖国母亲还不想要你这个儿子呢！知足吧你们，国庆连中秋，一起放四天。"

"四天——"

放学前与郭德的"辩论"永远沸沸扬扬，我赶完一科作业，偏头看见程嵘在发呆。

"程呆子，想什么呢？"

"嗯？"他抽空看我一眼，很快低头，继续放空。

我总觉得我那天错了，没能得到程嵘的原谅，否则那之后也不会是这样奇奇怪怪的态度——礼物收了，反应平平；和他说话，反应平平。

“好，放学，四天后记得来上课啊——”郭德还想絮叨，兔崽子们早已逃跑。

“程小嵘，我们——”他抖了抖书包，让我看见从侧边水杯口袋里掉出来的公仔，“这不是？”何甜甜强行想塞给你的？

“为什么？”我不可置信，据我所知，程嵘对不感冒的人，一点儿好脸色也不会给，更不会收人家的东西。

程嵘提着书包起身：“挺好看的。”

不等我再问，他又说：“我还有事，不跟你一起走了。”

“可是，今天不是要去见廖老师？”

进入高三之后，去心理诊疗所的频率降为一个月一次。

程嵘说：“今天不用去。”

我讷讷地应了一声“哦”，放任他离开。

半小时后，我看到说“今天不用去”的人进了心理诊疗所临时办公的酒店——跟何甜甜一起。

看到他们时，我在马路对面的公交车站，听张晚晴磕磕巴巴地道谢。她为了不让自己别扭，硬生生拖着我走了一站地。

于是我看着程嵘和何甜甜前后脚进了旋转门，看着他欠身拦着电梯，让何甜甜先进去。

“丁小澄，我跟你说话，你居然走神？”

我茫然地回头，看着张晚晴的嘴巴开开合合。

“啊？”我的耳朵听到了她说的话，可脑子处理不了。

眼睛和脑海都在处理分析刚刚看到的画面，一帧一帧，心里质疑那不是程嵘，大脑回答说那就是。

“你怎么了？”张晚晴有点疑惑，她只是跟我同走一段路，到了岔道口就会分开。

“没事啊。”我控制牵拉面部肌肉，摆出笑容。

她太了解我，太清楚我的异常，眼睛一眯，质问：“你故意的吧？想让我再跟你说一次谢谢？”

“对啊。”我以伪善的、虚假的笑容掩饰异常，结果得了张晚晴不再别扭的真诚道谢。

这次我终于听清楚，懵懵懂懂地摆手：“也不是我替你拉的，你能赢了那个女孩子去参赛，那也是因为你比她强。”

张晚晴在我脸上掐一把，神采飞扬：“就喜欢这样直白夸赞我的！”

“我还要练琴，我先走啦。”末了，她又说，“对了，你以后找我发消息就好了，别来班上找我。”像是怕我误会似的补充，“跑着累。”

“嗯，好。”

目送张晚晴离开，她终于找回了十三四岁那年恣意神气的模样。

我终于可以放心地压着胸口，感受那股几乎让我失控的心悸，哆嗦着找口袋摸手机。

拨号时我再三犹豫，接通后却无师自通学会伪装，我换上俏皮愉快的语气，问：“喂，你在哪儿啊？”

程嵘说：“有点事，去爷爷战友家的路上。”

“啊，啊——”

他撒谎了。

我深呼吸，下意识地舔着颤抖的嘴唇，又问：“车上吗？怎么听着这么安静？”

程嵘开门见山：“你打过来是有事吗？”

有！你不是说今天不用去心理诊疗所？你不是说你在路上？你身边怎么站着何甜甜？

“有——”

我要把想的问出来。

他言简意赅：“说。”

我哆哆嗦嗦：“我中秋可能要回老家，不能跟你去自习了。”

自我闹出乌龙，导致两人分隔两校后，程嵘对于周末、寒暑假自习异常执着，少去一次都会被念叨。

但他说：“嗯，好。”

我眨眼，不敢相信，重复道：“我是说——四天都不可以。”

他说：“嗯，没事。”

他问：“你还有别的事吗？”

“没……没了。”

“那我挂了。”

戛然而止的通话，我听到忙音从耳朵传送到心脏。

洲际酒店很高，我站得很近，脖子仰酸了，也数不清诊疗所临时办公的那层的窗户。

我心里都是嘟嘟嘟的忙音。

何甜甜和程嵘一起去了心理诊疗所。

他说他有事。

他欠身帮何甜甜按住电梯，何甜甜冲他笑。

我第一次这样讨厌视力好，把不想看清楚的东西看得一清二楚，让心脏不受控制。我想起第一次我踏足心理诊疗所时的忐忑，想着是程嵘拉着我进入他的世界……

廖老师说我是程嵘给自己建立的安全点，我没想过，有一天别人会取代我，成为新的安全点。他现在也为何甜甜按住电梯门，邀请她进入他的世界。所以我不再特殊了，对吗？所以任性、霸道、体贴、黏人和撒娇，他都会给另一个人了，对吗？

原来，我拥有的都是侥幸啊。

第九章

再也回不去白沙洲

国庆前两天，我在家里闲得发霉，天天发朋友圈——窗台一景或者玻璃缸里的蠢乌龟。程嵘对我家了若指掌，可他却没来一个电话。

“啊——”撂了手机，我在沙发上发癔症，翻来覆去想不明白他怎么不来找我算账。

“丁小澄——”

丁先生开门进屋，手里拎着蔬菜和肉，脸上笑得跟帮人传话似的。

“有！”我蹦起来问，“是不是有人在楼下等我？”

“谁等你？”丁先生拎着菜进厨房，“你骗程嵘说你回老家了，逃避自习，谁会来找你？”

我烦得不行：“我妈这个大嘴巴，怎么什么都说！”

“这么说我老婆，你活腻了？”丁先生晃出来，直接施行“家暴”，拿钱包砸我，“去，我忘买烟了，你下去跑个腿。”

“哦——”

踩着夹板拖鞋下楼，我溜达着玩似的，绕远路去了新开张的菜市场，随便找家烟酒店，进门就喊：“老板，拿包白沙。”

烟酒店不大，老板坐在柜台后，正在辅导西瓜头小学生写数学作业。老板应了一声，给我拿烟。

我翻荷包，想也没想抽出一张大红钞票递过去：“老板，找钱。”

老板不耐烦地转头，看到红票子时笑了笑，接过来低头翻找，而后说：“找不开啊，你换张二十的。”

“哦。”我接了钱。

后面传来一个少年的声音：“王麻子，卸货！再拿瓶水给我喝！”

“好,好——”王麻子站起来,有点急切地催我,“你快一点,我要去卸货——”

那少年风风火火地进来，身上带着暑气，居高临下地瞥我的手。下一刻，他笑了：“哟，王麻子，你什么意思？”

眼前的少年很高，肩膀宽厚，皮肤黑而健康，眼睛可以说是有神，也可以说是杀气腾腾——把我看傻了。

“看什么看？蠢东西！”少年低头骂人，与我对视，“丁小澄？”

温渺“啧”了一声，拍着柜台吼：“王麻子，你自己算算这是第几次了！”他眯眼，看起来嚣张到不可一世，“钱，拿出来，都拿出来！”

王麻子瞬间从市侩变得谄媚，跟温渺讨饶：“渺哥，我这是小本生意。”

“别跟我叽叽歪歪，拿出来！”王麻子犹豫一秒，温渺把柜台玻璃拍得砰砰响，“不老实是吗？非要我动手是吗？”

写作业的小学生吓得瞪圆了眼睛盯着温渺，张嘴仰头哭号：“爸爸——”

“温渺你干什么？”他这是收保护费？

王麻子拿出一小沓钞票，畏畏缩缩地递给少年，连连告饶。

小学生冲出来，像狼崽子一样哭号着扑打温渺：“不许你欺负我爸爸，不许你——”

“温渺！你干什么——”

温渺对我的怒火、对小学生的扑打无动于衷，把钞票卷着收进口袋，抽走我手里那一百块，朝王麻子扬了扬。

王麻子立刻恭恭敬敬地塞给我一张钞票，谄媚地说：“是渺哥的朋友啊，大水冲了龙王庙……”

“谁跟你一家人，还有下次，我就告诉彪哥！”

“别别——”

温渺把手往口袋一插，转身走了。

突如其来又奇怪，我连烟都不敢拿了，抓着钞票和钱包就追：“温渺——”

温渺自顾自发动电动三轮车，在菜市场的街道里缓慢骑行。追出五十米，我终于把人揪住。他看着我扯着的衣角，一脸不耐烦：“你跟着我干什么？”

“我——”我哑口无言，旧事重提没勇气，问如今是否安好也没意义。

“我……”我什么呢？

“你刚刚——”离了程嵘我也不是没脑子，就是转得慢一点，“是把他的假钞都收走了？”

温渺“扑哧”一声乐了：“不蠢啊，我还以为你要拉我去派出所自首。”

开始我的确吓到了，事发突然，场面混乱，但后来看到小学生的钢笔尖戳进他肉里，他也没一脚把人踢开，我想肯定有蹊跷。

再说换钞这样的套路我怎么可能没见过，只是没留神才中招的。

“你不是坏人。”

“是吗？我嘴那么毒，你还觉得我不坏？”温渺似乎变了，卸完货把电动车停在街边，领着我进星巴克，“喝什么？”

我说：“这么长时间没见，我请你吧？”

温渺又笑，说：“丁小澄，我现在不是一杯星巴克都请不起的穷小子了。”

“啊。”我怔了怔，其实不用仔细打量也能看出来，温渺身上的衣服虽然不算昂贵，但整齐、簇新，他已经不是那个长裤变成七分裤还在穿的小孩了，“那下次我请你吧。”

程嵘和温渺不一样，温渺暖，他的眼睛天然带笑，看着你就像在鼓励你说下去，就像他对你说的内容很感兴趣，让我一时兴奋多说了些，说我和程嵘拿了奖，说张晚晴是大提琴首席即将参赛，说……

“看来你们过得都挺好，那我就不继续听了。”温渺看了看手表，打断滔滔不绝的我，“时间不早了，我先走了。”

我按着他的手，熟稔地说：“你手机呢，把微信加一下！建个群好了，我得吓他们一跳！”

温渺挑眉，眼角仍旧带笑，但这个笑如同饮料店店员操作不当，忘记去冰：“不了吧。我没时间花精力和已经一刀两断的人维持联系。”

冰饮料冻得我一哆嗦，重音在我脑子里敲响，我耳鸣了。

“可是你……你明明……”很感兴趣的样子。

“嗐。”他不以为意地叹一声，“听故事嘛，就图一乐呗。”语气从容又坦然。

温渺要离开了，离开以后就再也没有交集了……我想留住他，我必须留住他。我蓦地开口，说：“你就不想知道张晚晴……”

温渺停下，语气森然：“不想，我对你们、对张晚晴不感兴趣，别来找我！也别搞那些假惺惺的青梅竹马论调，我——”

狠话被电话铃声打断，他蹙眉接电话，嘈杂的声音在相对安静的咖啡厅里显得格外大，我听到电话里鬼吼鬼叫。温渺说：“好，我就来，需不需要带家伙？”

温渺没再解释什么是“假惺惺的青梅竹马”，甚至没有道别，他就这样握着手机离开。

同一平面内的两条线，有且只有一个交点，那以后背道相驰。

我怔怔地坐在原位，手机响了，是拒绝我游戏邀约的张晚晴：“晚上没空打游戏了，我要去练琴。”

劲爆音乐成为她的背景音，似乎是哪个 party（派对）才开场。我该质疑的，却心照不宣地不问。我说：“我遇见温渺了。”

“哦，那又怎么了？”张晚晴那头的背景音从吵闹到安静，似乎真如她说的离开 party，赴学校练琴。

“他……”

“我们家出事之后他来找过我。”背景音持续安静，张晚晴说，“他那时已经跟了老大，牛气冲天。哈，他来找我，要我跟他在一起。我拒绝了。”

能让温渺听到“张晚晴”三个字就色变，说明她当时的拒绝方式并不平和，甚至很惨烈。

可事已至此，回天乏力，应了十元店里传来的歌声：我们就这样。

我背着落日一直走到河边，白沙洲已经成了星城的景点，企图成为第二个橘子洲，甚至开起了白沙洲音乐节。我，白沙洲老大，于初中的最后一个夏天结束前失去了我的所有小弟；又于高二的夏天结束前将他们一一寻回，但这艘船早就翻了——

张晚晴把我当成她见不得光的朋友，温渺说他不感兴趣，而程嵘有了新的“安全点”，我贪恋的那九年，其实只有我贪恋。

喧哗声忽然从堤坝下传来，我听到熟悉的声音，趴在岩石栏杆上往下看，耳朵里是张晚晴说的那句话——他跟了老大。

三五个成年男人钳制着黑色 T 恤男，T 恤男畏畏缩缩，一直喊着“彪哥，我再也不敢了”。一个穿戴休闲时尚却显得没骨头的男人懒洋洋地蹲在石头上，摸出根烟，温渺立刻弯腰给他点上。

“再也不敢了？这话你说过多少遍了？”彪哥吸两口烟，吐出个烟圈，“我不敢信啊，哥哥哎。”

“我我……”

彪哥宅心仁厚，说：“瞧你那猥琐样，怎么敢摸不敢当呢？算了，我媳妇儿今天生日，不能动手。渺渺，你动手吧！”

看着温渺朝那 T 恤男走过去，我第一次感受到什么叫目眦欲裂，奋不顾身将大半个身子探出栏杆外，我冲着堤坝下方的温渺喊：“温渺，不要——”

我又闯祸了，这次好像非比寻常，但我义无反顾。

彪哥的手下迅速行动，走楼梯包抄的、直接攀堤坝爬上来的，两人一左一右堵住我的去路也就是两三分钟的事。

其间 T 恤男逃跑了，这是让我觉得庆幸的，起码我阻止了温渺动手。

“丫头，你知不知道自己坏了什么事——”

温渺挡在我前边，说：“彪哥，她是我朋友。事情我会解决的，你别怪她。”

彪哥块头并不大，只是高瘦，眉宇间有些轻佻："朋友啊，女——"温渺变了脸，彪哥立马改了态度，"行，行，我不说，事情你解决，你要是——"

"我会给你个交代。"

彪哥点头："行，你记得把人带到酒吧来。别去七夜，去星河。"

温渺："好。"

——我会给你个交代。

这话听着令人心惊胆寒，像是《纵横四海》《英雄本色》里的对白。等彪哥带着手下离开，我揪着温渺胸口的衣服逼他："你别跟他们搅在一起了！再这样下去，你迟早会出事的！"

初二那年学校组织过一场特别奇怪的活动，参观"少管所"。

手被温渺拂开，他笑得莫名："丁小澄，我怎么样关你什么事？"

"你以前最讨厌小混混，现在算什么？变成你讨厌的人？"

张晚晴讨厌张太太虚荣，现在仍旧维持没破产前的美梦；温渺最记恨小混混和暴力，可他有了宽阔的臂膀，却成了自己最讨厌的人……我们被生活推着走，一不小心就偏离了心的航道。

温渺说："我们不是一个世界的人，说再多你也不会懂。你走吧，以后看见我躲远点。"

怎么就不是一个世界了？这么多年，怎么还这么喜欢擅自把地球切成两半？

"你干什么？你还想去把那个T恤男找出来对不对？你们为什么要打他？他做错事，有警察来管啊！"

我拉不住温渺，哪怕用自身重量去拖住，也不过是减缓他离开的速度。

"撒手！"温渺厉声威胁，把我手指一根根掰开，"你管他为什么挨打，彪哥做事不需要理由——"

没法跟一米八几的人抗争，我阻止不了他的离去，瘫坐在微微发烫的花岗岩地板上，脑子里只有一个念头——求助。

"程小嵘，找程小嵘——"

有个聪明朋友的好处就是你解决不了的，他能帮你支招。

号码拨出去，响第一声时就通了，“程嵘”说：“对不起，您拨打的用户忙，请稍后再拨……“

你曾被人拉黑过吗？我有。

接通时通信后台就会发来嘲笑，电子音说“用户忙”。你知道的，这不是用户忙，是你所拨打的用户不想接听你的电话，和你断绝联系。

我想到了何甜甜，想到了心理诊疗室楼下的旋转门，想起电梯前他俩的相视一笑……这两天猛发朋友圈的我就像个自作多情的傻子，以为对方会看到、会询问、会介意，可惜媚眼抛给了瞎子。

程嵘他没空看，不想看。

我坐在地板上发呆，夕阳渐渐被城市楼宇遮挡，藏到云霞里。天色渐渐暗了，我接到丁先生打来的电话。

“丁小澄，让你买包烟买到哪里去了？”

我张张嘴，感觉自己吐出的都是带悲伤的泡泡：“爸爸——”程嵘他不理我了，我好像犯心脏病了，好难受，快喘不过气了。

“是不是玩野了？上程嵘家去了吧？”电话那头的人絮絮叨叨，“我就知道你是个小不靠谱的，去给程嵘道个歉吧，人家给你讲题多费劲啊？你还想着玩。”

上程嵘家去吧。

这话激活我大脑里的应急程序。我说：“爸你可真聪明，爸，我爱你！”

我挂了电话，直奔程嵘家。

想一百遍也没答案的问题，不如当面问明白。

可到了程嵘家我才知道现实残酷，没人给我开门，怎么按门铃也没人开门。我怀疑是不是自己进错楼道，或者进错楼栋了，毕竟复式楼都一个样子，毕竟……

我编不下去了，这大概是我六岁时随意把程嵘丢掉的报应，让我面对无人应答的尴尬之后回家还要撒谎。

丁先生问：“和好了吗？”

我面不改色地撒谎："嗯。"

丁太太好奇地问："怎么回事啊？"

丁先生说："还不是你女儿撒谎骗人，今天又巴巴上门去道歉……"

"那她活该。"

活该之后，丁先生丁太太以为我就该继续去自习了。第二天早上我背着书包出门，第一站是程嵘家，第二站是彪哥说的星河酒吧。

我联系不上程嵘，但温渺的事也得解决。

于是我蹲守在星河酒吧附近的奶茶店里，没见着带T恤男来邀功的温渺，却捡了一小孩。

小孩的头发五颜六色，当街和彪哥大吵一架，吵完也没跑远，一屁股坐在我身边。奶茶店的落地窗正对着酒吧，我在圆桌上写作业，小孩瞄了半天，擅自翻我教材："东雅？名校啊，你成绩好吗？"

"一般。"

"排名多少？"

"第三。"

小孩眼睛一亮，说："谢思卿。丁小澄是吧？你帮我补课，一百块一个课时，干不干？"

我说："谢思卿，你跟彪哥很熟？"

谢思卿说："那个不孝子，别说了，他嫌我成绩不好要把我送出国！"

摸不透他俩的关系，我跟他打商量："这样，我教你做题，你把他手机拿给我好不好？"

谢思卿愕然："你为什么觉得我会出卖我爸爸？"

怎么又成爸爸了？

"不是不是，我有个朋友是彪哥的小弟，我联系不上他了，想从彪哥那儿拿他号码。"

谢思卿大大方方地掏出手机："谁呀？我哥的小弟我基本上都认识。"

"温渺，你有他的号码吗？"

“温渺？没有。他不是没成年吗？我哥不请童工的！”

我已经没空纠结他俩的关系了：“或者我俩留个联系方式，你什么时候看见温渺来酒吧了，就打电话给我？”

谢思卿爽快地答应了。

我成功埋下一个眼线，代价是给他讲两天题，而我则在回学校的早上狂补作业。

至于程嵘？他迟到了。迟到变成旷课，旷课变成缺席一整天，班长问起时，开口透露他踪迹的竟然是何甜甜。

“他请假了。”

教室里喧闹声不断，我却精准捕捉到何甜甜的声音，抬头时，她正好冲我笑。

“请假？为什么请假？”班长问，却不是问何甜甜，“丁小澄，你知道是怎么回事吗？”

我进入A部一个多月，班长已经把我设定成程嵘的代言人，全因为我有其他人不知道的信息。可这一次我让他失望了，我答不上来。

感觉那样玄妙，我敏锐地咂摸出何甜甜眼里的得意。她清清嗓子，摆足了姿态才开口，肆意彰显她和程嵘的亲密：“家里有事呗，他妈妈病了，他去深圳了。”

班长还拿着考勤表看着我，疑惑为什么我不知道而何甜甜知道。

我茫然地摇头，说：“我不知道。”

程嵘什么时候把我换了，我也不知道。

下午放学时卧底给我发了消息，叫我去星河酒吧。我靠在公交车车窗上发呆，连手机响都是邻座提醒，才反应过来。

“喂——”

“丁小澄。”

我鲤鱼打挺那样坐直，劈头盖脸就骂：“你去哪儿了？一点信儿也没有，也不回我消息，程嵘你干吗？玩绝交吗？行啊，玩啊！绝交啊！”

我不喜欢断联这种戏码，不喜欢莫名其妙被冷待，不喜欢一颗心因为另一个人起伏不定。

我吸吸鼻子，问："你什么意思？我给你发了那么多消息，你为什么不回我……"

手机那头只有呼吸声，程嵘似乎在平复心情，蓦地开口："她病了，丁小澄，她病了……"

她是指的程太太吗？

我的少年慌得很，我却不在他身边。我沉静下来，问："病情严重吗？"

"需要静养。"

"那……你多陪陪她吧。"

那头呼吸声加重，配着秋天不耐寂寞的虫鸣，显得犹豫而慌张："她给我道歉，说她这些年忽略了我……她希望能多了解我。"

多好玩儿啊，年轻时只顾一路匆匆向前走，生怕被谁拖慢了脚步，大病之际又惊觉亲情可贵。可谁也不是个物件，想摆哪里就摆哪里。

可我知道程嵘是期待的。

"挺好呀。"我小心翼翼地鼓励，说着违心的话，"初中那会儿他们不也回来待了一段时间，我觉得你那时候挺快乐的。试试吧。"

"我不喜欢深圳，也不想待在这儿太久。丁小澄，一起出国好不好？我已经跟丁先生说过……"

我没让他把话说完，公交车在站台停下，我举着手机下车，站台有白沙洲音乐节的宣传海报。

"别说那些有的没的了，你乖乖陪陪你妈，回来我给你个惊喜。"

我的确欠他一个惊喜。

挂了电话，我拐进奶茶店的老位置，没看清楚人，先说："谢思卿，我不能义务帮你补习了，今天开始收费！"

"钱拿去。"

"谢谢老板！"

自从上次和谢思卿说好收补课费，我已经收了他不少红票子。我喜滋滋地把钱收好，十来天收入将近一千，足够买四张音乐节的票了。

谢思卿看着我藏钱，于心不忍，开口劝我：“我们年级主任一小时收八百块，还同时带两个学生呢，你不考虑涨涨价？别那么实诚，你就是开口说两百，我哥也会同意的。”

那天我喊完就尴尬了，老位置上坐了两人，谢思卿和他那关系说不清的彪哥。彪哥二话不说让我报价，我照着大学生家教的价钱报了一小时五十块，顺便要温渺的联系方式。

彪哥当时说：“价钱没问题，号码不能给。”

“为什么不能给？”补课补了十来天，彪哥始终不松口，谢思卿含含糊糊，“你要是上了公交车不着急睡觉，没有号码也没关系……”

这话说得我听不明白，我是高三应届考生哎，两头撒谎挤时间来给他补课，回家还得复习，我很缺觉的好不好？

没搭理谢思卿，我提着几公斤重的书包，上了还没发车的116路公交车。上车之后，我倒头睡觉。

车子摇摇晃晃从始发站离开，这一路上我能睡半个小时，然后就会接到程嵘的电话——他以为我刚下晚自习。

车开到半途，有人在我身边坐下，我眯眼一瞅，发觉只是个大叔，又倒头继续睡，直到“嘭”一声巨响——

大叔被人拽倒在地，那人对着大叔的肚子猛踹，吓得公交车上零星几人目瞪口呆。

“别打了——别打！”

有乘客起身拉架，我困到视线模糊，在发现那人是温渺时骤然惊醒：“温渺——”

温渺红了眼，脖子上的青筋突起，显然是真动了火，指着我鼻子骂：“你怎么不蠢死？在车上睡什么觉？”

也不知是到站了还是司机怕出事，车停了，车门开了。温渺弯腰，从惊吓过度的中年大叔手中抢走手机，三两步走上台阶，抓着我手腕，强行拽我下车。

“喏，你自己删！”

大叔的手机没设密码，我点开，才后知后觉发生了什么，慌忙删照片。删了几张，我又想：“我们应该报警！”

温渺看我如同看傻子：“报警？最多做个笔录，抓到人拘留几天，看到这些照片没有？这人是个惯犯，对付这种人，还是得……”

“那也不能以暴制暴！”

“天真，烂泥里挣扎出来的人，做不到比人狠，就只能被人生吞。你以为生存那么容易？”

张晚晴说温渺跟了个老大。

现在的他就如同见了血的刀，敢虎口夺食的狼，一身戾气。我没开口说话，温渺自行解读，他说：“丁小澄，怎么，你看不起我？”

“有些人活着不只是活着，你懂不懂……算了，我跟你说个屁啊。”温渺掏手机扫码给我转账，APP 提示音响起，显示实时到账两千。

高科技多好，我诡异地想，温渺一直不肯给我联系方式，刚刚的转账彻底暴露他的号码。

温渺说：“我不管你瞎折腾赚这点钱干什么，总之，别干了。晚了不安全，再不然，让谢思卿上你们家附近去，男孩子经得起折腾。”

我想起谢思卿的提醒，猜测道：“你是不是每天都送我回家来着？”

温渺没回答，我自顾自又说：“我赚钱是为了买白沙洲音乐节的票，我们一起去啊，我请你！”他盯着我，脸上神色莫辨，我又补充，“还有程嵘和张晚晴，到时候我们一起回白沙洲啊！”

他嘴唇动了动，眼里闪着复杂的光。他说：“丁小澄，白沙洲对我来说从来不是家。”

他说：“那里对我来说只有不堪和狼狈。要是给我什么权限毁了哪块地方，我一定选白沙洲。”

他说：“上车吧，我送你最后一回。”

我俩并排坐在公交车最后一排，气氛凝重安静，率先打破沉默的是我的手机。

晚上九点过五分，程嵘准时打来电话。

程嵘说：“丁小澄，我受不了了。”

我甚至没来得及仔细分辨程嵘的情绪，瞎咧咧地说：“再忍一忍，她是妈妈嘛。她也是爱你的，只是不知道怎么表达而已。”

“不是——”

程嵘开口，语气低沉，愤懑和怨怼不解的情绪喷薄而出：“她不爱我！她爱的只是她老公的钱，她爱的是钱——”

他说到最后一句时情绪彻底失控，动静太大，引起温渺的注意，眼神交错的瞬间我分明看到他眼里也有担心。

“怎么了？你别激动，仔细说说，到底是怎么了？”

程嵘的呼吸越来越重，他不再激动，声音哑了，再一次确定地说：“她不爱我。”

有解了。

虽然程嵘从小到大一直疑惑并隐隐猜测的问题终于有解了，答案就像看老旧电影，一早预料到剧情发展，但得知真相还是令人难过。

程嵘小时候曾跟我央求，问我能不能把丁太太借给他开家长座谈会。那时我少根筋，直接问：“为什么要借我妈？你自己的妈妈呢？”

——哪个孩子不是带着爸爸妈妈的爱降生在世界上的？

可是抱歉了，并不是每个孩子都如此。

“他们要我哄爷爷卖厂、卖地。”

厂子是程爷爷一手建立的纺织厂，曾经辉煌过，也被程先生嫌弃过，如今程先生想东山再起，又打起厂子的主意。

温渺说：“程爷爷不会卖的！”

连温渺都知道，程爷爷这个糟老头虽然很凶但是人很好，白沙洲居民多数当过厂子员工，直到现在厂房的集体宿舍还无偿让员工、曾经的员工居住。程爷爷惦记老员工，肯定不会卖。

“所以他们偷偷拿走了我的身份证。”

那就是软的不行，准备来硬的了？

“你现在在哪儿？程爷爷呢？程爷爷知道吗？”我在温渺再三凑近时切换成免提，“他们让你哄爷爷卖厂，你是怎么说的？”

程嵘飞速地回答：“小区花园，我妈能看得到的位置。爷爷还不知道，他去山区探望老战友，联系不上。”

“那行，他们下次再跟你说哄程爷爷卖厂子的事，你反应不要太激烈，也不要反驳。”

程嵘反应迅速，立马问：“丁小澄，你想干吗？”

“我想带你回家，现在！”

挂了电话，温渺质疑：“丁小澄，你疯了？现在？你怎么能半夜冲到深圳去？”

我并不觉得这一切不可能，我给他分析：“我手机有个功能，能同时接听两个人的电话，我先打给张晚晴再连线我妈，就能让我妈相信我今晚在张晚晴家。明天早上七点，我再打电话给班主任请假，就说生理痛，我成绩优秀，为人靠谱，郭德压根不会再向我爸妈求证。”我手机里是刚刚查好的航班，“行动顺利的话，晚上乘这班飞机飞过去，明天下午之前飞回来，我还能按时给谢思卿补课。”

温渺平淡地泼冷水：“那要是被发现了呢？”

“那我也把程嵘带回来了啊！”

温渺继续泼冷水：“你说飞机往返，那你的机票钱呢？你挣的那点钱，够两人路费吗？”

“这……”我给渺哥捶背捏肩，“您看您刚刚转我的那两千，我能隔一段时间再转回去吗？”

温渺点头同意，然后跟着我上了直达机场的地铁。

我不解：“你跟过来干吗？多一个人多一份路费！”

温渺说：“这点钱我还花得起，何况也应该花。”

直到凌晨时飞机在机场降落，我找了行椅子躺下假寐，温渺坐在我身边开始守夜，我才明白“应该花”是什么意思——他想保障我的安全。

早上八点半，程嵘按我计划行事，告诉程太太说他的身份证不见了，班干部催着要扫描身份证提交高考填报资料。

而我和温渺在早茶店里吃早餐，我给温渺推荐美食：“肠粉不错，你试试？”

“程嵘不是要出国吗？还用得着高考？”

我把虾饺吞下，给“温懵懂”答疑解惑：“学校培养他这么多年，他不考一个状元回来扩大影响，不合常理吧？”

温渺点头表示认同，又问：“那他妈妈要是要求跟着来怎么办？”

我早料到了：“你看看此地，地铁口、CBD、商场，现在是早上八点半到九点，正好是上班高峰期，商场也刚刚营业，他妈妈来了也追不上一个一米八的小伙子吧？”

我把嘴一抹，纸巾一扔，手机嗡嗡振动两下。我说：“老板，结账，他买单！”

程嵘到了，他从黑色奔驰上下来，与珠光宝气的程太太一起进了文印店。我和温渺立马赶过去，在我的手机收到扫描照片的十几秒后，有人冲出了文印店。

程太太撞开玻璃门，边追边喊：“程嵘——该死的，老冯，抓住他——”

程嵘照计划冲进商场，我和温渺分别拦截程太太和司机。

程太太猛地看见我，惊呼：“是你——”

完犊子，她居然记得我？我转身撒腿往商场跑，商场地下连接着地铁，原计划就是大家在地铁里会合。

只可惜我高估了程太太的战斗力，低估了司机。司机动作太猛，竟然冲破了温渺的阻拦，继续追逐。导致程嵘没有及时赶到地铁站，被困在商场厕所。

“没办法了，我去跟他换衣服，把人引开。”温渺提议。

无计可施只能如此，下一趟地铁还有五分钟到站时，穿着温渺衣服的程嵘搂上我的肩：“嘘——老冯也跟过来了。”

我放缓了回头的动作，透过地铁反光的防护玻璃查看此时的情形，然而意外的是，我看见了穿着程嵘衣服的温渺，以及迷彩五分裤遮不住的、他小腿上的疤痕。

我回头查看时老冯正好经过，程嵘及时把我的脸挡住，才没让我们暴露。而后地铁进站，程嵘拥着我，随着人潮上了去往高铁站的地铁。

而温渺穿着程嵘的衣服坐上去机场的地铁，拖住老冯和程太太，直到我们离开。

直到坐上高铁，才彻底松口气，我挂了电话，跟程嵘汇报温渺的情况："他值机时才被抓住，老冯想抢他身份证，他直接嚷嚷着引来了执勤的警察……"

程嵘抓着我的手去按他的心口，他跟我求救说："丁小澄，这里好难受啊。怎么全都是假的呢？"

看着程嵘脸上的悲伤和疑惑，我开不了口。他待在深圳的这十几天里，跟我交谈时总会透露出如梦似幻的语气，好像一切都是美梦成真。他也不是没有怀疑，但每次我都告诉他说："是你想太多了，程太太也是第一次当妈妈，新手嘛。"

我说你多包容，我说你别疑神疑鬼。但假的真不了，出问题时一切赤裸而苍白——他们不是冲着程嵘来，也不是什么修补亲情，他们就是为了钱。

"对不起……"

程嵘深深地盯着我，而后右手揽着我的脖子拉近距离，他的吐息打在我脸上，心和呼吸节奏都是乱的。他问："丁小澄，你会骗我吗？"

我斩钉截铁地说："不会。"

我怎么忍心骗他？他全心信赖我，我仗着"安全点"肆无忌惮成为他的守护者，成为离他最近的人。但其实"安全点"这个词在我心里早就变了调，我见过生动的、任性的、霸道的、只看着我的他，我不想拱手让人。

他托着我的后颈，把距离越拉越近。他说："丁小澄，我们离开这里，好不好？离他们远一点，好不好？我们出国留学，好不好？"

三个"好不好"听得我心脏生疼。

我知道眼下这情况如果在廖老师跟前，她肯定会告诉我：这是程嵘将我当成安全点所导致的依赖。

可我现在想的是，去他的依赖，去他的安全点，他想跟我一起出国，我想跟他一起，有什么不行？

程嵘眼里还有难过和忐忑，他眼里渐渐消失的光芒逼我做决定，逼我点头。

我怎么能辜负？

我说：“好，那就出国。”

他眼里的光芒倏地亮了，又欣喜又生动。

程嵘高兴了，揽着我就是一个拥抱。我被他死死扣在怀里，脖颈上是他的温度，我的手还按在他胸膛上，那里传来的震动能洞穿我的心。

那有力而急促的跳动啊，应该是为我吧？

第十章

丁小澄，我不难过

“丁小澄，到站了。”

我睡眼惺忪，一晚上没睡好，早上又是紧张追逐战，上高铁没多久我就睡着了，出高铁站时我全程眯眼扶着他胳膊当瞎子，直到——

“程小嵘——你怎么回事，我们下错站了！”

程嵘指着高铁站外专门载人去“盗版”迪士尼乐园的巴士说：“我需要散心。”

他又这样！每次出状况，他就需要散心，第一次是莫名其妙带我去看了场《三体》，初中毕业那次直接拉我去领略苗寨风光还顺便蹦极……

“我可以说不吗？”我只想当迪士尼的小公主，不想当“盗版”迪士尼的小公主，“而且我已经翘课一天了，你也小半个月没去学校了，这样不好吧？”

本质上，我还是个老实的好学生。

程嵘假装听懂了我的劝诫，而后说：“你觉得半个月不去学校会对我造成影响？”

这人在学习、考试这方面天生跟闹着玩似的，玩半个月会影响成绩？不存在的。

“可是我还得考试啊！”

程嵘拧眉，目光如炬：“你不是说跟我一起出国？”

好好好，是是是，我投降，不玩还不行了是吗？那就玩呗！

但我没料到的是，虽然是个模仿迪士尼的游乐园，但它模仿得十分不错，游乐设施体验效果绝佳，简直让人玩疯了头。我喜欢惊险刺激的项目，程嵘就奇怪了，拖着我去坐旋转的心形杯子、旋转木马和起起落落的小飞象。

“你能不能别这么少女心，还拍照？不了吧，一会儿手机没电我俩就回不去了！”

虽然星城离游乐场所在的城市很近，坐高铁十来分钟，大巴一小时，但问题是我身上除了昨天谢思卿给的一百块补课费，所有钱都在手机里，手机没电就完蛋了。

程嵘压根没听到似的，看到卖头箍的就走不动道，拿着一个兔子耳朵发箍往我头上别。

“不不不——”我拒绝。白沙洲没了，白沙洲老大人设不能没。

“买一个吧！”这话居然不是卖头箍的老板说的，而是程嵘，他说，“你看她们都有。”

言下之意，别的女孩都有，丁小澄不能没有。

我愣愣地任由他往我头上别发箍，心想原来他不是自己喜欢不好意思戴，而是觉得别人有，我不能没有。

老板说：“六十八块。”

“便宜！买了！”程小嵘特别大方，指着我说，“她给钱。”

白感动了！

其间张晚晴、温渺都打了电话问我们在哪里，第三个电话打来时程嵘就不乐意了，一脸“你得罪我了”，问：“又是谁？不是说手机没电了吗？挂了！”

电话那头的谢思卿听见了，瞎咧咧地说：“丁老师，约会啊？和温渺吗？”初中生特别爱搞事，一直误会我追寻温渺是多年苦恋，我当然……没解释，毕竟误会之后谢思卿配合度奇高。

“有温渺什么事？”程嵘质问。

撒下弥天大谎骗谢思卿提供情报的我继续撒谎：“嗯，没什么事，一个善意的小谎言。”为了蒙混过关，我挂了电话，推着程嵘看马卡龙配色的梦幻小镇，语气一惊一乍，“看！环幕星空影院——飞跃惊喜夜！”

程小嵘真的只对梦幻少女心项目感兴趣，果然不问了，拉着我去排队。

工作日的游乐园人并不多，观影类项目尤其人少。程嵘挑了个最高、最中间的位置，给我绑好安全带。

我破坏气氛：“等会儿这排椅子会被吊起来，停在空中，如果‘啪嗒’一下停电了，我们就被吊在半空中下不来了！”

程嵘说：“那多好，配着星空夜景听你嘚啵！”

嘿，欠揍！

然后我手机又响了，来电显示打电话来的人是顾妄。

“顾妄是谁？”

“他是你同学啊！”我诧异，“他跟你同班同学两年多啊！”你总不至于不记得他吧？

程嵘脸上一派坦然：“嗯，对啊。他跟我同学两年多，跟你同学一个月，你就有他号码了？”

这话就过分了。

他盯着我，长睫毛在眼睑上投下阴影，一脸的心有不甘。

这对于一个心怀不轨的人来说太过分了，“你是不是吃醋”这句话都快到我嘴边了。

他说：“我就半个月不在，你又有了新朋友。找你的人这么多，我就只有你一个。”

嗐，“朋友”，是吃这个醋的意思。

我心里一哂，抛下阴云，浮夸地说：“我一个抵多少个？我可是从星城夜奔几百公里来救你，这要是搁古代，就是没齿难忘的大恩，那可是要……”

程小嵘突然凑过来，戏谑地说：“我以身相许啊。”

我刚要说什么，影片开始了，同一排的人指桑骂槐：“你把手机关静音，别吵着人！”

多委婉的抗议，我只好闭上嘴。

飞跃惊喜夜就是环幕播放各个城市的夜景，企图用器械和视觉误区造成真实飞跃在各大城市上空的错觉。

然而每切换一个城市，程小嵘就凑到我耳边嘀咕："我们去纽约好不好？还是伦敦？其实加拿大也不错的，法国很美啊……"

出来时我们毫不意外地被邻座送了白眼，但程嵘丝毫不减兴致。他表现得完全不像一个几小时前被至亲深深伤害的孩子，他目前的快乐远超他此前多年。我想不明白，又不敢多问，陪着他假装无事发生。

夜晚来临，程嵘依旧不打算离开。

"我打电话叫王叔来接我们，闭园时再出去。"他玩疯了头，花车游行时被衣着鲜艳的工作人员一邀请，就拉着我上了花车顶层。

表演人员洋溢着热情的微笑说："邀请你朋友跳舞啊！"

没法解释，来不及解释，程嵘眼里亮着光，问："你还记得初中毕业时我们跳的舞吗？"

我被他感染，手搭上他的肩，就着欢快的音乐，在并不宽敞的花车上旋转。花车上不止我们一对游客，有对情侣不甘示弱地跳起了桑巴。

氛围喧嚣又梦幻，我们随着花车在整个梦幻小镇巡回，我从未见程嵘笑得这样真。

程嵘说："丁小澄，你别皱眉头了，难看。"

他说："丁小澄，你别担心了，我不难过。"

"困扰十来年终于得到答案，总比纠结到老才知道自己不被爱的好。更何况——"他坦诚而率真，眼里闪烁的不是灯光，是他的心，"更何况我也不是一无所有，我有你。"

音乐吵炸了，世界乱极了，我完全无法控制自己了。昏黄的彩灯和梦幻的世界，配合着音乐好像我和他是偶像剧主角。

"哇哦——"

周遭突然爆发热烈而暧昧的哄闹声，一眼瞥去，另一对情侣热舞骤停，深情热吻。表演人员打着拍子也向我们起哄，音乐沸腾了我的脑子，我看到程嵘脸上的笑意和足以灼烧我灵魂的双眸，一切都驱使我踮起脚，仰起头……

“丁小澄，你要死了——”

我于花车之上慌张地转头，看见人群中一脸狂躁的丁太太。

哎，生活就是这么残忍。

丁太太从王叔那儿了解到全过程，跟着车子一道来了游乐场，对我智勇不凡的表现表示：勇气可嘉，零花钱减半。

重回校园大家还以为我只是请了一天生理假，程嵘只是被叫去办公室谈话。

“怎么处理的？”

程嵘落座，在 iPad 上查看邮件，闻言转头看我：“没怎么处理，就是问了几句。”

“那厂子呢？程爷爷怎么说？”

“落不到他们头上，爷爷会处理。”

我拐弯抹角地从妈妈那儿得知，这几年程先生还回来过一次，打着和程嵘有关的旗号拿走一半拆迁款，名义是借，但逾期未还。

“走吧，别想这些了，张太太等我们吃饭呢。”程嵘收起 iPad，背上书包后自然而然拿走我的手提包，“叫你别买这个，快变成高低肩了。”

我吓得立马对着玻璃窗照，我说：“哪有！”

“当然没有，哪次不是我给你提包？”他的语气听起来有股邪门的暧昧。从深圳回来，程嵘的冷酷人设崩塌得越来越快，说话总这样，当着谁都这样。

他心情变得十分好，还常常有意想不到的举动，先是宽容大度地包容我逃课，还陪我去给谢思卿补课，虽然谢思卿好像被碾压得并不高兴；再就是提出要感谢伸出援手的张晚晴和温渺，甚至联系了小龙虾饭局；还有就是此时此刻——

“哦，顾妄。”他开始主动关心同学了，“做不出来啊？那可就耽误回家了。”

顾妄抓着笔，望着卷子，一脸憋闷地回头，回他一个白眼。

学校电力检修，这周都不上晚自习，我们趁势敲定了小龙虾饭局。

“店在哪里？”

程嵘把我带到一个老旧小区，路是水泥地，路边有被溅上黄泥的野生植被和破烂的指路牌。

指路牌上写着造船厂往前一千米。

“造船厂？那不是靠近河边了吗？那里会有小龙虾店？”

程嵘解释：“谁告诉你在饭店吃，张太太亲自下厨。”

张太太下厨，这两个词怎么听怎么不搭。但我听出了另一层意思，小心翼翼地求证：“我们现在是去张晚晴家呀？”

重逢以来张晚晴来过我家，却一次也没让我上过她家。

不去她家，不去她班上找她，有事发消息，不在学校附近见面——这是她没说出口，但一直贯彻执行的规则。

“那我们是不是该买点东西？”

程嵘没理我，拐个弯我才知道为什么。张太太开了个小超市叫“靓靓超市”——她都开超市了，买什么才合适？

张太太的小超市，或者叫小便利店更合适，小便利店在造船厂的职工宿舍楼里。老旧的楼，一楼车库被扩建了，当作超市，张太太带着张晚晴租住在二楼。

小便利店外还支着桌子和靠椅，大梧桐树一遮就是天然的露天茶室。我们抵达时有人在树下喝茶闲聊，许是张太太说过，有大妈冲里头嚷嚷：“靓妹子，你们家亲戚来啦！”

张太太扬着笑脸将我们迎进去，还不忘和喝茶的人们寒暄。

“东雅的学生呀？成绩好吗？”

张太太指着程嵘嗔道：“常年考第一，这个是我女儿的好朋友，也很厉害……”

怪异，至少我觉得怪异。

在白沙洲生活那么多年，我从未见过张太太和善地与哪个邻居打过招呼，除了那些开车来白沙洲打麻将的她的太太团好友。

我老老实实地跟张太太问好，张太太嗔怪一声：“以前开连锁商超的时候喜欢听人这么叫，现在只剩下一个小便利店，还叫什么太太。好孩子，叫我靓靓姨。”

换了个称呼仿佛换了种活法，靓靓姨在小便利店里穿梭，指挥我们把做好的菜拿上去，又说：“晴晴还不知道你们来，她赢了比赛，还念叨着想跟你们庆祝。你们别走漏风声，咱们给她一个惊喜。”

“哎，好。”

饮料、小龙虾、爆炒花甲、香辣蟹被我们端上楼，放置在二楼的小圆桌上。忙活完了，我才有空打量张晚晴的“新家”。

房子是两室一厅，地方不小，但堆着太多东西，显得杂乱拥挤。没敢进她们的卧室，我只在门口往疑似张晚晴的房间里瞄了两眼，一张单人床、一个立柜、一张书桌就再也摆不下其他——这房间甚至没有她从前的琴房大，连大提琴也只能委委屈屈地缩在墙角。

脑门忽然被人推一下，我抬眼就看见程嵘，他问：“想什么呢？”

我叹气，说：“由俭入奢易，由奢入俭难。”

程嵘说：“是这么个理。”

“你又没经历过，你懂什么？”

纺织厂金尊玉贵的小少爷有什么资格谈感同身受？

程嵘看我仿佛看榆木脑壳，说：“那是你不知道高中这两年我有多难。”

什么玩意儿？

“没你，由奢入俭；有你，由俭入奢。”

我拿了饮料转身的瞬间被他堵在过道上，程小嵘笑得就像解除封印、开启第二人格似的，说：“这个解释还算清晰吗？”

清晰个麻花！

“你低头。”我冲他勾手。“程邪魔”单手压着冰箱门向我逼近，而我踮脚抬手，以迅雷不及掩耳之势给了他一个雪碧透心凉之吻，“闪开啦！”

“丁小澄，这玩意儿很冰，你知不知道？”程嵘捂着被冰到的脖颈抱怨。

我猫腰躲开，闪回圆桌一端，抱着雪碧往脸上贴，感觉我也需要降降温：“夏天不就要喝冰的？”

“夏你个头，都十月底了，还夏天？”

我俩吵嚷之时楼梯间传来响动，相视一眼，瞬间闭嘴，准备找地方躲起来。

“你别躲我这里！”

我猫在客厅连着的阳台外，遮挡物很小，程嵘还要来分一杯羹：“挤一挤就好了，没时间找其他地方了。”

“你——”

“嘘——门开了。”程嵘从身后扣着我两只手，将我困住了。

“啪嗒”一声门开了，靓靓姨和张晚晴的声音传来。

“怎么这么多菜？”这是抱怨的张晚晴，“两个人又吃不完！”

“你赢了比赛嘛，应该庆祝一下。晴晴，这个比赛得了冠军，是不是能当特招生……”

“消息下来了我会告诉你，你别再去我学校找老师了！”

“妈知道，妈知道，妈还给你准备了一个惊喜呢——”

按计划走，此时我们应该跳出来说恭喜，逼仄的阳台上堆满了东西，就在我们准备起身时，张晚晴爆发出一声叫嚷：“别惊喜了——你哪次不是给我惊吓？我拜托你，别折腾我行不行——”

“轰——”

我倒地时带着搪瓷盆一起掉落，程嵘死死护着我歪向一边，在张晚晴叫出“行不行”时，我们在她家中正式与她见面。

我说：“嗨，大概不行，又给你惊吓了。”

张晚晴猛地吸气，转身对着妈妈就是一句更大的咆哮：“你把他们带家里来干吗？还嫌我不够丢脸吗？”

靓靓姨当场白了脸，嘴唇颤抖，舔了几遍下唇瓣，焦虑到想不出开场白。

程嵘搀着我从地上爬起来，我着急解释，迈步出去才发觉刚刚崴了脚：“嗞——”

“丁小澄？”

“我没事，我没事——”我朝程嵘比画，示意他将靓靓姨带开，自己则一瘸一拐踱过去，给张晚晴卖乖，“我快疼死了，快带我进你房间休息一下。”

张晚晴抬脚将虚掩的卧室门踹开，说：“你看，我现在就是过成这个鬼样子！为什么要来我家？知道我过得狼狈，还想亲眼看看有多狼狈吗？”

“你是不是嫌弃我？”没等张晚晴反应过来，我冷静地问，“从小到大你是不是一直嫌弃我？明面上和我玩，实际上把我当作你的陪衬，时不时施舍些你不喜欢的东西给我，全为了满足你膨胀到无可比拟的虚荣心？”

回头时张晚晴整个人都傻了，不可置信地看着我，愤怒而狂躁：“你就这么想我的？丁小澄，你就——”

我以高过她的分贝压回去：“可你不就是这么想我的吗？我跟你玩，难道是为了你们家的钱？我们家惨到三口人挤一间房的时候，你没见过？你那时候不就嫌弃我吗？”

“我什么时候嫌弃——”

“那你凭什么觉得我现在会嫌弃你？”

拧巴少女哑口无言，没来得及退出风暴场的靓靓姨傻愣愣地看着我，眼里似乎有感激的光。

我没再跟张晚晴讲道理，事实上我肚子里没几个道理，公式倒是背了一堆。

人生总是起起落落落落落，可我们才十几岁？十几岁就觉得自己只能这样过一生，多可悲？起跑线垮了，大不了自己重新画线嘛。别笑我把人生挫折说得不痛不痒，也别觉得面临的都是黑暗深渊，周星驰也说“天亮了就很美”。

等张晚晴冷静下来，小龙虾都凉了。靓靓姨抹了把泪，又端着菜下去热。程嵘找了条毛巾包着冰块蹲地上帮我冰敷。

“呲——你轻点。”

程嵘很不给面子地戳一下：“刚刚不是很坚强？”

“你再这样，等会儿回家我就爬你背上，你把我背回去！”

张晚晴在我身边轻笑，说：“你们倒是没变。”

我说："还是有变化的好吗？以前我的成绩撑死算中上游，现在郭德，就是我们班主任，说我保持住，上重本不是问题！"

程嵘哼哼："重本？我要去跟丁叔聊聊过——"

"过户"两个字被我及时捂嘴掐灭，出国留学这事不能张扬。而且张晚晴一朝回到解放前，忽然发现自己昔日朋友飞黄腾达这算怎么回事？我好不容易才把她拧巴的情绪扭过来，绝不能让程嵘坏事。

而且程小嵘太张扬了，自打我承诺跟他一起出国留学，他就开始加班加点搞策划方案，。顾妄有次被他搭讪，聊天内容就是"丁小澄要和我一起出国，你觉得哪个国家比较好"……简直莫名其妙！

有天上课他神神秘秘找我讲话，说找着解决保证金的法子了，当时他一本正经地说："一你过户到我们家，二……"

我还听他说什么二？魂都吓飞了！

"过什么，过户？这不好吧？"

程小嵘当时笑得可奇怪了，说："有什么不好，都是一家人。"

什么叫一家人？妈耶，这样很容易让我想歪的好不好。

话题到那里为止，后续他找丁先生商量去了，末了还在我们家沙发上倍儿诚恳地对丁先生说："我会好好照顾澄澄的。"

澄澄，这种黏腻腻的称呼，打那天起就再没停过！

"澄澄——"

看吧，又来了。我应答程嵘的同时门被推开，靓靓姨端着菜进来，冲后面说："不许走啊！你没吃晚饭就坐下一块儿吃！"

后面扛着大纸箱的人小心翼翼地进门，把东西放在墙角，才看见在场的我们。温渺拿肩膀蹭了蹭额头的汗，失神地说："啊，是你们啊？聚餐啊？"

"晴晴比赛拿了冠军，可以特招进音乐学院了。温渺，你也别走，留下来一起庆祝。"

靓靓姨今天很"穿越"，她管温渺叫"温渺"就更"穿越"了。我不禁小心地侧过身，附在张晚晴耳边，细声问："你妈妈什么时候把温渺看对眼了？"

张晚晴似笑非笑：“免费劳动力，搬东西不用钱呗。”

“说什么呢！”靓靓姨耳朵尖听见了，“温渺是个好孩子……”

我怀疑靓靓姨不知道温渺跟了老大这回事，也不知道他曾经对她女儿说“跟我在一起”这种话，否则她不会是这样踩一捧一的态度。

饭桌上张晚晴对温渺横挑鼻子竖挑眼，靓靓姨对她说的唯一一句重话还是为了维护温渺。为了缓和气氛，我把勇闯深圳救程嵘的故事绘声绘色复述一遍，把张晚晴和靓靓姨听得一愣一愣。

程嵘端着饮料杯，跟温渺碰一个：“谢谢。”

温渺说：“我不是为你，我是不放心丁小澄。”

“我知道。”程嵘说，“我谢的也是这个。”

两三句话似乎在我耳边溜过去，我转头问：“你们说什么呢？”

两人异口同声：“没什么。”

张晚晴轻笑：“这默契，没谁了。”

那晚的相聚没我想象中难，但也不是从此再无嫌隙。

我懂的，我都懂，我们只是为了当时的美好月色而暂时收敛了锋芒，以求换取一个暂时的和平，换取一个无限相似但绝回不去的从前。

八斤小龙虾化作红色的壳堆，我吃到整个人瘫在老旧沙发上不肯起来。

“丁小澄，你还回不回家了？”

我翻过去抱住张晚晴，冲着程嵘耍无赖：“不回，不回，明天又不要上课，我不回家了，跟晴晴睡。”

此时靓靓姨下楼去关便利店的门，小店子，老住户，不时时看着也没关系，喝茶的客人会帮忙招呼，买东西的也会主动留下钱，只是关门还得自己来。

二楼客厅里只剩下曾经的四人小团体，也不知道今晚算不算握手言和，程嵘折腾我、我黏着张晚晴、温渺忙着收拾，倒是意外的和谐。

程嵘抱着双臂，神色不满：“你明天不是要去爷爷家？”

“你还是走吧——”张晚晴发出拒绝。

我委委屈屈地故技重施："你嫌弃我……"

张晚晴点着我脑门把我推开："你睡相很烂你知道吗？我床那么小，我怕你一脚把我踹下去。"

"我哪有！"

打闹时突然铃声大作，听着是刻意录的歌，男生唱的周杰伦，不好听，但声音听着熟悉。

"这是——"

和我一样感到疑惑的还有温渺，温渺骤然转头抬眸，眼睛盯着张晚晴。张晚晴飞快地掐断铃声，拿着手机站起来，说："我去接个电话。"

温渺冷声问："你还跟他在一起？"

他，我猜是指龚嘉禾，这也是我和张晚晴无法达成共识的问题之一。

张晚晴开口，回答温渺，也回答我："关你什么事？"

张晚晴接完电话回到客厅，氛围就不复当初了。白炽灯百无聊赖地发着光，没开电视，所有声源都来自外面，楼下乘凉的人们或者哪家小孩的哭闹。

我惶惶开口打破僵持："既然这么巧碰到一起，那我就不挨个去找了。"

从书包里掏出我郑重其事放好的门票，挨个拿给他们："时间有点仓促，就是明天晚上，我们一起回白沙洲吧。"

票上印着字——白沙洲音乐节。

"你们会去吧？"

屋里一片安静，除了程嵘，没人敢跟我对视。

"丁小澄——"温渺率先开口，"我可能……"

"你别说。"我躺回沙发，自暴自弃般拿着抱枕遮脸，"别告诉我答案，明天晚上我去现场等答案。"

"哈——"

"你们怎么回家呢？叫王叔来接吗？"已经是晚上九点，靓靓姨不放心又上楼来询问。

"王叔病了，我们叫个车好了。"

叫车也失败，路不好找，最终变成温渺骑电动三轮载着程嵘和啤酒瓶去大马路，打到车再回来接我。

两人前后脚走了，靓靓姨也去楼下找人闲聊，张晚晴没骨头似的凑到我身边，蚊子似的说：“对不起。”

我没吭声，让她在我旁边絮絮叨叨，觍着脸小声道歉，直到她恼了：“丁小澄，差不多得了——”

小姑娘越长越漂亮，杏仁眼，睫毛又翘又长，眼睛自下而上看着我，怎么看都是天然无辜的模样，让人不忍心追究。

可我非得追究：“你也差不多得了，别妄自菲薄，也别以己度人，我什么时候瞧不起你过？你那样说，真的戳心戳肺……”

张晚晴向来硬的不吃吃软的，戳中她软肋，她就不好意思横了：“知道了，我就是一时没反应过来，其实我心里都清楚。”隔一会儿，她又没正形，趴我身上八卦，“你跟程嵘是不是有情况了，嗯？”

“胡说八道。”

“躲什么！”张晚晴揪着不放，“你妈妈说你俩在花车上跳舞呢，怎么可能没故事？”

我妈这个大嘴巴，一点儿事也藏不住！

“都说是事故了！”我强词夺理，“他要散心，还肯掏钱，那我能不去吗？”

“然后就跑花车上搂一块跳舞了？”

怎么一直揪着花车这事不放过？楼下一阵汽车引擎声，我就势逃离现场：“车来了，走了，走了。”

“怎么可能那么快？”

可惜了，我伸头往窗外看了看，还真是出租车。

张晚晴穿着家居服，踩着人字拖跟我下楼，楼道的声控灯坏了，跺两脚也没亮，只好摸黑下楼。

走到楼道口时，我听见有人问：“请问张晚晴是住这里吗？”

彼时我刚刚出了楼道口，在老旧斑驳的水泥门廊下看到那些从出租车上下来的少女，她们衣着精致，手里拿的昂贵包包与老旧社区格格不入。

“看，那是丁小澄，咱们找对地方了！”

说话的是杨乐语，每次看我都要从头到脚打量一遍，再发出一声嗤笑的杨乐语。

我隐约觉得不妙，伸手把张晚晴推入黑暗里，可是没用，摇着蒲扇的大妈热络地搭腔：“张晚晴？靓妹子，又有人来找你女儿玩了。”

“丁小澄——张晚晴住这里？几栋几楼？”

“就是那里，那不就是张晚晴的朋友？你们不认识吗？”

杨乐语，执着问到底的女孩和太过热心的大妈连番轰炸，危机一触即发，我拦不住了。

杨乐语领着众人步步逼近，还说：“丁小澄，要不是你，我还不知道我的好朋友住哪里。”

“你们——”这话什么意思？

一个女孩为我解答：“你们不是要给晴晴庆祝，准备惊喜吗？我们来给她第二波惊喜呀！”甜腻腻的语调，说出的话却让人毛骨悚然，“原来晴晴住这里啊！”

“你们跟着我……过来的？”话说出口，两方视线在我身上聚焦。

张晚晴在黑漆漆的门洞里，视线却如有实物。杨乐语一声轻笑，说：“对呀，多亏了你。”

如果这是张晚晴此生最惨烈的一晚，那我是毋庸置疑的罪魁祸首。

“丁小澄——”果然，张晚晴生气了。

“啊——谁在那里？”杨乐语抓着手机打开手电筒照亮楼道，张晚晴躲闪着拿手遮住脸，与此同时一道闪光亮起，“咔嚓”一声，有人拍下照片。

灾难降临。

故事的起因是一片好心，如果张晚晴还是从前住在红房子里的小公主，今晚的一切都是锦上添花。可惜她不是，可惜她们也没打算雪中送炭。她们的先遣军跟踪到老旧的造船厂职工宿舍，而后呼朋唤友叫来两辆出租车的人围观。

犹如鬣狗围剿羚羊的血腥猎杀大会，不同的是鬣狗吃羊夺命，她们杀人诛心。

“晴晴，你就住这里啊？”杨乐语笑得令人作呕，“你不是‘白富美’吗？你的琴房不是有教室一半大吗？原来全是吹的啊？”

“我的天呀，公主现形记啊！多亏了丁小澄，否则我们还不知道呢！”

“你们家不是开连锁超市的吗？就这个便利店？靓靓超市？你也太能编了，怎么不去当编剧呢？”

叽叽喳喳的声音充斥耳朵，我看见张晚晴扶着栏杆就快站不住。杨乐语还去撩拨她，说：“别遮脸呀，来来来，再拍一张。”

照相机刚传入中国时，百姓认为拍照能摄走人三魂七魄。闪光灯闪了又闪，只留给我一个目光呆滞的张晚晴。可见拍照的确能摄人魂魄吧？

“别拍了，走开啊你们——滚啊——”

张晚晴没疯，我疯了。

贫穷有什么不对？只是穷而已，哪里就低人一等呢？可她们不理会，就觉得这有意思，还把一切当连载，视频、照片同步上传。

靓靓姨姗姗来迟：“我就看了一眼麻将，这是怎么了？”

张晚晴回答：“没事。”

或许顾虑成年人在场，飞扬跋扈的少女军团虽然不甘心也还是退回出租车。出租车艰难地掉头，期间还有女孩打开窗户，举着手机拍照。

靓靓姨不知情，但不妨碍她感觉到那群人的不怀好意：“拍什么拍？没点礼貌！”

那女孩被骂也不在意，笑了笑，关上车窗，出租车扬长而去。

“晴晴？”我上前去扶张晚晴。

她颤抖着，但还算冷静，她说：“我没事，丁小澄，你先走吧，我都说了没事，你滚啊——”

她甩开手，甩开一切支撑，整个人不由自主地滑落在地，像是被人抽走了骨头，神情疲累又暴躁：“你走吧。搞什么惊喜，为什么要来我家？被人跟踪都不知道吗？我完了，都完了，都是你——”

我该说对不起的，却被靓靓姨拦下了。

靓靓姨把我往外推，找了位有电瓶车的阿姨送我上大马路。

“可是——”我被押着坐上电瓶车，扭头看楼道，那里只露出张晚晴的衣角，“晴晴她需要我……”

“她不需要！”靓靓姨说得斩钉截铁，脸上的法令纹变得深刻，她盯着门洞的方向，眼里是温柔也是残忍，“好孩子，你回家吧。她不需要你，她只需要她自己。”

南柯梦要醒，生活要继续，没人愿意逼一个十几岁的女孩面对现实，可她不面对，谁能帮她承担？

靓靓姨说完转身回到楼道口，居高临下地看着自己隐匿在黑暗中的女儿。

我在电瓶车后座往后看，老旧社区的路灯昏黄，还被梧桐树遮去大半，成年版公主在昏暗不明的灯光里与瑟缩的小公主对峙，像过去与未来的交替，完成一场人生接棒。

“坐稳了吗？我们出发了。”阿姨提醒我坐稳，而后发动了车子。

在电瓶车离开之前，我听见曾经的张太太现在的靓靓姨说：“张晚晴，你要是因为这种事情觉得自己完了，那你这辈子真的就这样了。站起来，或者像你爸一样窝窝囊囊变成烂泥，你自己选。”

电瓶车载着我破开重重黑影往光明的方向冲，那被璀璨灯光照亮的公路，仿佛有了另一重定义——如果人生命途忽然黯淡，那就靠努力把它擦亮。

第十一章

你说我就信

“好了，这里应该能打到车了，你那个小男朋友呢？”

我从电瓶车上下来，摆手说：“不不不，他——”

“阿姨开玩笑嘛，紧张什么？”阿姨把着扶手，“怕不怕？要不要我在这儿陪你等他？”

造船厂靠近郊区，这里的公路虽然灯火通明，但来往的车辆并不多，因此安静而荒凉。

“没事儿，您先走吧。”阿姨的热情难以推脱，还好此时程嵘打来电话，“他联系我了，估计打到车了……程小嵘，你到哪里了？”

电话那头没管我在说什么，突兀地开口：“澄澄，你先回家，我这里有点事……”

“你让我一个人回去？发生了什么……”

程嵘没回答，电话那头的声音替他说：“打电话那小子过来录下口供。”

“录口供？你们在哪里？是不是派出所——”我声音尖到不可思议。

程嵘顿了顿，答：“是。”

今晚注定没个消停，程嵘没告知我原因，我只从电话那头偶尔传来的民警对话里得知是打架斗殴。我央求着阿姨送我一程，慌慌张张赶到派出所，然后看见桀骜难驯的温渺正和警察对峙，程嵘靠墙坐着，另一边是一个鼻青脸肿、眼角带血的男人。

“怎么回事？”

温渺吊儿郎当：“我没打人，凭什么他说是我打的就拘我？有证据吗？”

鼻青脸肿的男人咆哮：“就是你！彪哥放话让你教训我，你跟苍蝇一样盯了我好几天，以为我不知道吗？”

“你敢不敢说说，我为什么盯你？”温渺比受害者还横，“你干的是人事？”

“警察叔叔你看，他承认了，就是他！”

“受害者”扬扬得意，我忽然就从他鼻青脸肿的脸庞辨别出他的真容——他是上次在白沙洲堤坝旁被彪哥教训不成的T恤男。

我记得他，我当时阻止过一次，彪哥却要求温渺把这个男人带到星河酒吧去，甚至还怂恿温渺动手。

可温渺真的会动手吗？

“黑灯瞎火的巷子，又没有监控，你说是我套麻袋打的你，你都看不见，凭什么确定是我？”温渺狞笑着，“哼，打你是替天行道，你这种人打死活该。”

“你再说一遍——”

穿着制服的男人敲敲桌子，示意民警把人弄开，冷笑道：“想造反？温渺，跟彪哥混的是吧？打电话把你老大叫来。”

“这事跟彪哥没关系。”

男人一声轻笑：“那行啊，我记得你家里有一个老妈、两个弟弟，还有一个尿毒症要透析的爸，你打算打电话叫哪个来？”

我不知道温叔什么时候成了“尿毒症要透析”，温渺却在男人的话语里冷静下来，冷静地替自己辩解：“我没打人，我只是路过。”

从温渺的叙说里我搞清楚事发经过。他载着程嵘去了趟酒吧，说是收啤酒瓶，其实是把车锁在酒吧仓库然后甩下程嵘溜走，半途他觉得有点过分，又掉头回来找，只是再回到后巷就被警察和T恤男拦住，说他蓄意伤人……

“监控录像显示，你的确是往他被打的位置走的。”

我忍不住插嘴："他只是路过，说不定后面还有其他人呢！"

"监控里只有温渺走那边。"男人摇头，提点一句说，"打电话给彪哥吧，让他帮忙私下和解。"

"我不——"T恤男叫嚣，"我不和解！彪哥来了我也不和解，我就要他负刑事责任，留案底！"

那一瞬间我脑子里想的都是初二那年参观过的少管所，我不由自主地往程嵘身边靠近，揪着他衣角问他该怎么办。

程嵘低头看我，还没开口就被人点名，温渺道："是不是只要能证明我没有在巷子里停留，就能说明打人的不是我？"

"那个巷子口没有监控……"民警好心提醒。

"有人看见我了——"温渺高声说，"程嵘看见我了——"

在场人的目光倏地转向程嵘，温渺补充："我叫你在酒吧门口等我，你当时一直看着巷子的方向，我从巷子出来时，你看见我了是不是？"

程嵘突然被人拖入剧情，整张脸都是冷漠和懵懂。我等着他说是，温渺等着他说是，甚至那个高大的面容严肃的男人也等着他说是。

T恤男一声怪笑，叫嚷："这算什么？当面串供？就算他说是，能信吗？他们是一伙……"

"我没看见。"程嵘说。

"你说什么？"温渺和我都是一脸的不可置信。

怎么能没看见呢？就算没看见，不能说看见了吗？我揪着程嵘的衣摆，急切地逼问："这不是开玩笑的时候，你好好想想，你——"

"我没看见。"程嵘还是这一句。

温渺彻底蒙了，完全没了先前游刃有余的姿态。显然，他之前一直把程嵘当作自己最有力的目击证人，但现在他的目击证人变卦了。

"程嵘你什么意思——你明明一直面对巷子口站着，就二十米的距离，这都没看见，你瞎吗？我一个活人从巷子里出来，你明明还跟我对视，你——"

温渺暴起，揪着T恤男的衣领："你给我闭嘴，袭胸摸女孩屁股的人没有人权！再嚷嚷信不信我……”

“没完没了是吧？”穿着制服的男人腾地站起，三两步跨到两人跟前，将扭打在一团的人强行分开，“小张，把人给我铐起来——”

啼笑皆非的音乐在我耳边响起，一切仿佛慢动作，温渺的反抗在真正具有力量的成年人跟前不值一提，他被推开，被压制，被铐上冰凉的手铐。

“程小嵘，这不是开玩笑的时候。”我慌慌张张，手指和心脏终于感受到秋天的寒凉，“你别玩了，你说实话，说实话啊！”

程嵘低头看我，眼睛里是冰凉和认真：“你要我说什么？我说的就是实话。”

“对啊。你程少爷什么时候讲过假话？”温渺被民警压在木椅上，歪着身子，探出头，一双眼睛充满怒火，“不是第一次了，装瞎、撒谎、装耳聋不是第一次了！白沙洲桥洞下那次，我那样叫你、喊你，跟你求救，你也当没听见，事后还跟丁小澄说没等到我——”

“你怎么有脸问我？说什么明明帮我跟省队搭上线，为什么不肯去……”温渺的笑让我胆寒，他死死盯着程嵘，质问，“我为什么不肯去，你心里没数吗？”

温渺腾地将民警推开，用没被铐住的手扯开自己的裤脚，抬着腿露出小腿上的疤痕——从脚踝到小腿肚的疤痕：“桥洞那次，老子的跟腱断了，没法剧烈运动，没法跑步跨栏。腿废了怎么去省队，你告诉我废人怎么去省队？！”

桥洞，莫名引发争执的桥洞，他俩第一次动手打架的桥洞。回忆蜂拥而至，我记起那个莫名其妙的傍晚，程嵘帮我赴约，回来告知我温渺没来。紧接着温渺出现，带着一身的刺开始了狂躁的攻击。

我们在那个傍晚伤人伤己，把恶毒语言化作利刃扎进对方心脏。

那时我气疯了头，现在想来有细节被我忽略了，比如那天的温渺浑身脏兮兮，比如那天的温渺走路一瘸一拐，比如……

“那个傍晚的桥洞里，发生了什么？”

——腿废了怎么去省队，你告诉我废人怎么去省队？！

大约是有个少年被折断了翅膀，从此无法高飞。

T恤男坚持不和解，彪哥突然而至，发脾气地质问穿着制服的男人：“你们拿袭胸的变态没办法，倒是知道怎么为难一个小孩？”

男人说：“谢骠你别跟我横，你叫人家小孩去打人，这笔账我还没跟你算！”

彪哥、程嵘和我统统被赶出去。

彪哥拉开车门说：“走吧，送你们回家。”

路上我忍不住问程嵘，那天到底发生了什么，温渺说的是不是真的。

程嵘没开口，彪哥手指夹着烟，把着方向盘说：“是真的。”

一个又犟又倔的小孩，遇上四五个成天在菜市场里混钱的小混混，有那么点过节，温渺又爱嘴上逞能，就被逮着了。

他们没从温渺身上刮走多少钱，便开始像猫抓老鼠那样拿着温渺玩，言语羞辱，肢体侮辱，甚至拿着小刀在他腿上比画，问他是几级运动员——悲剧就是那样造成的。

“他跟你求救了。”遇上红灯，彪哥把车停下，挑着眼尾从后视镜里看我们，“可你没搭理他，他叫得那样惨烈，你——只是换了个方向继续站着。”

——那里对我来说只有不堪和狼狈。要是给我什么权限忘了哪块地方，我一定选白沙洲。

我突然想起温渺和我说过的这句话，我当时不明白他为什么会那样说，原来原因在这里。

“我是在人行横道上捡到人的。他一身邋遢在街上走，失魂落魄，魂不守舍，连红绿灯都不看。从我车前走过时他突然抽一下，跪趴下去——我当时以为是碰瓷。”红灯转绿，车子起步继续走，彪哥漫不经心地看路，语调飘忽，“下车一看，孩子整个人趴在地上，小腿那块裤管都被血染红了。”

彪哥掐了烟，意味不明地问：“你叫程嵘是吧？有个问题我一直想帮温渺问问，你当时是真没听见，还是见死不救？”

“这就是白沙洲啊？和橘子洲也没什么差别嘛！”

“别废话了，赶紧走吧，音乐节没座位的，咱们赶紧过去抢个靠前的位置。”

“场地在哪儿啊？”

“洲尾。”

再度踏足白沙洲，这里早已经不是从前那个小村落的模样，绿化、园林、翻修的龙王庙，俨然是旅游景点的模样。

这里焕然一新，却不是我待了十几年的家。

程嵘沉默地走在我身边，谁也没有开口说话。

昨晚彪哥问出那句话后就再没人开口，他也不在乎，像是根本不需要答案。但那个问题在我心里埋下了种子。

如果事情是真的，温渺被拖入树丛受辱的那四十分钟里，程嵘一直是知情的，那他……这样的状况我不敢想。

第二天休息，我们不约而同出现在派出所门口，却被彪哥赶走。温渺昨晚上没能回家，彪哥暂代监护人一职，承诺说他一定能解决问题。至于张晚晴，她又恢复到没拉黑，但也联系不上的状态，我也不确定她需要的“自己”是否已经出现。

我想今晚的白沙洲音乐节，除了我和程嵘不会再出现第三人。

我们在熙攘的喧闹人群里显得格格不入，台上活络气氛的主持人在说着什么，台下的观众叫着什么，全都与我们无关。

一阵骚动，忽然有只冰冷的手钻进我手心。我抬头，正对上程嵘脸上的茫然，那一刻所有的疑问被我吞进肚子，我收拢手掌，牢牢护住不安的他。

程嵘说：“丁小澄，你不问我吗？”

“你希望我问吗？”

他脸上的表情是冷的，但我知道他没有那么冷漠，他只是茫然。

程嵘眼里闪过犹豫，他问：“我说了你会信吗？”

“你说我就信。”

可能很对不起温渺，可能是我太偏心，我从未怀疑，也从不认为程嵘会做出见死不救的事。

“我……”程嵘咽了咽口水，声音从飘忽到坚定，“初三毕业那年，桥洞等温渺的那天，我当时戴着耳机，是真的没有听到他的呼救。你信不信？”

台上的人在唱：命运它无法让我们跪地求饶。

高音爆发时灯光如烟花炸裂，我在一片闪光里勾着程嵘的脖子冲他喊：“我信！”

“昨天晚上，我说没看见温渺也是真的，你信不信？”

音响声音震耳欲聋，几乎只能保持着额头相贴的姿势才能听清彼此的话。

我喊：“我信！”而后我看着他眼睛，反问，“那你呢，温渺说他是路过，他说他没有打人，你信不信？”

鼓点太强烈，让我心脏也跟着起伏，我说不清原因，继续补充，说：“你信不信你的朋友？”

如昨晚温渺质问的那样，他问：“我以为你会救我，我觉得你应该要救我，可你没有。程嵘，我想知道这十几年除了丁小澄，你到底还把谁当朋友？我算不算你朋友？”

程嵘的眼睛在那一瞬间变得复杂，他略微抬起头，环顾如今的音乐节场地——这里早已不是当年的白沙洲，我却觉得他在通过这里辨认当年的我们。

“我信。”

程嵘说：“我信。”

感性和理性究竟哪个好？这应该没有绝对的答案。监控、人证、动机、口供一应俱全，从理性角度细致分析，除了温渺套麻袋蓄意伤人分析不出第二个真相。

可是从感性出发，无论如何我都不相信温渺会把自己陷入接受法律制裁的境地。

我们从白沙洲音乐节上出逃，步行前往事发地，一路都在商讨应当如何给温渺洗清嫌疑，可是无济于事。

调监控没意义，正门和后巷的监控视频都有他，彪哥想办法把周围带监控的地方询问个遍，反而坐实了那条巷子里除了T恤男就只有温渺进出这一点。

我们把事发地走了一遍，越发无计可施。

慌张之下，我开始出昏招：“或者咱们去派出所，就说你当时看见温渺了，但是闹了点小矛盾就撒谎说没看见……”

程嵘冷静地打断：“翻供也没用，问题在于证据链太详细，并且压根没有第三人出现的痕迹！”

我暴躁了：“这也不行那也不行，不是他打的，行凶的人总不可能凭空出现又凭空消失吧？”

程嵘看着漆黑的巷子，突然开口：“或许真的能凭空出现又凭空消失。”

“你是说……”

两方人马相对而坐，T恤男跷着二郎腿，一脸吊儿郎当，对面的彪哥倾身，一沓钞票被推过去。

“你想好了，你告他，他是会留案底，但赔偿绝对不会超过两千，这里是两万。”

T恤男不为所动，玩着手指，开口就翻番：“四万。”

“四万？不行——”这是宁死不屈的温渺。

“成交。”这是一掷千金的彪哥。

我和程嵘及时赶到，在金钱交易之前叫停一切：“不能给——”

不可能有人能躲过巷子两头的监控，凭空出现又凭空消失，但如果人就住在巷子内，他只需要翻墙、套麻袋、打人，再翻墙回家，就能完美躲过监控。

抱着这个想法，我和程嵘拜访了巷子两边的人家，并在其中一户找到了一样的麻袋。

“那也不能就这样放过那个人，我觉得那大哥打得好！”

温渺说完就挨了一顿削，彪哥语气不善：“闭嘴吧，没留案底就万幸了！赶紧跟你这俩朋友道谢，省了四万呢！”

我们仨麻溜地拦了出租车跑路。

上了车，车里又成了另一种怪异气氛。

“去哪儿？”司机师傅等了半天没人回答，“你们不说话，我就带你们绕圈啦？”

“去——”

三人同时开口，报了三个地址。

司机大约是天津来的，说话和讲相声似的：“好嘛，这是让我送三个人？”

“要不，去白沙洲吧，说不定音乐节还没结束。”我开口提议。

没人反驳，司机一车把我们送到桥下，恰好赶上散场离去的人潮。

我挠头道歉，就看见温渺怔怔地盯着桥洞的方向——那里树影幢幢，像极了从前没改造的时候。

那天傍晚温渺到底遭遇了什么，我们了解了大概，却都不敢问个究竟。

“对不起。”

我和温渺蓦地转头看程嵘，他面露难色，但依然坚持着说完那番话：“你可能不信，但这是真的。我不是故意见死不救，也不是故意害你被人冤枉……无论你信不信，我都欠你一句道歉。”

“哈——”温渺拿舌头抵着腮帮，有些放荡不羁，“这些就别说了——”他歪着脖子，挑眉看程嵘，“就问你一个事，你把我当兄弟吗？”

“难不成当姐妹？也可以啊。”

温渺简直当场爆发：“丁小澄，没你的事！”

我不服气了，手指头戳着温渺的胸：“小兄弟你不对啊，无视纪律，正视一下自己好吗？回顾一下，当初你是谁的小弟。”

温渺一句话破坏所有气氛：“如今我是彪哥小弟。”他脸冲着灯光呼气，有种恍如隔世，千帆过尽的感觉。

“当不当我是兄弟，这种事其实也没什么好问的了。”温渺耸肩，带出点山鸡浩南的潇洒味道，“我们不是一个世界的人了。”

“也是。”程嵘突然开口，“我听说彪哥产业不少，有酒吧有档口，你主要负责看管哪边？”

温渺说：“嗯……档口。”

程嵘一脸恍然：“那就是三星堆生鲜农贸市场了？”

看管菜市场的“道上”小哥！

“哈哈哈——”我看着一本正经的程嵘和一脸懵懂的温渺爆发狂笑，“小兄弟，彪哥原名谢骠，主要经营酒吧和生鲜农贸市场，本本分分生意人一个。请你不要再把彪哥形容成黑社会老大了，好吗？”

温渺瞠目：“你们……”

“我们……早就百度到啦！”

“等等，百度为什么说这些——”

“百度上还有生鲜农贸市场开张剪彩的新闻呢！”

温渺酝酿了半天，最后只能郁闷地自认倒霉：“好吧，那为庆祝‘道上’小哥免于牢狱之灾，烧烤撸串要不要？”

我和程嵘相视一眼，程嵘开口盘问：“你请客？”

“那当然。”

音乐节散场的人潮退去，终于有出租车停在我们跟前。

“那就——”程嵘打开车门，把我塞进去，接着道，“那就算了吧。”

“嗯？我请客也不吃？”

我趴在门边道：“大哥，我俩是高三应届毕业生呢，虽然我俩天分过人，好歹也尊重一下高考，好吗？”

那晚应该还要说些劫后余生与隔阂消除后的种种心路历程，不需要酒，至少也会有些感慨。但我们的握手言和如同魔法解除冰冻，时光和误会仿佛从不曾带来困扰，我们亲密如初。

“丁小澄同学，我需要一个合理的解释。”

北京时间晚上八点半，星河酒吧对面的奶茶店里坐着三男一女四个学生，其中最不像学生的那位频频发出质问：“为什么我要跟谢思卿一样，学初三的内容？”

我斟酌着，给出一个最不伤温渺自尊的解释：“因为你连初中的内容都还没有掌握，我怎么教你高中的？而且一只羊也是放，两只也是赶，我就不用准备教材啦！”

在被诬告打人之前，温渺已经很久不去职高上课了。对他而言，上学还需要学费，而骑着电动三轮到处送货，帮彪哥干点零活就有钱赚，那何必上学呢？

事情发生之后，彪哥思索再三，把温渺给“开了”，打包送回学校上课，并说：“拿不到毕业证我就涨租金了！”

温渺迫于无奈，重归学堂。

“那我也不要跟谢思卿一起！他干扰我学习！”温渺把谢思卿往旁边赶，拖着凳子去了程嵘身边，“哥们儿，看啥呢？”

我抽空瞥了一眼，对温渺接下来的遭遇表示同情。

程嵘见温渺过来，将 iPad 往他那边挪，示意温渺一起看：“你觉得哪个好？”

温渺瞠目结舌：“四……四件套？”

程嵘一本正经道：“嗯，丁小澄要跟我出国了。”

“我知道啊。”温渺一脸莫名其妙，还问，“这跟四件套有什么关系？不是，你现在看四件套，总不会是想买了带过去吧？这玩意儿哪个国家没有？”

程嵘想了想，说：“那样没有家的味道。”

温渺闷声不语，并向我投来求救信号，但被我无情忽视。

“你看看这个——”程嵘又开启新话题，“你觉得……”

“哪个都好，你随意，你随意。”温渺默默拖着凳子坐回来，还越过谢思卿跟我小声叨叨，“他没事儿吧？怎么连茶杯、毛巾都想自带？”

谢思卿插嘴：“不是只有成绩不好的才出国留学吗？”

嘿，这话说得。

“不不不，成绩不好的比如你，那叫出国镀金。”我点着谢思卿，继而指指自己，又说，“我们这样天赋过人的呢，叫出国深造！程小嵘，对不对？”

程嵘于百忙之中抽空递给我一个“你说的都对”的眼神，看得温渺一阵哆嗦，继续跟我叨叨：“他这样不太对吧？他对出国这件事，是不是太期待了点？”

“那怎么了？”

温渺非要跟我掰扯：“出国对他来说不是很普通的事吗？他以前寒暑假出

国去见亲戚，也没见这样郑重其事啊！”

我严重怀疑温渺是真蠢，小声嘟囔道：“也不看看是跟谁一起。”

“你说什么？”他还要求复述一遍，“不是，我真的觉得他有点不对劲……”

“你才不对劲呢！神经病！”烦得我把温渺赶开，大脑自动屏蔽温渺的声音，专心致志地写作业。

温渺约莫是自讨没趣，又跟初中生处不到一块儿，偷偷摸摸凑到程嵘跟前问话：“你怎么样了？”

程嵘抬头。

“酒吧那天，你整个人就像放空一样，眼神空洞，完全……”

程嵘说：“我没事。”

“初中毕业时的病，现在应该……”

谢思卿忽然高声嚷嚷：“写完了！我解放了！”

惊得在场人都同时收声看过去，我抬眸就看见两人凑一块，温渺看见我抬头就挪开视线，明显有鬼。

“你们两人说什么呢？”

两人异口同声：“没什么。”

谢思卿拉着我给他检查对错，我低头看卷子，余光却注意那两人的动静，只见程嵘若无其事看我一眼，而后说：“已经没事了。”

什么没事了？事后我也没套出真话。

奶茶店学习小分队就地解散，温渺负责护送谢思卿回家，程嵘跟在我后边，亦步亦趋地走到公交车站。

我一刹车，他刚好追尾。

“你故意的吧？”

程嵘贴着我脊背，胸腔里发出沉闷而愉悦的笑声。

我转身抵住他逼近的步伐，警告这位“程少爷”：“你能不能收敛点？”

“程少爷”还笑，说：“不能。”

事情不是第一次发生了，早两天他还在顾妄跟前叹气，以至于顾妄以为他有什么不开心的故事，让他说出来开心开心。

结果“程少爷”一脸忧愁，说：“太愁人，还是没想好留学后的第一次旅行该去哪里。丁小澄总说去哪里都可以，但你明白的……”

从顾妄一脸乌青的脸色来看，他不明白，也不想明白。我只能一再跟“程少爷”强调：“你别老说留学的事情，万一以后去不成，那可丢脸了。”

“程少爷”立马不高兴了：“没有万一。”还非逼着我把话收回。

我万般无奈，只好配合“程幼稚”说：“呸呸呸，刚刚说的不算。”

公交车还没来，我就着广告牌的光看他，歪着脖子，不怀好意地问：“小哥哥，出国留学这么得意啊？你数数你都炫耀多少次了，连郭德都知道了。说说看，为什么这么高兴？”

程嵘深吸一口气，状若为难地看天看地，而后目光灼灼地盯着我：“你说呢？”

这就没意思了，明明是我先问的，不是吗？

我退一步，靠着广告牌望天。关于出国留学的种种，不是只有程嵘一个人期待的，我也想过，只是临到细枝末节的地方，我就打住了。想得再好，不如过上一遍。

“澄澄。”

“嗯？”

程嵘学着我的样子靠着广告牌，他骤然转身面对我，继续叫我名字：“澄澄。”

街上行人不多，车辆飞速驶过，气氛并不旖旎，但架不住他一声声叫我名字，害我脸颊升温。

“叫什么叫，有话就说嘛。”这话说出来我都嫌弃自己，声音带着程嵘式的甜腻。

他还笑：“澄澄，出国后我们就住在一起了。”声音仿佛掐得出水，“晚上睡觉前跟你说晚安，早上起床就能看见你。”

耳朵还在发烫，我把手背在身后放肆掐自己胳膊，这话一点毛病都没有，就是听起来像……像同床共枕。

可程小嵘真的是那个意思吗？是我想的那个意思吗？

我清了清嗓子，故作镇定："我很严肃地问你一个问题。"

程嵘欣然点头："你问。"

"我今晚能跟你回家吗？"

如果程嵘是一台电脑，他已经当场宕机了。

而我带着一脸不解回头看替我问话的那位，心说，别人说话插什么嘴？

插嘴的张晚晴一脸憔悴，站在我身后两米远的位置，重复地问："丁小澄，我今晚能跟你回家吗？"

年三十当天我往张晚晴、温渺、彪哥家跑了一趟，送了点年礼，最后一站去的程嵘家。

到的时候，程嵘应着程爷爷的指挥在贴春联。屋子装饰得很有过年气息，但耐不住冷清，偌大的屋子里就程爷爷和程嵘两个人。平日在的司机、护工和保姆都放假回家了，桌上是酒店定做的年夜饭，但外包盒都没拆。

程先生程太太被程爷爷拄着拐杖敲了一顿，压根没打算回来。程爷爷长吁短叹问我家过年热不热闹，我心一软就自作主张地开口邀请："今年就我们家和姑姑姑父过呢，您上我们家过年去吧？一起热闹热闹！"

"好！"程嵘没皮没脸地扯了我一把，害我仰倒在沙发上，他伺机给我塞了瓣冰糖橙。

我含着冰糖橙不好说话，咽下去才白他一眼："请你了吗？我请的是程爷爷！"

程霸道校草瓮声瓮气地撒娇："澄澄，你别这样。"

程爷爷笑眯眯地看热闹。我心里不是滋味，明明在冷战中，他偏偏装成什么事都没有，照旧来找我，照旧打闹，但严防死守一个字都不肯让步。

起因是我说想跟廖老师聊聊，他给拒绝了。

"逼于无奈"把人带到我家，程爷爷得了乐趣和姑父下起象棋。丁先生丁太太在厨房里忙碌，姑母记挂着在外过年的儿子，捧着电话问长问短。

我逮着好时机逼问下去，程嵘却说他把廖老师给开了。

“开了？什么意思？”

程嵘拿着遥控器，盯着电视，答得心不在焉：“字面上的意思。”

“为什么——”

“我决定换一个医生。”

我开口道：“那新找的心理医生呢？”他接受心理辅导十来年，一直处于调整期，没了廖老师，总要有别的人吧？

“找了。”

我大喜过望：“谁？那我得跟她谈谈。”

程嵘咬着特意给他买的豆干，坦荡道：“谈吧。那老师姓丁，丁老师。”

“喂——”

他不安分的膝盖抵在我腿上，安抚似的碰了碰，说：“别瞎操心了。我早没事了，再找心理辅导不是浪费钱吗？”

“可温渺说……”事情传到温渺耳朵里，温渺单独找过我一次，他跟我说的原话是：“不对劲，酒吧巷子那事，他两眼空洞洞地看着我，我确定我们都对视了！我怀疑他不是没看见，而是陷入自我情绪里。”

听见“温渺”二字，程嵘一声冷笑：“他还有脸说？拉着我打游戏的是他，被管家婆发现了，倒打一耙说是我强行拉着他玩。他说的话没有可信度，都是不甘心拿别的事找补！”

管家婆说的是张晚晴，年前张晚晴成了白富美圈子里的笑话，连龚嘉禾也来踩一脚，瞎嚷嚷让张晚晴“还钱”，是温渺不管不顾挪了彪哥的钱，才替她解决了麻烦。

张晚晴投桃报李，为了让温渺考上本科煞费苦心，每天紧迫盯人，期间没少跟我抱怨说温渺找了个网友，但目前看来——

“所以那个陪着温渺通宵打游戏，每天 24 小时不断联系的人是你？”我诧异道，“你和温渺‘网恋’？”

菜都上桌了，饭香四溢。

程爷爷百忙之中抽出空来，抬头问：“网恋？那可不行，不能网恋。孙儿哪，你还小，恋爱这种事等大学毕业以后再说……”

“爷爷！你听丁小澄瞎说！”程嵘蹙眉扶额，脸上都是无奈，“她说的是温渺，我和温渺打游戏！”

“游戏？”程爷爷连棋都不下了，忽地严肃起来，正儿八经地叮嘱，“打游戏也不行。你从小就主意正，跳级不肯，保送也不肯，明明可以花更少时间学更多东西，偏偏不肯。你们老师都说你按部就班读书是浪费时间，你天资聪颖不是浪费在这种事情上的！爷爷这一辈子，就是盼着你有出息——”

话题岔开八丈远，姑父一副深有同感的样子，两人就着学习发展问题展开深切沟通。程嵘表情一言难尽，那模样莫名可爱，我忍不住伸手摸了摸他的头。

“丁小澄。”

“嗯？”

“你吃东西洗手了吗？就摸我头？”

讨人嫌的玩意儿！

年夜饭悉数上桌，丁先生委派我和程嵘下楼放鞭炮。星城的规矩，年夜饭得放了炮仗才吃。

我指挥程嵘把“一万响”鞭炮拆开，摆放成一条蜿蜒的长蛇。

程嵘点燃了鞭炮，迅速回到我跟前，嘴唇动动说了什么，大概是“我”字开头，“你”字结尾。

我捂着耳朵问：“你说什么——”

一万响鞭炮震耳欲聋，他咧嘴笑了笑，道：“我说——丁小澄过年好——”

我回以一笑，喊：“程小嵘，过年好——”

一挂鞭炮响完，附近的鞭炮声此起彼伏，有人放起白日焰火。我和程嵘并肩站在单元门前，仰着脖子看那冲上白雾中的烟火。我还有很多疑问，程嵘并没有悉数解答。我可以锱铢必较问下去，可我想不是现在，不是此时。

过年呢，就该傻乎乎地过年吧。

可我这么想，别人不这么想。口袋里的手机振动了，我当是拜年短信，随手拿出来看，却见来信人是何甜甜。

“我们谈一谈。”

我打算无视的，但很快又来了第二条短信。何甜甜说：“明天下午三点半，星芒咖啡见，是关于程嵘的事。”

“怎么了？”程嵘转身上楼，上了两级台阶又打住，回身看我。

一挂鞭炮放完，四周静默了，声控灯也熄掉，我借着暗淡的光线看楼道里的他，他眉眼弯弯还是先前笑的模样。手机再度振动，惊得声控灯也亮了，程嵘脸上的笑意敛了，疑惑地问：“丁小澄？”

我收了手机，笑说：“没什么，好像夜盲症犯了，上去吃饭吧。”

“谁的消息？”

“哦，快递。”

第十二章

你丢的是我的心

一年当中有段时间里，人们不记得几月几号，也不记得星期几，只知道用“大年初几”来形容。大年初六，离返校还有三天，甩下要拜访的亲戚和空白试卷，我们偷溜到白沙洲，用脚步把时间丈量一遍，而后在白沙洲大桥的执勤亭边坐下。

夕阳渐沉，车灯和路灯渲染了夜色中的白沙洲大桥。拨动琴弦，吉他声飘荡，歌声响起：“City of stars，are you shining just for me？（星空之城，是否你只为我闪耀？）”

张晚晴和温渺并肩坐在石墩上，唱和之时，视线相交；我和程嵘靠在石栏杆上，手肘和彼此温度近在咫尺……管他是什么氛围，我只觉得这刻真好。

大约是否极泰来，张晚晴于上个学期末得到了音乐生特招的名额；温渺的学习成绩也不算是毫无起色，至少勉强及格；我勉强保住成绩不下滑；至于程嵘，就不说了，反正还是第一。

“丁小澄，你不行啊！”脱离高考苦海的张晚晴不忘打趣，“不是天资聪颖吗？怎么不像程嵘那样坐稳排名？”

这话说得，我天资聪颖也需要靠后天努力。程嵘这种其实应该早早送进少年班的怪才儿童，人间哪得几回闻？

“有一个聪明的就够了。”程嵘慢条斯理地开口，手一扬，我大衣的兜帽盖住我的头：“喂——”

我捅他，他还一脸笑意：“两人都聪明多浪费，我聪明不就好了？”

立刻，那两人发出怪叫声，西伯利亚来的寒风吹红了我的脸。

我的 offer letter（录取通知）擦着年关抵达，一共两封，其中一封来自程嵘同所学校的不同专业。这封信解救了焦虑的程嵘和苦海沉沦的我，所有人争相祝贺，唯独程嵘一句话不说。

顾妄还嘀咕过，以为程嵘整天念叨出国留学的事，必然是最高兴的，然而他沉稳到底，波澜不兴。

但我却觉得他情绪已经饱和到一个非比寻常的境界了。

程嵘向来专注，跟我自习时，他竟然写着试卷走神。我抬头就看见他眼里含着笑，他笑吟吟地说：“真好。”

我当时一脸疑问，他说：“把你打包带走了。”

害我私底下跟张晚晴吐槽，说他内心住着一个“少女”。

说他是“程少女”，一点儿都不夸张。出国留学得提前租房，正常人考量距离、大小、是否方便，他却琢磨采光和软装，兴致勃勃地重新订购了粉嫩的床上用品，连沙发都换成软和又舒适的情侣沙发——他对半年之后的留学生活热情高涨，他眼睛里燃着的所有光芒全都来源于此。

“干吗一副罪孽深重的样子？”

张晚晴的脸突然在我眼前放大，我醒神，看三人都是一副准备离开的模样，才发现自己又放任思绪飘远了。

“因为你唱得太难听了。”我信口开河，跟张晚晴拌嘴，没忽略程嵘眼底的担忧。

“怎么了？”离开时，程嵘拉着我坠在末尾，关切地问。

我神神秘秘地扯他的衣袖，细声问：“真请他们去吃这么贵的东西？咱们不是还没走吗？”

张晚晴在前边咳嗽，吓唬说：“我们可听见了！”

我作势跟张晚晴龇牙，闹腾到餐厅也没分高下，但好歹程嵘已经抛却了那点忧心。

离开西餐厅之前我去了趟洗手间，张晚晴后脚进来，把我堵个严实：“说说吧，魂不守舍好几天了，到底怎么回事？”

我知道我能转移程嵘的注意，但不一定逃得过她的眼睛，转移话题只会让她更怀疑。我低头思索片刻，决定和盘托出：“你说，我不去留学了，怎么样？”

张晚晴原本漫不经心地照着镜子，镜子里的美人陡然瞠目结舌。她转过来，第一句话是：“你不去留学，程嵘怎么办？”

“怎么办，凉拌呗。”

张晚晴推我一把，想要个解释：“为什么呀？”

我打开水龙头洗手，眼观鼻鼻观心，随口说：“家里有点承受不起，我心里觉得别扭……”

“可是现在什么都弄妥当了，你这个时候说这种话？”

一巴掌压在水龙头顶上，关了水，我扬手甩了张晚晴一脸水珠：“我知道，我就是事到临头慌了一下，没说真不去。”

张晚晴这才放下心来，嘘我几句，准备离开。

“你先走。”我看着振动的手机，“我接个电话。”

“谁呀，快递？”

我没答，张晚晴先一步离开，而后我接通“快递”电话。“快递”说：“丁小澄，你想得怎么样了？我舅妈的话不是开玩笑的！”

大年三十那晚何甜甜给我发了三条短信，第三条说：“不是我找你，是我舅妈。”何甜甜的舅妈就是之前程嵘的心理医生廖老师。

何甜甜和我坦白了一切，前段时间她和程嵘走得近都是因为她从廖老师那里发现了程嵘的病历，后来就以此来威胁程嵘。不过后来程嵘觉得何甜甜把他的病公开了也没什么了，反正他都要出国了，就没再受她胁迫。

我去了廖老师的心理诊疗室。说来好笑，心理诊疗室我去过不少次，那还是第一次独自去。在那个地方，廖老师第一次跟我说程嵘认定我是他的安全点，也是在那个地方，廖老师说：丁小澄，你必须离他远一点。

“丁小澄——”

电话里何甜甜还在气急败坏地咆哮。我觉得，她热心地帮着廖老师处理这件事的原因，不是她说的那样。

我回答：“我长着眼睛，我可以自己判断，你能不能别再打来骚扰我？”

何甜甜拿着鸡毛当令箭：“你觉得你这是对程嵘好吗？你这是害他。还是你觉得他对你是喜欢？你别忘了，我舅妈说那就是依赖导致的错觉——”

“我不要你提醒我——”我厉声打断她，撑着洗手台注视镜子里的自己，眼睛通红，神情惶然，如同被什么人追杀那样，“廖老师也说过还需要确定，你不能把你的想法强加上去，他根本不像你说的那样对周围一切漠不关心！他——”

电话那头的何甜甜嗓音低沉，如同毒蛇般开口：“你就是自私！”

“我……”我一口气噎在嗓子眼里，开口就是愤懑，“那你何甜甜就是什么圣人吗？你还不就是——”想让我留在国内，想让我们分隔两地？

门外传来询问声，店员说：“不好意思，男士往左边走。”

“我没走错地方，我朋友在里面。”程嵘开口解释，“你能帮我进去看看吗？她待在里面很久了。”

我快速挂断电话，掬一捧水，造成眼睛进水而弄红眼眶的假象，摸索着开门：“在在在，洗了把脸，走吧。”

店员先一步离开，我从迷蒙的视线里辨别出程嵘此刻面色如铁。他问：“何甜甜打电话给你干什么？”

“啊，你听见了？”

“你刚刚叫了她名字。”

我确定这话的真假，而后半真半假地嗔怪：“还不都是你，招惹了她，来找我麻烦。”

程嵘蹙眉，神情不满：“那我……”

我小心翼翼地把手搭上他手肘，随口道：“弄个网络虚拟拨号软件，打爆她电话！”

程嵘瞥一眼我的小动作，眉眼终于舒展开，颔首道好。

那天之后我拉黑了何甜甜的电话，但事情并没有因此停止。日子一天天过，冬衣被换下收入衣柜，才换上春衫，又脱去外套，六月就悄无声息地来了。

我咬着笔头思索数学题，实在不耐烦了，忍不住作弊，踢踢程嵘，让他给我讲题。

程嵘猛然间醒来，脸上印着咖啡厅原木桌上的纹路，睡眼惺忪：“怎么了？不会做？”

他转身贴过来，左手搭在我椅背上，右手拉过试卷看一眼，连笔都不想拿，握着我的手写答案。他的吐息打在我颈侧，让我不敢动弹。等他写完了松手，我才抓着冰摩卡欲盖弥彰地咬吸管，后知后觉地说：“哦，原来是这样。”

程嵘勾着我一绺头发把玩，忽地不满，拽拽我的头发质问：“这题超纲了，做得那么起劲干吗？你又不是真要通过高考上大学。”

我瞄着他的表情，含糊地说：“万一签证被退了呢？说不定还是得在国内……哎哟，疼！”

程嵘斜眼，扯着我头发，手上一点儿不放松，还警告：“你说这话怎么没想到我也疼呢？你要是去不了，那就——”

我跟他讨饶，没让他把话说下去，我不想听，也不敢听。

何甜甜没再找我，可是廖老师陆陆续续找了我两三次。很难想象一个一直以来都是以知性优雅形象示人的女人突然变得“罪孽深重”又坐立难安，她说她错了，说我也错了，说我们都被程嵘蒙蔽了。

其实我早该想到的，程嵘那样聪明，他读书就跟玩儿似的，感兴趣的东西从来不是高中课本。他应该是从小就跳级，进少年班，进科研所，被新闻争相报道的神童。但他却按部就班，对符合他智商的世界提不起兴趣——或者说，除了他认定的安全点，其他的他都不感兴趣。

截止到目前他所结交的朋友都是我的朋友，他谈及的生活状况都是我和他共同的经历……他曾经借着安全点去探索世界，如今他把安全点的一切当成他的全世界！

换言之，除了我再没有他感兴趣的事。

我弄懂这些时，浑身都是战栗的。下一刻，廖老师就打断了我的遐思，她说："这一切听起来近似爱情，但事实上很病态。"

正常人谁会把另一个人当成自己的全世界？

所以当我说有可能不能出国时，我猜得到程嵘接下来要说的话，如果我不去，那他也不去了。

这就是廖老师所说的病态。

"给你房里装个星空投影灯好不好？"程嵘忽地凑近，拿着 iPad 给我看图片，"到时候就能在家看星星，要不然弄个家庭影音室……"

他管出国租住的房子叫家呢。

我眼睛突然酸了，水汽弥漫，但他没察觉，还在兴致勃勃地说着我和他的之后。罪恶感压迫了我的喉咙，让我彻底失声。

"你觉得怎么样？"

他抬头的瞬间，我仰头打了个哈欠，立马惹他不高兴了，但似乎又不想对我生气，只是声音闷闷地问："你怎么一点儿都不上心？"

不同人看他都是不同模样，唯独在我跟前，他就是这样柔软。

我吸吸鼻子，打哈欠都装得不像，瞪大眼睛忽略那点水汽，把酸楚悉数咽下了才回答："你帮我想就好啦。"

这是他高兴听到的回答，只可惜我往后还是会骗他。

高考那天老天爷很给面子，乌云盘踞却只下了小雨。我从考场里出来时，仍然没什么真实感。

高三的第一学期我以为高考只是走个过场，最终还是会去往大洋彼岸，第二个学期却来了大逆转。廖老师找了我四次，前四次我各有借口，第五次时我终于无法自欺欺人。她带来一个人，她理由充分，那一刻我终于没有借口抵抗，重拾书本，在懵懂不知内情的程嵘眼皮子底下备战高考。

“考得怎么样呀？”家长没守在门口，来接我们的只有高考豁免生张晚晴。

我张口扯大旗说：“起码211吧！”引来周围考生奇奇怪怪的目光，突然有只手枕在我肩膀上，下巴尖戳到我头顶，不用想也知道是程嵘。

程嵘说：“211跟你有什么关系吗？”

我嘻嘻哈哈地说：“当然有关系啦，失之交臂的关系嘛！他们会遗憾错失一个优秀学生！”

听到这答案他才算满意，伸手揉乱了我头发，许诺说：“饭后甜点可以多点一个。”

张晚晴一副受不了的样子，白眼快翻上天：“齁死了，程嵘你不觉得你多此一举嘛，还策划……”

“策划什么？”我接着张晚晴没说完的话，两人“眉来眼去”打眼色，似乎藏着掖着什么我不知道的事。

张晚晴的解释简直此地无银三百两：“没什么，不就是考后狂欢活动嘛。”

“哦，那是去干吗？今天吗？”

“今天去彪哥那里吃火锅。”程嵘解释。

一辆电动三轮车从拥挤的车流中缓慢驶来，稳稳停在我们身边。温渺神采飞扬，问了一句谁都要问一遍的问题：“考得怎么样？”

我说：“你明明也是考生，别一副事不关己的模样好吗？”

温渺撩头发，一脸生无可恋：“我就是去凑个人数，有三百分都该烧高香了。我不在这个考场都能来得这么快，就该知道我坐在考场里都是浪费时间啦！”

我对他这随意的态度无话可说，准备离开时班长竟然找了过来，问：“郭德说毕业旅行一起去游乐园，你们来不来呀？”

张晚晴接话：“巧了，我们原计划也是去游乐园，你们不介意多两个‘插班生’吧？”指的是她和温渺。

于是我这才知道程小嵘策划的狂欢活动选址在游乐园。我仰头看他一眼，他笑盈盈的，张嘴无声地说：“花车。”

这两个字烧红了我耳朵，两小无猜的坏处就是他打的坏主意，你通通能猜到，明明心知肚明还得装无事发生。

我别过头加入讨论，程嵘没为难我，却一直在我耳边发出轻笑。气流涌来，我整个人都僵硬了，脑子一片空白，不敢动，还假装听得认真。

最终敲定后天去游乐园——为了给大家多一点喘息、休整时间。跟班长敲定完，温渺和张晚晴又斗起来了，原因是温渺絮絮叨叨说打不到车，让大家坐他的电动三轮车。

张晚晴勃然大怒："我今天才当完热点人物，你让我坐电瓶车？"

"怎样，你难道有参加高考吗？你知道作文题目是什么吗？"

反正四处都堵着，我索性靠着程嵘看戏。在两人嘻嘻哈哈打闹时，有车在我们身边艰难掉头，而后拦在了我们跟前。

车门打开，我看见了熟悉的拐杖，程嵘还搭着我的肩，懒洋洋地冲里喊："爷爷。"

程爷爷靠在黑色的真皮椅上，挑眼帘时的神态和程嵘一模一样："嗯。"他那双眼睛一眨不眨锁定我的时候，也和不达目的誓不罢休的程嵘一模一样。

程爷爷问："考完了？"

这是句废话，可我也只能老老实实地回答："考完了，感觉考得还不错，211、985都不是问题。"

说完那句话程嵘就加重了他压在我身上的重量，他还没抗议，程爷爷笑了："这么神气？小嵘呢，北大清华想去哪儿？"

程嵘没说话，似乎在分辨这话里的玩笑成分，而后才答："哪家态度好，我就去哪家。"

温渺嘲讽："臭不要脸！"

别人这么说是夸大其词，程嵘这么说还真不是。不少学校给他打电话，开出的条件一个赛一个好，程嵘烦了才回答："不去，不报，不读。"那头问不报志愿，不读大学，你考什么呢？程嵘话说得随意又牛气："我考着玩儿。"

态度能把人气死，偏偏又有气死人的资本，叫人没法说他不是。

最终也没人赏脸坐温渺的电动三轮车，我们甚至抛下他，全上了程家的车。程爷爷让王叔把我们送到西餐厅去，一路上都在听我和张晚晴互相逗捧，老爷子在车里听了一场近距离相声。

下车时我落在最后，程爷爷叫住我，说：“丁小澄，你是个好孩子，爷爷，谢谢你。”

程爷爷已经老了，看着还精神，眼睛却已经混浊了，如同一盏将灭未灭的油灯，还熬着，还亮着，但你知道它已经费尽所有气力了。

廖老师第五次找我，我推门看见了程爷爷。这盏灯为他人世唯一的牵挂苦熬着，竭尽所能想为程嵘铺一条坦荡大道。他用皮肤松弛还带着老人斑的手抓着我，央求说他的孙子不能这样过一辈子。

程嵘应该大放异彩，他应该有更广阔的天地，把他的天资发挥到极致，而不是如现在这样困在“丁小澄”这三个字里……我不能成为他的绊脚石，也不能害他变成一个人格不健全的人。

我攀着车门没关，没敢看那眼睛，怕看了就想起程爷爷恳求我时的泪眸，低着头回答：“没什么，本来也该这样。”

车门关上，车子驶离。慢吞吞的我落在最后，程嵘有所察觉，回头看我，问：“怎么了，爷爷跟你说什么了？”

我笑说：“爷爷说我是个好孩子呀！”

“我听见了，他为什么要谢谢你？”

我夸张地怪叫：“喂——我都现场讲相声了，难道不要谢谢我给他带来这么多欢乐吗？以为人人都是你，总爱当闷葫芦。”

程嵘当下变脸，对我动手动脚，掐得我脸变形，叫嚣说：“迟早要让你看看我是不是闷葫芦！”

这话说得很有深意，我不敢往深了问，还好温渺突然从西餐厅里冲出来，叫嚷着替我解围。

“你们磨蹭什么呢？跟你们宣布大好消息，我的歌卖出去了！以后都管我叫音乐人——”

张晚晴替他高兴，嘲讽道：“才两首，你好不好意思？”

温渺大大咧咧：“有一就有二！再说，我又不是只写了两首。”

时光多温柔，拿走一些，就会赋予一些。从前出尽风头的田径运动员成了现在的词曲作者，就像股票中的“V”形反弹，落到最低点就会开始回升，温渺的人生开始回弹了。

人生总会有起起伏伏，算我自负，没有丁小澄的程嵘会陷入低谷，可他也会有“V”形反弹的时候。到那时，他会比现在更耀眼吧？

6月10号，游乐场迎来了高考后的学生“轰炸”。大龄儿童郭德把同去的三十几人拆分成几个小队，玩起了攻防追逐游戏。嬉笑尖叫声比旁边的鬼屋还多，让其他游客误会是在拍什么综艺节目。

游戏结束时有几对同学牵了手就没松开，把郭德吓一跳，半真半假地恼道：“有几对我是猜到了的，但顾妄你是怎么回事？我那么看重你，送你去集训班，你给我带回来一个姑娘？”

周安妮躲在顾妄身后，顾妄大大咧咧地把人揽入怀，祸水东引：“你哪里看重我了，明明最在乎我们‘班对’，程嵘和丁小澄都那样了，你不都当没看见？”

一句话转移视线焦点，我琢磨着怎么还击，程嵘先开口了：“哪样？别瞎说，澄澄还没答应我！”

“哟——”

“哟，澄澄——”

一群人狼嚎似的，我撇下程嵘拽着张晚晴张皇逃窜，没跑出两条街就被他逮住。他还有理有据：“不能去梦想小镇，你往别的地方跑。”

什么意思，我跑了你再来抓？幼不幼稚？

我点着程嵘问：“你干什么了？为什么不让我去梦想小镇？那里有什么？”

程嵘装了一肚子蒜，顾左右而言他。看他和温渺、张晚晴鬼鬼祟祟的样子，我还有什么不能猜到的。所以当夜幕降临，游行的花车停在我们跟前时，我一点儿也不觉得奇怪，甚至还觉得好笑，他就给我看这个？

他但笑不语，牵着我上了花车。这次花车上除了工作人员就只有我和他，我们在轻快而甜蜜的音乐里对视，他忽地朝我伸手，欠身说：“May I？”

“你好土啊！”

抱怨是真心的，欢喜也是真心的。

花车前行，一路碰到各自玩耍的同学。程嵘眼尖，揽着我转圈还抽空托着我的手打招呼。被突然叫到名字的同学茫然回头，看到花车再看到我们，脸上全是讶异和佩服，叫嚷说：“还是你们学霸会玩！”

花车驶到梦想小镇，车上的工作人员突然要我们下车。程嵘二话不说，护着我下楼梯，一副惊讶到极致的恼怒模样。

我忍笑，还佯装无动于衷：“别演了，这就是你们偷偷策划的惊喜？也不怎么样……”

“样”字卡住了，头顶一片灯忽地亮了，照亮了这块区域。我才发现与别的地方相比，这里的灯少得可怜，直到那盏巨大的“橙子”灯亮起。

面前的门忽然打开，装潢精致的小洋房里走出一位迪士尼动画中的管家，他欠身，开口就是译制片的腔调：“您回来了。”

“温渺？”我还诧异着，他们竟然说起对白，然后拉着我进了小洋房。打扮成女仆的张晚晴冲过来，嚷嚷：“小姐，您怎么能跟他在一起？”

“喂，你们干吗？”

无论我怎么喋喋不休，他们还是照着台本演下去，其他人物粉墨登场，演员竟然是今天一起玩的同学，其中甚至还有郭德——我后知后觉地发现这是国外流行的浸入式表演，而我和程嵘是这部“戏”的主角。

我哭笑不得地进入情节，被引导着说完台词，才发现这是个类似《傲慢与偏见》的简化版。帘幕拉开，刚刚消失不见的程嵘再度出现，换装后的他简直帅到让人窒息。我看着灯光下的他，心里只有一个想法——他怎么比我还有少女心？

误会接踵而至，见招拆招之后即将走向大团圆结局。我的好姐妹亲手把我推向露台，在那里等着的程嵘长臂一伸将我搂住。

我伏在他怀里，听见他胸膛传来愉悦的笑声，他在我头顶问：“好不好玩？”

“啊？”

“不喜欢这个剧本？”

明明是我没听懂他的话，他反而更加疑惑了，思忖着又说：“还是你更喜欢‘直树与湘琴’？你初中时不是最喜欢玩角色扮演？”

“没有最喜欢！我没有！”妈妈呀，我连埋怨时的声音都不像自己了。

为什么我以前干过这样傻兮兮的事？为什么他还记那么清楚？

等着看最后一幕戏的人都汇聚到露台下的街道上，嚷嚷着：“不是这样，台词错了！表白呀！快点呀！”

好事者的叫嚷引来了路过的游人，他们还跟对方解释：“高考考完了，我们年级第一要跟年级前十表白了。”

听着街道上和房间内所有人的打趣，我慌到只记得捂住通红的脸。

程嵘善解人意地没拦下我，反而调侃说：“那时你总怪我不配合你，今天你想怎样我都配合。”

“喔——”

“哟——”

怪吼怪叫声在街道上、屋子内响起，甚至有人吹起口哨。

“谁要你配合？”

程嵘说：“那就是我请求你配合，什么戏码都好，就像我们刚刚玩的那样，误会重重见招拆招，然后——”

他倏地不知从何处掏出一个小灯牌的发箍，两三秒后灯牌亮起，上面闪着三个字：男朋友。

“把这个‘称号’给我戴上。”

见过要出去遛弯的狗吗？到点它就颠颠地叼着牵引绳来找主人。眼前的灯牌，你可以说它像是游戏中的“称号”，也可以说是我眼前这个人迫不及待想将自己划为我的所有物。傻乎乎又烫乎乎，让我从头到脚都是熨帖的。

“发什么愣啊？”程嵘催促我，握着我的手让我抓住灯牌，牵引着我往他头上戴。

——怎样分辨他对你是依赖而不是喜欢？很简单，问问自己有什么值得人喜欢。喜欢一个人，肯定是他（她）身上至少有一个方面比较优秀，才会令对方产生憧憬。否则谁会喜欢一个处处不如自己的人？

时间被谁按了慢速播放键，那一两秒里，廖老师告诫的话来来回回在我耳朵里播放，周遭起哄的声音达到一个峰值，我在程嵘错愕的目光里丢掉灯牌。

“丁……”

他没说完的话，没开口的质疑全都被我亲口堵回去。

大家呆愣几秒，而后爆发出巨大的号叫。程小嵘瞪大眼还有心思分神，被我勾着脖颈，再度深吻。

哪怕明知以后一定会后悔，至少这一刻我不悔。

我私心以为没给他戴上灯牌我们便不算开始。可是在程嵘眼里、所有人眼里，我们已然在一起，因此志愿填报那天程嵘一身煞气找进机房时，所有人都那样诧异。

这些原本不该我面对的。

依照廖老师和程爷爷商讨的，瞒到程嵘提前出国接受治疗，之后的一切全都不与我相干。却没想到，他竟然突破重重阻碍，偷了护照买机票回国。

手机没电的我没得到任何预告，直到我目击程嵘眼里赤裸裸的受伤，他红着眼的模样像极了落单的狼，惶惶不安，又狠厉搏命。

他掀翻了桌椅，拽着我出去，被我甩开手也只是梗着脖子，红着眼问：“你会跟我去留学的，对吧？你告诉我你没有骗我，你没有联合他们骗我——”

有人扒在机房门边指指点点，有人嘀嘀咕咕问“班对”怎么了，有人说丁小澄是不是骗感情。各类猜测几乎把我形容成“现代版陈世美”，但这些舆论的杀伤力都不及程嵘惊惶倔强还带着恨的眼神。

那眼神叫我于心有愧。

程嵘上来拽我的手，见我躲闪时眼里满是不可置信，他卸下自己的背包，掏出材料给我看："你都拿到 offer 了，我们都计划好了……"

一眼扫过去，原来我哄骗他时做的"留学愿望清单"写了一个 B6 小本子那么多，原来他都老老实实对每个想去的地方、想做的事做了"攻略"。

嗓子眼里的酸楚叠加酸楚，声带生了锈，我张了嘴却发不出声。他待我一贯这样柔软，我怎么敢横刀相向？

我抓着他手臂，深深吸气，沉淀了汹涌的泪意，安抚他说："嘘，程小嵘，我们都知道出了什么事，他们也是为了你好，先好好接受治疗，好吗？"

程嵘霎时间变了脸，执拗地说："我没病！我已经好了——"

"你要我挨个指着这里的人问你他们分别是谁吗？你明明是背下来的，你明明是在欺骗我们！"

程嵘在国外待的这段时间里，程爷爷找了国外的心理医生给他做了评测。结果的确如廖老师猜测的那样，程嵘将自己囿于安全点，并且不愿意改变。

那时我才肯定，我这么做没错。

他是聪明的，不然也没法将一切瞒得天衣无缝，三四年不出丁点纰漏。可他的缜密和聪明都用在对付心理医生上，用来维持他自以为自在的安全感上。

我并不是没问过，建议廖老师跟他开诚布公地谈谈，不一定要用欺骗他的方式来达到目的。廖老师斩钉截铁地拒绝了，说："我都分不清他什么时候是真诚的，什么时候是存心欺骗。开诚布公，难保他不会为了保住安全点而改变态度。"

就像此刻，他太聪明了，立刻明白我的态度，立刻明白我们的意图，转为哀兵政策，央求说："我会配合治疗的，你陪我一起不行吗？我保证配合治疗，只要你出国盯着我，我一定配合，我什么都配合。你去把志愿改了，我们一起……"

我摇头，他截住了话头。

"程小嵘，你乖一点。就算没有你这个事，我出国也挺吃力。不出国也没关系，我们高一高二不也分开过……"

程嵘眉眼间蓄满了伤心，忽地转为怨怼，但语气已经平缓了："这不一样。丁小澄，这次跟那次不一样。"

我错以为他终于冷静，终于能接受。

程嵘开口，字字句句全是诛心之言，他说："这次是背叛。你说过你永远不会背叛我，永远不对我做让自己后悔的事。我再问你一次，你跟不跟我出国？"

"我……"

这不算背叛，这不是背叛！

我得解释的，我得辩驳，可强行让他认同我的观念，把这一切不以"背叛"记名又能怎样？无论问我多少次，我也不能跟他出国。

一个垂垂老矣的老爷子拄着拐杖哀求我，说：我不能让孙子就这样过一辈子，他该有出息，有大作为的！他得接受治疗，必须接受治疗。

我能拒绝谁？我能答应谁？谁非要把选择权交给我，让我来充当绝世恶人？

"丁小澄——"

他还叫我的名字，声声泣血，撕扯着我心肺。

原来歌词写"会呼吸的痛"不是骗人的，我快要喘不上气，我快要难受致死了。他还一字一顿地说话，喊着我的名字："丁小澄，我计划那些无非是想跟你一起。那里有我亲手编织的'家'，你不要，那就丢掉。但你想清楚了，你丢的不是'家'，是我的心。"

第十三章

我终于失去了你

热，闷热。

焦灼感从皮肤蔓延到心脏，每个毛孔都被热流灼烧，我躲在窗帘后，盯着楼下的程嵘。

放完狠话之后又幡然悔悟，他如同找不着家的狗，褴褛又可怜，蹲守在我们家并没有树荫的小区空地里。正午的太阳毒辣得很，他维持着仰着脖子看我窗户的姿势已经很久了。

执拗得像个得不到回应就要赖不走的孩子。

太不像电视剧了。明天是程爷爷给他下的死限，明天一早他就得去机场，但走之前他还想打包带走点什么——比如我。

手机屏幕亮了又黑，未接来电显示几十个，全是程嵘打来的。

在未接来电从两位数跳到三位数之前，我接通了电话。

“丁小澄，我最后一次问你，过了今天我再也不会跟你说这句话，你跟不跟我走？”

说这话时他反而低下了头，只让我看到他的头顶。

我舔了舔干燥的唇，违心话说得撕心裂肺。我说：“我从前听过一个笑话，养猫的人突然之间养了狗，诧异地说你们狗没有自己的生活吗？”

我说："程嵘，你别跟条狗一样，死赖着不放行不行？"

那话说完没多久，电话被他挂了。我看着他把那些攻略撕碎，纸片撒了一地。白纸在烈日下不依不饶地反光，刺得我眼睛生疼。

然后，他走了。那天没下雨，太阳毒得很，我却觉得他蹲着的那块地面是湿的——也许哭过了。

再然后，一阵心悸引得我从睡梦中惊醒，我抬头看看停止运作的空调，总算明白梦中的我为什么会觉得闷热。

停电了。

我抓起手机，才凌晨四点。社交软件提醒说语音通话已结束，时长半小时。

我用了半小时给张晚晴平静地描述我的经历——去了程嵘的公司面试，见到了功成名就的前男友，而后……我省略了自己的慌张，没说我是如何跌跌撞撞地从那栋写字楼离开的，再用无所谓的语气调侃，但我知道不一样了。

我预感会梦到程嵘，将十六年往事回溯再回溯。

高中毕业之后我没再见过程嵘，只是零星从朋友那儿听到他的消息，从他大半年发一条的动态里咂摸他的情况……

语音通话时，张晚晴问过我是不是还没放下，我还记得我回答时的语气，调侃、玩味，总之没露出什么真心。我说：走了宝了，悔不当初呀。

大约是我演技炉火纯青，让她卸下心房毫无顾忌地跟我说同学会上发生的事：程嵘在国外大放异彩，程嵘在同学会上谈笑风生，程嵘跟温渺重新建交……甚至那个面试我的香奈儿人事小姐姐是使用了神秘化妆术的何甜甜。

"啊，这样，那真是苦心孤诣、用情至深，竟然跟到国外去了。"我只能发表这样干涩又置身事外的见解，仿佛我是当年那个故事里的旁观者，而非罪魁祸首。

"你不会怪我没跟你说吧？都是温渺他……"

我轻轻一哂，说："当初三令五申不让你们提程嵘的人也是我，有什么好怪的？"

"你当初要是……"张晚晴欲言又止。

哪有什么当初呢，哪怕是现在也未必有下文。

周末颓废了两天，星期一一早就有公司打电话叫我去面试。聊完之后我感觉各项条件都挺好，简直是久旱逢甘霖一样救急。

“那你为什么不去？”张晚晴道。

出了写字楼我就给张晚晴打电话，让张老师给支支招。张晚晴如今在东雅初中部当音乐老师，一周就几节课，余下时间开音乐培训班。

我支支吾吾：“这不是因为新公司跟程嵘的公司在同一栋写字楼吗？”

“怎么，你觉得你们还有死灰复燃的可能？”

一句话让我沉默。

我想过的。但现实是我们差距太大了，我花了四年读完本科，程嵘花同样的时间修完了硕士学位，并且创业成功小有资本——让我觉得这才是程嵘真实的样子，不囿于安全点，不被我奇奇怪怪的麻烦困扰，这才对得起他“天才”的称号。

只是与我格格不入。

我磕磕巴巴：“怎么可能，好马不吃回头草，我这不是怕他找我麻烦吗？”

张晚晴再度一针见血地点明真相：“找麻烦怎么了，你现在还有钱吃饭吗？”

我将就着为五斗米折腰，勉为其难地回答说去试试。其实我能感觉到心里那点蠢蠢欲动的小火苗——我不怕他找我麻烦，怕的是他不找我麻烦。

带着自己那点小绮念，我回复人事说明天就能入职，却没想到我入职后整整一个月也没能遇上程嵘。

在大堂里排队等电梯，我百无聊赖地数着墙上的公司铭牌，辉嵘智能科技有限公司——55楼。

“叮”一声响，我被人潮裹挟着进了电梯，一下被人挤到最里端。到了二十多层，人终于走了大半，我眼尖地看着再往上只有32楼亮着，赶紧按电梯键——恰好和另一只手撞上，而后我按下“53”，他按下“55”。

55？

我扭着脖子，视线对上之时正好听见那人说的话。

他说："丁小澄，真的是你。"

"啊？啊。"

程嵘穿着修身西装，领带花色很好看，也不知道是谁给他挑的。他脸上的笑容得体又不热切，仿佛只是跟一个老同学寒暄。他说："上次是场误会，甜甜她不是有心的。你找到工作了吧？我之前那段时间比较忙，也没来得及跟你留个联络方式——"

我仔仔细细地打量眼前这个人，藏着眼底的贪婪，又慌得心惊肉跳。我不知道程爷爷满意了没有，他如今帅气俊朗、十分健谈、学业优秀，还亲手打造自己的事业——这应当是大有作为了吧？

我近乎自虐地想，我做的那一切应当是值回票价了。

"丁小澄？"

电梯提示声替我开口："53 楼到了。"

我风风火火地往外冲，嘴里说："都在同一栋写字楼，有机会再给你，我今天要迟到了，先走了。"

迟到是真话，有机会是假话。

临下班时突降暴雨，我完成策划案，忙里偷闲地给张晚晴发消息："我打算辞职。"

张晚晴回："你疯了？"

我把聊天框里的字改了又删，最终回复说："有家 4A 广告公司叫我去面试，我去聊过了，感觉那边发展比这边好。"理由说得多冠冕堂皇，连自己都要信了。

张晚晴没再回消息，我看了眼时间，关电脑下班。

瓢泼大雨，写字楼台阶之外的水都暴涨，出租车拦不到，打车软件繁忙。我索性放弃抵抗，塞上耳机听歌。

我盯着手机发呆，屏幕倏地亮起。与张晚晴消息同时抵达的，还有一只手——那只手扯走了我的耳机。

张晚晴发来消息，说："真不是因为程嵘？"

程嵘抓着我的耳机，说："猜到你没带伞。走吧，我送你。"

那场暴雨打得我心里稀里哗啦，我看了眼手机，又看了眼跟前明眸闪烁的程嵘，最终还是无法压下那点小念头。

暴雨冲刷着玻璃，雨刮器忙坏了也无济于事，车厢里只有我和他。

雨刮器自顾自地发出声响，让我想起白沙洲经历特大洪涝灾害的那年。王叔把我们带回洲上，雨刮器也是这样任性，我执意要回家确认家人安全。程嵘却把我压在后头，说他替我去。

有时想想，觉得两小无猜真是一件很残忍的事，我截止到目前的人生都跟他息息相关——下暴雨想到他，烈日想到他，游乐园是他，童年记忆还是他。

我透过后视镜偷看他，臆想他还是他，我还是我，中间没有失去那四年，让我们还是我们。

可惜现实不如诗。

如今的他还是眉目俊朗的模样，嘴角温和地勾起，跟从前冷漠孤僻的样子全然不同，宛若新生。

程嵘问："上次同学聚会，你怎么没来？"他甚至明晰该如何礼貌而不失尴尬地攀谈。

我随便找个理由，听着就是借口。程嵘眼角眉梢都带着温和，不追问也不点破，只说："这周六我组局，请大家吃吃玩玩，能赏光来玩玩吗？"

我心念一动，倏地记起礼拜六是他生日。

"就是几个老同学，不过也可能会有我几个朋友，你不介意吧？"

他说得好像我已经答应了一样，虽然我的确动了心。

车子稳稳停在我住处的楼下，雨刮器还在制造声音，他拉完手刹顺势靠近，手搭在我的座椅靠背上："我回国后的第一个生日，你可不能缺席。"

心跳忽地加快，我抬眼看他，他脸上的温和谦逊精致又服帖，看着如同他二十多年一直如此。

可他的确不是我想的那个意思，没有故事，他只是郑重地邀请一个同学。

我讷讷开口，说："好。"

辉腾在雨雾中隐去，大雨把台阶都打湿。我站在湿漉漉的门廊下看着程嵘离去的方向，觉得这时要是配首歌那一定是《梦一场》。

生日呢，总不好空着手去。

我打电话跟手工制陶店的老板约了时间，第二天一下班就赶过去。

老板算是朋友了，开店四年多，我便在他家做了四年陶。工作日没什么生意，老板跟在我后头看我玩泥巴，道："你这是打算做个花樽？"

我应了声是。

大二那年有男孩子默默追我，送了一份对学生来说有些小贵的礼物。我既不想欠人家的，又不想让他误会我对他有意思，便送了份等价的零食——价值不变，却一点意义也没有，吃完就没了。

对程嵘，我没打算这样。

我打算做个花樽，插上花，一同送去。礼物赏心悦目便可，谁也不知道真正的礼物是花樽而不是花。

坯子有了雏形，又经我细细打磨勾勒，交给老板让他烧制时，老板叹了一声："大巧若拙，大气，完美。考虑卖吗？"

我笑着拒绝了，说："这是送人的礼物，那人小气得很，只喜欢独一份的东西。"

"那看来他对你很重要了。"

重要吗？我愣了片刻，或许是重要的，但现在重不重要也不重要了，也……没有资格了。就像这花樽一样，受人赞美，被人喜爱，这样即便不是我的，也不影响它的美。

我真心实意地这样认为。

我摸不清程嵘为什么叫我去他的生日宴会，但平心而论我是想去的。

地点在星城人很爱光顾的酒楼，报了名字，服务员直接把我引去二楼的宴会厅。宴会厅不大，是个封闭式的大包厢。进门有三四张圆桌，两侧配有自动麻将机、KTV 和休息室。吃饭娱乐一体，让人来了就不必转场。我抵达时宴会厅已经填满了，打麻将的、唱歌的，热热闹闹。

捧着花樽进来，还被人误会我是送花的工作人员。我仔细看那人的脸，实在无法和昔日哪个同学对上号。幸好顾妄过来解了围，我才知道今天来的不仅仅有程嵘的同学和朋友，还有他的下属。

顾妄拉着我坐下，挑了挑下巴，言语不屑：“他排场可大着呢！”

我恍若未闻，拿起茶壶给自己斟杯茶，问：“你要不要？”

顾妄一哂，道：“谁来这儿喝茶？”见我不加入他的嘲讽阵营，又问，“这花是你买的？”

我没解释，也没否认。

据张晚晴的小道消息，顾妄和周安妮处于分分合合的麻烦期，所以也无法责怪他今晚的喋喋不休与愤世嫉俗。

我抿一口茶，暗自搜寻程嵘的身影，环顾一遍，发现今天来的同学不少是当时和我们一起去过游乐场的。那之后的日子像个节点，程嵘的治疗效果越来越好，我却不太想与人交流。

顾妄还跟当年一样咋咋呼呼：“还是你对他好，来就来呗，还带什么东西。”

程嵘不知是发现了我，还是来找顾妄寒暄，突然出现在我们身后，压着我的椅背倾身，道：“谁都像你似的，把我当冤大头？本来就是来参加我的生日宴会，顾妄你怎么好意思空着手？”

呛完顾妄，程嵘捧着花樽细看，称赞说：“好看，是自己插的吗？”

喝茶的间隙，我抽空回答他：“我哪有那审美呢，淘宝买的。”

说不好他脸上的笑容是什么意思，他偏头睨着我，害我以为他要和以前一样发少爷脾气，计较我对他不上心。

但他只是短暂地看了看我，说：“谢谢。”

顾妄挑拨离间：“说不定是批发的，都没超过五十块。”

“礼轻情意重。”程嵘嘴上说得诚恳，却叫来服务员把花樽收进休息室里，不怎么在意的样子。

他抽开椅子坐在我身边，随意地问：“温渺在国外来不了，张晚晴怎么也没来？”

那年高考，温渺的成绩甚至够不上大专录取线，但意外开花让他卖出几首歌，得了音乐制作人赏识，收他做徒弟。后来他摇身一变真成了音乐人，自己发过歌，当了幕后制作人，没来也是因为在国外帮人录制专辑。

至于张晚晴，按她的话说是看不得我自欺欺人。

我却不觉得我在欺骗自己。

我笑了笑解释：“她忙呢，带的小朋友要去参加比赛了……”

“她能忙得过程总吗？”啤酒肚微凸的李姓同学端着酒杯介入话题，明明大学毕业没一年，他却老气横秋。

少年长大了，如同白纸沾上各种颜色。如果不是今天，我大概见识不到这样的一面——从前书生意气的少年，如今把溜须拍马的功夫练得炉火纯青。程嵘还能跟他言笑晏晏。

我借故离开了几分钟，去趟洗手间的工夫回来，我的位置早已被人占了，大家簇拥着程嵘，仿佛……不对，他本来也是今天的主角。

从前他哪会是人群焦点？哪怕具有做焦点的实力，他也默不作声，心安理得地窝在角落。

这一晚上他在三张圆桌之间来回走动，哪边也不冷落，哪边也有话说。听他说留学故事，说外国生活，被人起哄后还说了堵着他表白的金发碧眼的姑娘……

顾安喝大了，潮红从脸蔓延到脖子，打着酒嗝问：“人家花四年做完一件事，你做完好几件，你这个脑子怎么长的？”

此时的程嵘也喝得兴起，西装外套早脱了，衬衣扣子解开几颗，从微敞着的衣领能看到他隆起的胸膛。他把衬衣袖子挽到手肘后，端着酒杯，斯文有礼又意气风发，眉眼间全是少年得志的恣意，道：“四年算什么？如果前十几年我不是在玩，现在都不是搞网络开发，而是搞火箭研发了。”

我附和着众人哄笑，他这模样自负到极致也没人能说他的不是。

陈胜说王侯将相宁有种乎，陈胜要是籍籍无名这话能让人笑掉大牙，可他成事了，自当成为后世典范。程嵘风头强劲，公司气势如虹，他把牛皮吹上天，也有真让牛皮上天的底气。

于喧闹的环境中走神，我看着程嵘思绪飘远。如果我没和他缠绕十来年，我与他的关系也会像今晚这样吧？他风光无限，我庸庸碌碌，唯一的交集是当过几年邻居，做过几年同学。

大家再一次举杯共饮，我错拿了谁的白酒，一口饮下，酒液像火一般从喉咙一直灼烧到心肺，呛得我眼泪也出来了。

醉便醉了吧，我清醒了四年，谁还能不让我醉呢？

陆陆续续有人离开，有人打起麻将，有人拿着话筒唱歌，聊天的人通通聚拢到一桌。恍惚间，我听到有人在打趣，拉着程嵘，说让他跟我前缘再续。

有人哈哈大笑，调侃说："丁小澄现在后悔了吧？当初你把程嵘甩了时，那叫一个冷漠无情，如今人家身家丰厚，后悔分手了吧？"

程嵘被人推搡着，坐在我身边。我知道自己喝大了，尽量不让自己说胡话，听见这人开口，酒气冲上头顶，甩手道："这话你就说错了，什么叫分手？"我托着下巴转头看程嵘，问，"我们成功牵手了吗？"

我眼里的两个程嵘同时呆住，我还以为信号出错了呢，又问："男朋友……的灯牌，我也没给你戴上呀，怎么能叫在一起了呢？"

满座的醉猫都不觉得空调开大了，冷气从程嵘的方向往我这儿吹，我哆嗦一下，还瞎咧咧地说："儿女情长算什么？跟程总今天的巨大成就比起来，当年那些都是小风小浪，说起来我那也是在帮助程总成长啊！"

醉话，当不得真。

话一出口，我就觉得不对，不对，我真的喝大了。我怎么能有这样不要脸的居功自傲的时候？

可是程嵘笑了，他的气息打在我耳朵上，他与我对视。我脑子里的 CPU 过热，接受信息，却又无法分析处理，还当他是真高兴了。

他说："是，多亏了你。"

程嵘出国后，我一直被新的心理医生勒令不得跟他联系。他们把问题说得严峻，我没什么理由不相信。

第三年时，张晚晴问我，真的没有试图联系程嵘吗？

我当时回答得特别自信，说："心理医生说他情况良好，很快就能解除禁令了，到时候他会联系我的。"

禁令解除时程爷爷特意给我打了电话，我却怯了。我以为程小嵘是全天下最黏我的哈巴狗，可等了三个月又三个月，一年过去了，连一条群发的拜年短信都没等来。

谁也不知道我曾偷偷找过一次廖老师，她说当程嵘彻底打开自己，愿意与世界接触，他会逐渐被从前没注意到的事物和人吸引。

也就是说，那时他突然发现丁小澄也不是一块香饽饽，这也不足为奇。

生日会的高潮是意外来客突袭，那时我都快撑不住，脑袋快要跌到程嵘的胳膊上。来客挎着爱马仕包包，婷婷袅袅地走到圆桌前，程嵘突然变了脸，道："甜甜，你怎么来了？"

何甜甜环顾一圈，而后盯着我。原谅我不懂礼貌没跟她对视，实在是有三个何甜甜我不知到底该看谁。

何甜甜似笑非笑，说："我不来怎么知道你们今晚高潮迭起，你跟丁小澄要死灰复燃？"

别的我没弄懂，这句话我听清了，连带着我不怎么清醒的脑子一起僵硬了。

程嵘离开前，我听从廖老师的指令，把事情做得要多决绝有多决绝。以至于毕业后还流传着我的事迹，说我是令人发指的东雅中学第一人渣。

今晚不是没人明里暗里说起当年的纠葛，只是在座的大老爷们儿居多，谁也没把话说得像何甜甜那样透彻，让我当众被人刮了脸皮，叫人看笑话。

程嵘半真半假地跟何甜甜对呛，说她现在还不是程太太，没资格管那么宽。宴会厅里狼嚎鬼叫，哄闹声一阵接着一阵。

我撑着酒桌站起来，说声抱歉，得先走了。大家忙着谈论新的"热点"，我颤颤巍巍离开时，竟然没引起谁的注意。

打算去趟洗手间再走，出来时我鬼使神差地进了一墙之隔的休息室。躺在休息室的沙发上，听着隔壁传来的声响，我感觉心脏被人浇了一瓶过期陈醋，又辛又麻。

听人说，粉丝追逐偶像时，看到偶像成功了，自己也会喜极而泣感同身受，我以为我差不多也是如此。

走马灯一样回溯程嵘的一切，一遍又一遍描摹他的容颜——这不就是我想要看到的吗？这不就是程爷爷期望的吗？八面玲珑，学业出色，事业有成……程嵘，他不就该活成这样吗？

可我怎么就难受了呢？

“原来你没走？”

我不敢支起身子，借着休息室里的昏暗抹掉眼角的水迹，说：“缓一缓，一会儿就走了。”

程嵘眉头蹙起，坐到我身边，伸手想探我额头的温度。

这是他做习惯了，也是我习惯了的举动，可脑海里响起那句“你还不是程太太”，我慌慌张张地躲开了。

“没……没事，没人灌我，我就是喝得少，不耐受。”

程嵘拦着我，神色凝重：“走吧，我送你。能自己站起来吗？”

“不……不不。”我仅存的理智不允许我再跟他有什么单独相处的机会，我怕他送了，我就守不住自己了。

“我叫了车。”

“呵。”

不知这算是讽刺还是笑，我没开口说话，休息室里突然沉默。隔壁宴会厅里的热闹透了过来，显得休息室里的气氛更加尴尬，两人突然同时开口。

“你——”

“你……”

我安心地把自己缩在阴影里，说：“你说吧。”

“你先前说的话，是真这么觉得的？”程嵘顿了顿，又继续补充，“你就没后悔过？”

昏暗的灯光，相对静谧的环境，仿佛有只无形的手从虚空中拉出过往，让它与此时此刻产生交集，叫我们再论一论是非对错。

我无法欺骗自己，我难过，却从不曾后悔。

我深吸一口气，带着酒精的酸楚说：“没有。”

程嵘的呼吸声突然加重，说：“那我明白了。”

我支起身子，有个念头突然在我脑内疯涨，昏暗的室内和酒精催化让我胆子越来越大，我突兀地发问：“何甜甜，是程太太了？”

程嵘倏地贴近，眼里的光直扎我心坎。他问：“你想听到什么回答？”

这话……这话说得。我讪笑，没做回答，嘴里念叨：“车怎么还不来？”

“呵。”程嵘说，“不就是你听到的那样？她还不是程太太。”

他把话说一半，我的确小小憧憬了一下，但仅仅是那一下，他又说：“不过也差不多，就差挑日子进门了。”

“啊……”一句话洞穿了心脏，空调的风灌进来，我脑子都木了，“是吗？那真要祝福……”

不识相的手机突兀地响了，却拯救了我，让我不用把违心的祝福说出口。北京时间晚上十一点半，有个小朋友准时给我打来电话。

我接了，开口却语调暧昧，说：“我的大英雄，你打算去哪里接我？我在九州华庭，你还不来，我就打出租车走了。”

周围相对安静，让电话里的声音显得尤为清晰，那头的男声说：“你等等，拐个弯就到了。”

我想“人之初”的下半句应该是“性本恶”，否则我怎么会喝醉了还想着要给自己扳回一局。

我睨着程嵘，对着电话说：“那可辛苦你了，我的大英雄。”

大英雄原名谢思卿，是我徒弟。他最近迷上了一位“大”姓歌手，连同自己的名字也改了，吩咐大家管他叫“大英雄”。

谢思卿昨晚相当机智，我根本没让他来接我，但他把谎话说圆了，还开着彪哥新入手的兰博基尼来接我。

晚上十二点终于散场了，我坐进兰博基尼之前听到有人在嘀咕：“总算知道丁小澄为什么要分手了，原来第二个也不赖。”

高大的帅小伙子穿着一身潮牌，没下车，矮下身子从车窗里跟送我的众人道谢，挥手时刻意露出手腕上的劳力士。谢思卿抽着安全带给我系上，还问：“师父，怎么样，是不是给你长脸了？”

他作势要亲我，被我一巴掌拍回去，说：“给你脸了？”

兰博基尼绝尘而去，后视镜里映着程嵘身边的垃圾桶猛地飞起，等我再细看时，车子已经拐弯了。是不是错觉，也无从求证了。

路上我吐了一次，害怕回家后被呕吐物噎死了也没人知道，因此默许谢思卿把我带回他家。

我以为我该睡不着的，原来酒精是不错的催眠剂，我竟然一觉睡到天亮。

再醒来时已经十点多了，我冲了个澡，换上谢思卿的短袖和五分裤，光着脚下楼。谢思卿家也是彪哥家，这是个奇特的自建房，一楼临街改造成清吧，二楼是独立的小跃层。

光着脚的缘故，从小跃层下来时谁也没被我惊动。

开放式厨房里有人在忙活，彪哥叼着烟，恼怒地给了谢思卿一脚：“养你十九年，没见你给我和你叶哥做早饭！”

谢思卿嬉皮笑脸，回头撒娇时发现了我，脸上的笑容加深，挥手邀功：“师父快来，我给你熬了粥。”

我跟彪哥打招呼，彪哥笑一笑，而后对谢思卿讽道：“做再多，也不是你媳妇儿。”

谢思卿白了他一眼，端着粥放到吧台上，推到我跟前，还说：“别听他瞎说，他更年期到了。”

彪哥时不时阴阳怪气，这四年我都习惯了。四年里，我试过无数种赚外快的方式，都没有给谢思卿当家教来得钱多事少。一是彪哥给的补习费丰厚，二是谢思卿让人省心，一来二去，我跟这一家子都熟悉了。谢思卿高考那年，叶警官开了句玩笑，说：“谢思卿要是能进个正规大学，真该给丁小澄斟茶磕头

qingchuan xiaomeihao

拜师。”

头没磕，茶也没斟，等谢思卿上了 985，成为我学弟之后，老老实实地改口叫我师父。

谢思卿眼巴巴望着我，问：“师父，好不好喝？”

热粥被咽下肚，我看着彪哥欲言又止，这粥和肯德基的香菇鸡肉粥的味道如出一辙，心说彪哥白眼红了。

我点头：“加热的手艺不错。”

“肯德基啊！”彪哥见到了厨余垃圾桶里的快餐盒，仍旧生气，“臭小子，叫外卖也不记得给我点一份？真没良心！”

小跃层的门铃响了，谢思卿头也不回吩咐道：“哥，你去开门。”

我捧着热粥笑，彪哥对谢思卿总是嘴上铁面无私，底线一退再退，这次连抱怨都没说，老老实实去开门了。

彪哥在门口喊：“温渺，你什么时候回来的？”

我诧异，转过去看时恰好被谢思卿挡住。谢思卿一脸不满，推我：“吃饭就好好吃饭！”

“管家婆。”我小声嘟囔。

温渺被彪哥迎进来，道：“今天早上。”

“夜班机？那你一大早来我这儿干吗？”

温渺笑道：“受人之托，终人之事……你怎么自己来了？”

这下谢思卿让开了，我俩同时看过去，温渺怔怔地看着谢思卿的背影，道：“也太像了吧，我还以为……”

“以为什么？”我咬着勺子追问，明显发现温渺看见我时呼吸一顿，像是发现了什么不得了的大事。

“没什么，我给谢思卿送演唱会的票。你‘大老师’的 SVIP，高兴了吧？”

谢思卿嘴上嚷着：“高兴高兴。”突然伸手在我唇边擦了一下，“吃得满嘴都是。”

“哦。”我抓着衣袖直接抹嘴巴。

谢思卿怒了：“这是今年的新……算了，你擦。”

我拍拍他的头，称赞：“这就对了，男孩子不能太小气。”

温渺被彪哥带到客厅去谈天——他是彪哥送出去的，总要跟彪哥做成果汇报。只是不知为何，期间他一直莫名其妙地看着我。等我喝完粥找过去时，彪哥已经去店里了。

见我过来，温渺欲盖弥彰地收起手机。

“干吗呢，还遮遮掩掩？”

温渺扫一眼开放式厨房里殷勤切水果的谢思卿，意有所指：“给程嵘打小报告，告诉他，谢思卿挖他墙脚。”

我哑然失笑，这话不对劲的地方太多，一时之间我竟不知如何反驳。

“你什么时候改玩 rap 了？说的比唱的好听。”

原创歌手兼音乐制作人温渺，跷着二郎腿，靠在沙发上打量我：“谢思卿这么黏你，你就没想过为什么？”

“想过啊。”我点头，他一副愿闻其详的样子，我继续道，“从小缺失母爱嘛！”

“你……”

“你不觉得比起家教，我更像谢思卿的老妈子？”

我常跟张晚晴抱怨，我对待谢思卿的方式完全是照搬了我妈对待我的方式，拿着家教的钱，操着老妈子的心。

再说，一日为师，终身为母嘛。当然，这一点我并没有跟谢思卿本人说过，毕竟我还是要脸的。

“那程嵘呢？你怎么想？”

我以为这事由不得我想，但话到嘴边，又改口：“放心吧，我有分寸。”还挑眉表示自己的靠谱程度，说，“成竹在胸。”

其实我能有什么办法？一位国家级的退堂鼓演奏家比如我，当然只能打退堂鼓啦。这念头说出来，别说温渺，知我者如张晚晴都不一定能理解。

可是“再见红着脸”这样的旖旎情节，又怎么会发生在两个不同阶级的人身上？与其劳心费神再试一次，不如保住性命，让心脏寿终正寝。

和谢思卿瞎闹一整天，晚上回到家，我在搜索引擎里搜索“辞职信”，删删改改换了署名，然后点击发送。

离开那栋大楼，恢复到连拜年消息也不发的关系，很快我就不用再为程嵘牵肠挂肚了。

只是我没想到辞职这么复杂，我一再表达去意已决，人事姑娘依然维持笑容说：“这不合规矩。”

“我知道，所以我继续工作，一个月以后再离职。”

人事姑娘仍旧坚持：“这也不行。”

这是什么规矩？我签的难道不是劳动合同，是卖身合同？

一大早把我气笑了，准备对人事发起攻击时，项目总监过来了，按住我的肩膀，说：“你去趟总裁办公室。”

我敲门进去之前想着，我一定要在招聘软件上给这家公司打差评，一个小小的广告策划离职，竟然还得跟总裁聊？

里面的人说：“请进。”

推门而入，总裁坐在沙发上，表情奇怪得很，像是隐隐期待，又像是不耐烦。他偏头，示意我关门进来：“说说吧，为什么想辞职？”

这段话我已经分别跟人事、项目总监、项目总经理说过了，实在没法委婉地说第四遍：“谋求发展，我已经通过一家4A广告公司的面试，对方说我随时可以入职。”

总裁说：“他们给你开价多少，我们可以翻倍。”

话说得奇怪，我没细想，不耐烦道：“这不是钱的问题。”

“三倍。”

“我都说了……”

总裁的真皮大转椅突然发出“吱呀”响动，我才发现这椅子虽然背对着我，但明显上面坐着一个人。那椅子转过来，椅子上的人双手交叠扣在小腹前，唇线拉得笔直，怒火堆积在眉梢。他眼帘一撩，不怒自威，问：“丁小澄，你凭什么觉得自己可以想来就来，想走就走？”

我蒙了，一下弄不清楚自己身在何处。他为什么会来？

眼前的程嵘纹丝不动，神情严肃，我却无法抑制胸腔里一再加速的心跳。我想这玩意儿可能做不到寿终正寝了。

他不知道这样会让我误会吗？还是说，我没有误会，他真的来找我麻烦了？

顾不得边上看戏的总裁，我听见自己哑着嗓子问：“程小嵘，你什么意思？”

第十四章

因为喜欢你

“怎么说话呢？”总裁突然插嘴，“这是程董事，大股东！”

程嵘厉声道：“出去——”

好样的，他当着员工的面，把总裁赶出总裁办公室。姓王的总裁悻悻离开，门从外面关上之前，他嘟囔了句什么，像是“媒人甩过墙”。

自打听到程嵘回国的消息，我一直隐隐期待这一天，但偏又迷信得很，不敢想、不敢讲，怕一旦被谁知悉了心中想法，天就不眷顾了。

我不后悔当初的做法，可也骗不了自己，我明明就期待着他。

辞职也是深思熟虑之后的做法，我在 53 楼工作两个月，熬过试用期转正，期间碰到过他，可是那氛围既不旖旎也不暧昧。生日会结束，我终于确信他只是把我当作一个有过故事的女同学。

然而辞职信交上去的第一时间他便找下楼，颐指气使喊总裁滚蛋，让我怀疑前两个月的一切都是假象。

“所以，这家公司叫我来面试根本不是看到我的简历，而是你吩咐的？”我藏不住窃喜，表面维持平和，“我离职的态度太坚决，公司搞不定了，才把你给叫来的？”

程嵘额前的发丝微微颤动，深邃的眼睛浓重如墨。他笑了笑，在我以为他要承认一切的时候，开口道：“丁小澄，你就一点都不愧疚吗？”

什么意思？

我怔怔地看着他，如同风吹起波澜，吹开表面的迷雾，他才露出真实表情——那是讽刺和怨恨：“你想听我说什么？把你留下是别有用心？”

“还真是。我真没想过你会这样天真，你背叛我，把我憎恨的事对我做了个遍，怎么还以为我会对你余情未了？”

“这也未免……”话说了一半，他边笑边摇头，锐利的眼睛直直盯着我，叫我把他的想法看真切，也让我的心脏坠入深渊。

不能以常理来论，我在他心里实属有罪。

当天程嵘说：“你可以辞职，觉得自己问心无愧的话，明天你就可以不来了。”

离职风波搅得尽人皆知，程嵘摔门离开53楼的第二天，我照旧来上班。除了正常的工作之外，还多了一项24小时待机的助理工作。我忙到脚不沾地，累了想偷懒就对上程嵘讥诮讽刺的眼神，让我不敢抱怨、不敢申诉，连犯胃病都不敢叫痛。

我有罪啊。

张晚晴连约五次，都被我拒绝。第六次，她直接找到公司楼下来了。我找了间日料店安置她，借着跑腿给程嵘买晚饭的时间跑下来，迫不得已说出了缘由。

张晚晴含着筷子，眼眸闪烁，拷问：“还说不是死灰复燃？你还老说没可能，你看看他这手段耍得……”

我百口莫辩，她信誓旦旦：“绝对是套路，就是电视小说里的‘捕爱’游戏！先把你拢到身边，小惩大诫，然后再破镜重圆。”

“真没有，真不是……”

没变成二十四小时待机助理之前，我或许还有遐想的空间，被他使唤次数多了，才发现他真的别无绮念。我们甚至没有过多的交流，他工作排得满满当当，说话喘气都得掐时间，怎么可能玩什么“捕爱”游戏。

青梅酒下肚，放下酒杯我连提起它都没有力气。

张晚晴端详着我，终于放弃八卦：“如果真没可能，那就互相说开，别耽误。”她悠悠地叹息，“你看多好笑。从前我以为你和程嵘比我跟温渺更有可能，现在却完全颠倒了。明明我更看好程嵘的……”

“他当年对你可是百依百顺，满心满眼全是你。”事到如今，说起这些张晚晴还是揶揄和惋惜的表情。

我把青梅酒一饮而尽，释然地说：“那样对我很好，可对他不好。”

手机铃声猖狂地响起，透过专属铃声我甚至能感觉到温渺找人时的焦急。张晚晴对我抱歉地笑笑，接通电话，用娇娇的声音跟对方说话。

大二那年挂牌大学生温渺成了空中飞人，跟着他师父飞北京飞上海。某天他一落地就带着手信去找张晚晴，却遇上了等张晚晴下课的男生。危机意识驱动下，温渺终于表白——也算是对青春岁月有个交代了。

我的手机频繁振动，是办公室急召。对张晚晴说声抱歉，我勾着老板打包好的晚餐，仓促上楼。

刚进写字楼大堂，电梯门就开了。王总裁从电梯里出来，唤我一声：“小澄啊。”又跟着我退回了电梯里。

“王总，您这是？”

“哦，才想起忘记拿手机了。”王总按了“53”，又帮我按下“55”，和煦地问，“他还扣着你呢？”

我没说话。他了然地笑笑，劝说：“受不住就回家吧。他这个人就是个工作狂，差点没让手下人跟他一起上夜班。以前留学的时候也这样，劝也劝不住，有次不知道几顿饭忘了吃，急性胃炎送到医院去了……”

电梯到了三十层左右，我直觉王总一直借着电梯里的镜子观察我，他又叹气说：“我也不是劝你什么。程嵘这人吧，挺可怜的，当然他这么折腾你是不对，但是让他反应这么激烈的，就你一个。”

那么恨我呢，怎么能不激烈？

即便我非暴力不合作，王总也絮絮叨叨说了良久，直到电梯电子音提醒53楼到了，他迈出电梯，又卡着电梯门欲言又止。

“王总？”您还有什么话要说？

我后来才知道王总和程嵘是校友，资金周转不灵的时候，程嵘出手救了他，注资入股。王总也借着程嵘在本地的人脉，将公司发展壮大，也不怪他话这么多，一再当说客了。

王总卡着门，沉重道：“这些年他看着什么都有，其实什么都没有。如果可以的话，对他好点吧。”

表情太沉重，语气太诚恳，电梯门关上之前我竟然没想出什么敷衍的话，我甚至怀疑我是不是漏看了什么。

电梯抵达 55 楼，走廊两边的办公室都黑着，只有走廊尽头的程嵘的办公室还亮着。

我提着打包好的晚餐走过去，到门口时才发现他睡着了。我没敢惊动他，轻手轻脚地在他侧边立着，他背后是灯火璀璨的星城夜景，灯光映入室内也还是昏暗不明，投在他憔悴的脸上。

他靠坐在真皮转椅上，手抵着鼻梁，看起来像是闭目养神，其实是睡着了。许多年前他勒令我跟他一起自习时，他总这样“闭目养神”。他反应极其机警，每次都在我抬头问他题目时快速清醒，佯装没睡觉的模样，直到高三我才发现真相。

现在他却没那么机警了。

我把晚餐放在茶几上，回到会客的沙发矮几前，拿着笔记本电脑开始工作。

沙发太软，茶几太矮，我工作了半个月的地方突然不能满足我的需求了，煎熬着，让我难以自抑地偷看他。

他的刘海长了，遮住美人尖，从额头处溜下来，在眼下投出一片阴影。他的眼底好像带着青黑，嘴唇因总忘了喝水而变得干燥……忽略那身禁锢着他的西装，换成丑丑的校服，他就好像还属于我一样。

这念头一蹦出来我就笑了，我以为我屏蔽了王总的话，没想到还是对我产生了影响。

座机突兀地响起，程嵘倏地睁开眼。他眼神清明就像没睡着过一样，直直与我对视，而后拿起话筒，问：“怎么？”

三两分钟讲完电话，在我以为他要追究我为什么看着他的时候，他按鼠标唤醒电脑，继续工作。

我蒙了，提着快餐盒磕磕巴巴地说：“晚饭……”

“放着。”他的手指飞快地在键盘上敲击什么，抽文件翻阅，又再度看电脑——都不愿耽误一秒来看我，“现在不饿，一会儿再吃。”

我沉默，等他的“一会儿”过了两个小时，终于忍不住把快餐盒拿去茶水间热了，塞进他的键盘与电脑屏幕之间。

“吃饭！”

程嵘斜睨着我，没给我任何劝说的机会，漠然地看我一眼，拿着快餐盒几大口扒光。

我当下就想教训他，像教训谢思卿那样，说些吃太快胃不消化的话。

“拿走。”程嵘把空了的快餐盒塞我手里，像吩咐服务员那样说。

所有的关切，瞬间没了理由。

等我完成策划案已经是十一点多，谢思卿按时打来电话，我本想出去接，程嵘却说：“可以走了。”

我应了一声，掐断电话，打算回家后再给他回过去。收拾完东西，程嵘却坐在办公桌前岿然不动，我才明白原来那话的意思是“你可以走了”。

“明天再做吧，你需要休息。”

程嵘撩起眼帘看我一眼，冷声道：“要想人前显贵，就必定得人后受罪。”这是程爷爷总爱拿来训示的话。

“可也不用没日没夜这么拼……”

“这不就是你想看到的？”程嵘倏地道，同时关了电脑拿起车钥匙，“努力、勤奋、拼搏，大有作为，混得风生水起，这不就是你们想看到的？”

“你们”囊括了谁？廖老师、程爷爷和我？可我们不都是为了他的健康，为了他的人生？我深吸一口气，把包抓得死紧，还试图说服他：“你别这么说，我们也是……”

“为我着想？”程嵘轻笑，“为我好？那真要谢谢你们了。”

我没敢继续听下去，谢思卿再度打来电话时，我佯装按错，接听了。

电话那头是元气满满的谢思卿：“还在辛苦加班呢？我请你吃夜宵犒劳你，怎么样？”

准备开口拒绝时，我余光瞥到程嵘脸色变了，他捂着胃，撑着门框弯着腰。

“你怎么了？胃疼？”

程嵘没法分神回答我，唇色渐渐苍白。

王总说的“急性胃炎进医院”的场景霸占我脑子，我伸手扶他，拒绝了手机里的谢思卿，单手挂断电话：“走吧，去医院！”

去医院有点小题大做，还让病人更煎熬。我开着程总新买的兰博基尼把他送去我家附近的小诊所。看病、拿药、买粥，把人安置在我床上，我又翻出热水袋给他暖暖，舒缓胃痉挛。

程嵘打量着我的卧室，气若游丝地道谢。

胃痛让他变得脆弱，削减了他长期挂在脸上的冷漠，我嘴快道：“客气什么，我这不是赎罪吗？”

程嵘的脸色更难看了，说：“丁小澄，你有没有心的？”

“没有啊。”早给你了。后半句话说出来纯属庸人自扰，如果不是我忘了今天是平安夜，一路找过来只有我家附近的小诊所开着门，今晚这点相处也不会产生。

程嵘还想说什么，被我打断了：“病着就好好休息吧，别废话了。”

把暖气开足，我拖着懒人沙发到床边坐下，玩手机打发时间。诊所的老医生说他今晚有可能会吐，我连垃圾桶都给他准备好了，务必不让他破坏我的温馨小窝。他倒是争气，一直没动弹，反而是我不争气睡着了。

半梦半醒时有人闹我，揉着我耳朵说：“上床睡，别感冒了。”

梦里分不清真假，也不知道是我自己想上床睡才有了这样的错觉，我嘟囔着说：“好。”一拱一拱地挪上榻榻米，耳边是谁的叹息。

窗帘半开着，冬日的阳光透进来，我闭着眼，脑子已经清醒。

大脑重新开机，理智开始盘算昨夜的一切，我怎么就把人带回自己家了？我怎么还爬上床睡了？昨晚到底是他叫我，还是我做梦？

不管是不是他叫我，现在人就躺在我身边，现在醒来得多尴尬？我打定主意装睡，想等他识相点自己离开，没想到装睡竟然真睡着了。

再醒来，是被饭菜香味闹醒，我这四十多平方米的小公寓，厨房向来是摆设，除非我妈来了，才有人做饭。

我踩着拖鞋，揉着眼睛出了卧室，张嘴准备喊“妈”，一眼看到开放式厨房里挽着衬衫衣袖炒菜的男人，三魂七魄吓飞一半。

程嵘瞥我一眼，把锅里的菜装盘，道：“你这冰箱可真丰富。”

离了丁先生丁太太，我就靠外卖软件养活。冰箱里的东西还是上次丁太太来看我时装进去的。他挑挑选选能做出三菜一汤，可真是了不起了。

菜上桌，我心虚不敢说话，老老实实地坐在原木凳上，等他动筷子再开吃。

程嵘自顾自地吃起来，我夹了一筷子青菜，神色莫测地把它放在眼前观摩。

“吃吧，毒不死你。”

小动作被发现，我把青菜塞嘴里，意外发现味道还不赖。

“你还会做菜了，看来留学真的很锻炼人。”

程嵘听后顿了顿，说：“不是留学后学的。”

“啊？”

“糖醋排骨、孜然牛肉、红烧茄子、粉蒸排骨……都是高三时跟厨子学的。”我愣愣地看着他，错失了转移话题的机会，他继续说，“都是你喜欢吃的，都是为你学的。”

我挤出笑容，眼睛里是不可置信的水光，清清嗓子想跟他说清楚，让他别提了，我要误会了。

程嵘猜到我心里所想似的，又说：“你别误会，我说这些不是为了让你感动，是想让你明白你错过了什么。”

歌词唱“未得到先懂得失去怎接受”，我才知道拥有过再失去也叫人抓心挠肝地难受。

心悸再度扰乱我的呼吸，我知道这是心脏不耐受发出的警告，我跟程嵘商量：“我们谈谈吧。”

谈谈我的歉意，谈谈他还要我做些什么才能消气。

程嵘握着筷子的手悬在空中，最终选择收回去。他歪着脑袋问：“怎么谈？”

我都已经打好腹稿，准备开口了，他说：“不如我再问你一遍，当年你做了那些事，时至今日你有没有一丝，哪怕一丝后悔？”

他的目光太锐利，压得我喘不过气。我应该顺着他的话，给他想要的回答，可思维在脑子里过了一遍又一遍，我还是说了我给过他的答案：“没有。我不后悔。”

那个瞬间我以为他会扔筷子、掀桌子，但什么都没发生，他发出一声轻笑，笑得辛酸又鲜血淋漓。

他说：“那没什么好谈的了。”

用完饭，他开始穿衣服，西装和羊毛大衣一一装备完毕，他把腕表戴上，转头道：“碗我没兴趣洗，你自己解决。圣诞就不叫你加班了，星期一继续。”

我数着碗里的米粒，等他离开。

餐桌到房门，我要走十步，他走六步就到达门口。我听着他扭动门把，而后一个清脆的声音道：“丁小澄，圣诞快乐，我还准备敲门你就开了，我俩心有灵……你是谁啊？你怎么从丁小澄家出来？”

“谢思卿？”程嵘诧异的声音传来。

我抬头果然看见谢思卿咋咋呼呼地冲进来，还质问我：“你说，这个野男人是谁？”

我刚想斥责谢思卿欺师灭祖、没大没小，程嵘微微侧身，转而对着房内，道：“好歹也教过你一年，你不记得我，我还记得你烂到极致的理化生成绩。”

谢思卿瞬间变脸，宛如被踩了尾巴的猫，惊诧：“你是程嵘？程嵘回来了，你为什么不告诉我？”

我心里奇怪，道：“告诉你干吗？我怎么不知道你成了他粉丝？”

“粉什么丝，他是我——”话说到一半，谢思卿卡住了，毫不讲理地替我送客，“你不是要走了吗？赶紧走啊！”

我实在没精力关注程嵘的脸色变了几次，再抬头看时门口已经没人了。

把桌上的菜收拾了，我端着盘子去清洗。谢思卿像条尾巴似的跟在我身后，又烦得跟只猴子似的，抓耳挠腮。

“澄澄……”

“叫师父！”

流水带走油渍，似乎能将我心里那点烦躁不安也带走。

“程嵘什么时候回来的？”谢思卿问长问短，“你跟他在一起了？他为什么来你家？他……”

我把盘子立着，沥干水，手一甩，扬他一脸水花：“大人的事，小孩子别多嘴。”

“我不小了！”谢思卿突然爆发，抓着我的手嚷嚷，“你别装蒜好不好，你明知道我喜欢你！”

我想都不带想，嫌弃地把人推开：“我知道啊，谁不喜欢我？人人都爱丁小澄。”

“丁小澄——”

我想躲回房间里，可如今大二的谢思卿早已经不是那个我可以捏着脖子教训的小布丁。

他单手扳着门，轻而易举地把门扯开：“你别看程嵘了，看看我吧。我有哪里比不上程嵘？程嵘是有钱，我哥也有钱，我哥这辈子都不会有孩子，他的就是我的！”

我被这孩子的想法弄得哭笑不得，又觉得他这话太儿戏，当哄孩子一样，把人往外赶：“人家智商一百五呢，你怎么比？再说，你在我这里就是没戏，我看你跟看小孩儿似的……”

“是不是他说了？他跟你说了是吧？”谢思卿突然冷静下来，语气却更激动，“我就知道瞒不住的，我就知道他迟早会跟你说……”

"说什么？"我怀疑这孩子魔怔了，"你有什么事瞒着我？"

谢思卿还不打算讲，我催了一声，他才懊恼地开口："程嵘给你打过电话。"

"你说什么？"

开什么玩笑，程嵘怎么可能会给我打电话，他连拜年短信都懒得发。

但谢思卿的表情不像是在编故事，迟疑地说："你大三那年我高考，考完我提要求要你跟我一起去毕业旅行。"

我记得这个，当时我夸下海口，说只要谢思卿能当上我学弟，他提什么要求我都答应。他再来找我时，录取通知书里夹着旅游攻略，我二话不说便去了。

"有天晚上，我们在民宿喝酒聊天，你醉了……那时我已经意识到我喜欢你，我看到来电显示是程嵘，我就接了……"谢思卿脑袋越垂越低，如同丧家之犬。

我没心情开解他，脑子里的一切都在爆炸，思维逻辑紊乱，全都在问：我听到了什么？

好半晌，我才找到自己的声音，颤抖着问："然后呢？"

"程嵘没听出我声音，以为我是你男朋友，然后就挂了。"

"那你为什么不告诉我？我甚至完全不知道这件事——"我以为我会理智，我以为我能控制，事到临头才知道人都是情感动物，动了心，怎么可能无动于衷。

谢思卿毫无保留地回答："我把通话记录删了……"

程嵘怎么会在那时候打电话？大二下学期，程爷爷打电话通知我说禁令解除了，一定是有事发生，他才会在半年之后打来电话。

"你当时要是告诉我了，还可以挽救！"而不是现在这样，一切都迟了。

谢思卿一脸倔强，丝毫不后悔的模样："我故意的，我还把他号码拉黑了，直到旅行结束。"

诧异和愤怒席卷大脑，我反而说不全一句话了，张了张嘴，只能发出气声，问："为……什么？"

谢思卿猛地抬头，眼睛里全是血丝。他一直盯着我，死死盯着我，过了半晌才爆发："我喜欢你，凭什么要给他铺路？"

我怔住，然后颓然地倒在沙发上，无声地笑了。

张晚晴总说谢思卿这小孩主意大，我从没细想过，到今天才发现这话没错。谢思卿到底是彪哥的弟弟，他不是狗，他是狼。

我没法反驳说他不对，但也没办法认同。

谢思卿蹲在我跟前，逼我跟他对视："我不比程嵘差的，你要是喜欢也可以把我改造成他……你以为我看不出来？买衣服时你总带我买程嵘穿的牌子。"

"不是……那只是因为我不认识什么男装牌子，你又总让我帮你挑……"

"我不介意！"谢思卿上前一步，握住我的手。

我抽手把人挥开，艰难地闭上眼："你离我远一点，我暂时不想看见你。"

谢思卿这才慌了，放低姿态哀求："你能不能……"

我知道他在问什么，可我也不知道自己能不能原谅他，索性说："你走吧，让我独自想一想。"

"想什么？想想要不要接受他？"

我猛地睁眼，就见门口站着去而复返的程嵘，他脸色铁青，嘴角勾着轻蔑的笑。

"你怎么又回来了，你……"

"想问我听到多少？"程嵘轻笑，兀自走到开放式厨房，撩开塑料袋拿起他遗落的手机，"精彩的部分一点也没有错过。谢思卿说得多好，他喜欢你，怎么可能帮别人铺路。"

那就是没听到谢思卿替我接电话，还把他拉黑的事了。想通这点，我心情半是放松半是难过，直觉告诉我，程嵘不想知道原因。

"丁小澄你怎么变成这种人了？"程嵘眼里架着火，烤着他也烫伤我，"把他的穿衣风格改成我的，发型改成我的……温渺都差点认错人，你想干什么？把人改造成自己想要的模样，这点癖好你改不了了是吗？"

"你什么意思？"质问的声音爆发出来，我才知道自己有多介意。

程嵘冷冷道："难道不是？从前你觉得我不是你想要的那样，就配合他们去改造我？现在又想对谢思卿下手了，人家成年了没有？"

“你说什么——”谢思卿反而怒了。

年长四年的力量悬殊，程嵘轻而易举就把谢思卿克制住，把人按在地上，还拍他的脸：“我是为你着想，别什么时候她腻了，就像对狗一样把你踹了。”

“程嵘——”我焦急地上前，却被程嵘架开。

“放心，伤不到他。”程嵘桎梏着谢思卿，想把他扭送出去。

我惶惶不安地跟着，在程嵘跟谢思卿纠缠出房门之时，猛地把门关上。

程嵘在屋外气急败坏地捶门：“丁小澄——你把门打开，不然我揍他了。”

我隔着门听到外面的响动，并不担心程嵘会动手，这一切太乱了，管他们在外面是打还是吵，让我喘口气吧。

我趴在榻榻米上胡思乱想，想着想着竟然睡着了，睡醒时挂钟显示才七点。我点开手机准备点外卖才知道是第二天早上七点。空着肚子没法思考，随便清洗一下，我准备出门找早餐店解决问题。

门一开，一团巨大的东西倒在我腿上，惊得我差点叫出声。楼道的声控灯坏了，借着稀薄的晨光，我看见那团东西忽然睁眼。

“丁小澄——”程嵘猛地站起来，抓着我的腰，把我往里推。

“喂——你……”

他脚一钩把门关上，满身都是危险气息，压着我问：“你猜我是在这里等了你一晚，还是刚刚才来？”

经过一夜，他脸上冒出一点儿胡楂，衣服都没换，怎么可能是回过家的模样。寒冬腊月的，他在楼道里蹲了一夜？我没回答他，下意识地觉得这个状态的他很不对劲。

他扣着我的腰，把我推到沙发上，手往我脖子里钻：“我怕谢思卿再来，所以我不敢走。丁小澄，你怎么能逗别人喜欢呢？”

这话说得一点不讲道理，像极了从前不讲道理的他。

“你发什么神经？把手给我拿开——”冰冷的手指冻得我一哆嗦，想起他在冬夜里蹲在楼道一晚，我拍拍他，“起开，等我开空调。”

“我还要热水袋。”他还得寸进尺。

“你倒是放手啊！”

程嵘闻言动了动，把我压在沙发上，眼睛里闪着脆弱的光：“那你别跟谢思卿走，好不好？”

我愣了愣，揪着他脸皮问：“你不是被人调包了吧？明明昨天还是霸道总裁，一晚上……你怎么这么烫？发烧了？”

难怪这样反常！

“撒手，我给你找药去。”

程嵘痴痴看着我，反而把我搂得更紧：“我装不下去了。丁小澄，你是不是没心的？我做什么你都没感觉，不生气，不翻脸，一天到晚都想着辞职要跑，一天到晚勾搭小弟弟……”

前半部分我听进去了，后半部分越说越离谱，我心说：完了，留学回来，烧坏脑子了。

“松开——”我用力拍他胳膊，力气太大竟然发出闷响。

一时间我愣了，程嵘也愣了。他突然暴起，眼睛里闪着凶光，凶神恶煞恨不得将我撕碎了事的模样。就在我惊慌不已时，他动了。

他把头埋进我脖子，发出野兽般不甘心的沉闷低吼：“你是不是不喜欢我了？”

“你是不是喝酒了？”我后知后觉地发现这浓郁的气味不是什么男士香水，而是酒气，“你跑我这儿来撒酒疯？”

“你不哄我——还背着我找男朋友，你还拉黑我——”

一声声控诉，说得我心都软了，我甚至有个不好的猜想，以他这样骄傲的性子，不是大事绝对不会先打电话给我。

“你当时为什么打电话给我？”

程嵘没说话，直到我以为他快要睡着的时候，他在我耳边低沉地说：“爷爷走了。”

我想撕了谢思卿！但又怎么可以怪他，明明执拗着不敢打电话的人是我！

我没法想程嵘是如何撑过那段时间，又是如何独自料理程爷爷的后事的。他在最脆弱难耐的时候给我打电话，没得到安抚却得到噩耗。

他不该报复我吗？他可以的呀，却只是报复到把我当助理这种不痛不痒的程度。

“程小嵘……”我心里百感交集，挣脱他的手，牢牢环住他。

程嵘埋在我肩窝里，闷声说：“别说对不起。”

可我能说的只有对不起，即便说了也不能平息我的懊悔。

“我没有男朋友。”我逐个给他解释，“你打来电话时，我跟谢思卿去旅游，是他接的电话。那时我喝醉了，压根不知道这件事，也是他把你拉黑的……但这些不该怪他，该怪我。”

我勉强把程嵘推到沙发内侧，拿手指抵着他的额头跟他对视：“怪我太懦弱了，没敢主动找你。”

我从不知道这个误会的存在，据说误会消弭，相爱的人就能在一起，我料中故事前因，却没想到后续——

程嵘撑着沙发扶手，哪里还有先前示弱的模样，眼睛里全是如狼似虎的光，恶狠狠道：“你还跟谢思卿去旅游？”

我愣了片刻，解释：“那是他的高考奖励……”

程嵘：“你还奖励他？”

我说：“他考得好，小孩子嘛……”

程嵘：“你还跟他喝酒？”

“我……”

程嵘：“还喝醉酒了？”

我闭上嘴巴，此时才觉得脚踏实地，前几个月我陆陆续续见到的程嵘一定都是假的，这个无理取闹且霸道的才是他本人！

“你冷静一下。”

“我怎么冷静？他都踩到我头顶了。你说，你到底喜欢谁？！”

“程总，稍微像个大公司的老总好吗？”

程总闷哼一声，把自己砸在我身上，像条大狗一样耍赖。

算了，我想他果然还是烧坏脑子了。

他喝了酒，我不敢给他乱喂药，只能让他多喝热水，多休息。于是他一直昏昏沉沉，在我的沙发上苟且到星期一才勉强好转。

再上班时，我顿觉恍然，我们就这样没有缘由地和好了。

程嵘穿着王总裁送来的西装，整着袖子说：“不然你还想怎样？还想跟谢思卿发展点什么吗？”

“你今天早上不想吃药也是拿谢思卿当借口，能不能放过他？”

程嵘揪着我的手，把我扯过来，将领带塞我手里。

“我不会！”

程嵘兴致勃勃：“我教你呀！”

王总裁局促地坐在沙发上，脸上写着“我是谁，我在哪儿，我为什么要看这些”，而后又叹气：“早该这样了，折腾个屁。弟妹，你是不知道，他回国时说如果你有男朋友，他就……”

“就什么？”

“咳咳——”程嵘警告，“王总裁，你再多一句嘴我就撤资了。还有，你叫谁弟妹呢？”

王总裁彻底投降：“好好好，嫂子，嫂子。”

嫂什么？我一眼瞪过去，却看到程嵘一脸满足，罢了，随他。

“你怎么老管他叫王总裁，好好叫人家名字。”

程嵘说：“我就是好好叫的，他就叫王总裁。”

什么玩意儿？姓王名总裁？

我转头，王总裁漠然点头。

被谢思卿一刺激，又喝醉酒还发高烧，那个周末的程嵘完全是黏人精的加强版。但到了周一，他又恢复正常了。

比如，之前“折磨”我时，时不时打电话给我，叫我跑腿；现在还是时不时打电话给我，问“咖啡喝不喝”“甜品要不要”以及“午饭吃什么”。

“程小嵘，你别耽误我工作！”我给同事说声抱歉，低声对着手机道。

他现在的行为已经严重影响到我工作了。55 楼网络公司老板是 53 楼广告公司股东的事，大家多多少少都知道，我没提离职之前还有人跟我八卦过程嵘。后来事情接二连三地发生，谁都知道我跟程嵘有一腿。

于是我能力强不强、是不是凭实力拿的绩效，全被人忽略了，大家只记得我跟 55 楼老板有绯闻。

离职这件事再次被我记起。

我犹豫着怎么提时，就在茶水间遇见了王总裁。王总裁听完说了个题外话：“我不是他同学，是他室友。”

中午我上 55 楼跟程嵘一起吃饭。没办法，上升期事情繁杂，又不是能分给下属做的事，程嵘连吃饭都得边看文件边吃。

我看他翻几页纸才吃一口饭，找了个勺，把菜喂到他嘴边。

程嵘诧异地低头，转而再看我，笑容像夜里绽开的昙花：“你别管我，你自己吃。”

“然后急性胃炎犯了，让我扛你去医院？”

程嵘老老实实地接受投喂。

吃完，我拿着快餐盒去丢，被他误会成要走，拉着我问：“你没什么要说的？”

王总裁当我老板没半年，肯定是站在兄弟这边，我想离职的事肯定被他卖了。我转过身，抚摸他的鬓角转移话题：“说什么？不吃下午茶，晚饭随便？”

“那家 4A 公司还在联系你，对吧？要不然，你离职过去吧。”

我盯着程嵘，诚恳铺满了他的眼，知道他是认真这么建议的，我心里一阵熨帖。初中升高中时，连不在同一个学校他都要爆炸，现在倒肯放手了。

“那你怎么办？”我装出一副很想去又为难的样子。

程嵘理所当然道：“我让人问过了，那栋写字楼还有空的楼层，我可以把公司搬过去。”

我：“……”

算了，算了，白夸他了。

“我不去了，就待在这儿。”

王总裁说他不是程嵘的同学，而是室友。他住进小洋房是个意外，也是迫不得已，但没想过会遇上程嵘这么麻烦的房东。小洋房的软装相当梦幻，一应俱全却又什么都不准碰，房东的房间神神秘秘，不许人踏进一步。

王总裁偷瞄过，里面一片粉色，少女得不像男生该住的地方。房东每年定时去旅行，带两份装备，却只有一个人去。某天房东把他房里的一切都砸了，粉色公主四件套都丢到室外垃圾桶里。等气消了，他又冒雨去捡回来，窝在浴室里用手洗干净。

王总裁那时觉得房东有故事，于是搭话问这屋子里的装潢怎么这样梦幻。

程嵘只开口说了一句话：她没来。

我听完就怔住了，像是长跑过后伤着肺，喘息都带着钝痛——他在我失约的情况下，坚持把我哄骗他的事一件一件全做完了。

赶他走时，我骂他像条狗，我难道像个人了？

“干吗呢？”

程嵘晃着五指，把我的注意力拉回来。眼前的他目光灼灼，分明是满心欢喜的模样，还明知故问：“为什么不去了？”

我把喜欢据实以报，道：“因为你呀。”

第十五章

我会一直在你身边

和好得太顺理成章，人也会得意忘形，大好的周末程小嵘竟然想拉着我陪他加班！我二话不说溜走了，把他丢在 55 楼对电脑和工作思过。

与张晚晴逛街是个体力活，从早餐逛到晚上，我都成了半残废，她还兴致勃勃地拿着衣服比来比去。

我有心骗她休息，耍赖坐在专柜的凳子上，说："本来打算叫程嵘出来吃晚饭时再跟你说的，我提前说了吧，我跟他和好了。"

听我说完，她手都哆嗦了，一脸震惊："真的假的？"

我随手扯了一套泳衣，拿衣架子戳她腰眼："行了，别装了。我就不信你不知情，你以前不就跟他狼狈为奸吗？"说的是那次在游乐园的毕业狂欢。

张晚晴小脸变得极快，愤愤道："我是那种人吗？小姐，你要我别提他，我连他号码都拉黑了，你觉得我会出卖你？"

张晚晴拉黑了程嵘，温渺一"闭关"录制专辑就是三四十天，程嵘连求证都找不到人，也难怪会误会。

"那靓靓姨知不知道程爷爷已经离开了的事？"这事我一早告知张晚晴了，毕竟他们是八竿子打得着的亲戚，唯独和程嵘在一起的事，我想当面说。

张晚晴深深叹气："这事我还是从你这里知道的，毕竟是我爸那边的亲戚，还是表亲，人家没通知也正常。我妈找人问了问，听说程爷爷遗产分割的事现在还纠缠不清。”

“什么？是什么情况？”

“搞不清楚，我让我妈再打听打听。”

我们都知悉程嵘这个人，发生了被程先生程太太扣留换钱的事之后，他对这两人就绝口不提。想从他嘴里问出真相，只怕比登天还难。

“好姐妹！”被张晚晴的默默支持和仗义感动到昏了头，我揽着她说，“随便挑，我买单！”

“好呀，小姐，麻烦给我拿一下这件，要她的码子。”张晚晴拿着性感魅惑的套装在我身前比来比去，又转头吩咐，“这个也要……也是她的码子。”

“你疯了？”把衣服归还，我扯着她要走，“我说给你买，你让店员拿我的码子干吗？还买这些衣服！”

张晚晴似笑非笑，亲昵地拍我脸颊：“我的小姑娘，可别这样傻了，你俩都和好了，迟早要准备的！”

“噫，懒得理你！”

不是我假正经，算上青梅竹马的陪伴时光，我跟程嵘虽然认识十六年了，可我们也就有过蜻蜓点水的亲吻。突然让我往深了想，着实让我面红耳赤。

许多年前，还在白沙洲的时候，我和程嵘背着他俩去看电影。好莱坞动作大片，但打着打着男女主角感情就升华了，情到浓时动情一吻。他和我尴尬得听得到彼此的吞咽声，下一秒，他就把我眼睛遮上了。

张晚晴听完就笑，我恼了：“你保证不笑，我才说的！”

“妈呀……眼泪都笑出来了，他还让你发誓忘掉你们看到的一切？哈哈哈……那时他才十几岁，他现在绝不会这么想了。”张晚晴拍着我的肩膀，语重心长，“信不信，现在要是有机会，他恨不得让你搬到他家去！”

“滚犊子，程嵘才——”电话来得突然，打断了我的话。

在张晚晴的撺掇下，我开了免提，对那头的程嵘说：“你加完班了？你忙完就先回家吧。”时间还早，才六点，“商场营业到十一点半呢，我们再逛会儿。”

“哦。”程嵘冷静克制得很，一点没有要阻拦的意思，还说，“结束时给我打电话，我来接你。”

张晚晴揶揄地挤眉弄眼，我没理她，拒绝了：“不用了，我们一会儿打车，正好顺路。”

“那恐怕不行，你今晚得睡我家。”

什么？

“你家水管爆了。”

挂了电话，张晚晴倚着我笑得前仰后合：“我说什么了？我刚刚说什么了？叫我预言家！言灵！”

我疑心是程嵘搞鬼，想了想，我准备打个电话给隔壁邻居求证。

电话拨通时，张晚晴一直在我耳边哼哼唧唧：“你俩在一起了，那之前何甜甜……”

我没听清张晚晴说什么，思绪错乱了一秒，很快电话接通，我把她的欲言又止抛诸脑后。

程嵘没有撒谎，也没有蓄意破坏，他只是表述不清，等我回家一看才知道是楼上爆水管了。楼上连着大阳台的主卧地板上全是水，直直渗到我房间，整个卧室没一块干的地方。

我只能随便收拾几件衣服，把行李袋交给程嵘，让他把我打包带走了。

坐上兰博基尼，我才想起一件事，侧身，托着脑袋问：“我记得你最开始开的辉腾，换兰博基尼该不会是因为谢思卿接我时开的兰博基尼吧？”

程嵘严肃到底：“你最好别再提这个名字。”

“什么嘛。”我口是心非地抱怨，“我拿他当徒弟而已。”

“徒弟”一词换来程嵘的严重抗议，眼睛跟刀子似的乱飞，我老老实实闭了嘴。

程嵘没把我带回复式楼，而是把车停在江边一栋公寓的地下停车场里。公寓虽然濒江，但略显陈旧，显然是有年头的建筑物了。

我好奇程嵘怎么会住在这里，程嵘神色复杂，脸上挂着担忧又带着忐忑地说：“房子是租的，事发突然，没好好把你的房间收拾一下，你别——”

介意或者嫌弃，他想说哪个词我都不让，快速打断：“那就我鸠占鹊巢睡你的床呗，至于你嘛，”他急促地吸气，瞪大眼睛看我，我吊足了他胃口才说，“睡沙发好了。”

再看他，他已经笑了，眼里是脉脉温情：“好。”

从浴室出来，我拿着大毛巾擦头，在另一间卧室前探头探脑，愕然发现他是真的给我留了房间，只是床品还没准备好。所以说是张晚晴想得太复杂了，即便程嵘把我弄来一起住，也是分开两间房嘛！

然而纯情乐天如我，很快就感受到什么叫唾面自干。

程嵘开了家庭影音，说：“我们看电影吧。”

挑挑选选，放了一部喜剧片。我们膝盖抵着膝盖坐在沙发上，直到女主角被凭空出现的人袭击时，我惊得完全无法跟他保持距离！

“程小嵘，你说这是喜剧片？”

我的咬牙切齿并没有换来程嵘的解释，他反而还笑了，揽着我说：“后面就是搞笑情节了。”

勉强相信他，我将信将疑地看下去，直到时间过半电影才从惊悚发展到搞笑。我放下心来，靠着他看电影，时不时支使他给我拿零食。

“还要辣条。”

程嵘装作没听见。

“辣条！”

“吃多了胃疼。”

我翻了个白眼，道：“是你胃不好，又不是我。”我盘腿转身，越过他去拿边桌上的零食。就在我挡住他的同时显示屏画面一转，男女主角竟然情到浓时！

暧昧的声音响起，我下意识地缩回来捂住了程嵘的眼睛。

他睫毛在我手心里轻轻拂过，声音带着笑意：“丁小澄，你干吗呢？遮住我眼睛，我就听不到了吗？”

我恨这该死的杜比环绕效果影音！

“你的手好香啊。”

突如其来的一句话，吓得我缩回手。我动作迅速去寻遥控器，他却跟过来，睨一眼活色生香的屏幕再看我：“你怕了是不是？还是你也想……”

“啪！”

我发誓我只是想捂住他嘴巴，但力道太大好像给了他一巴掌。

“我……”

程嵘瓮声瓮气地安慰我：“没事，我不疼。”他忽闪着眼睛自下而上看着我，被捂着嘴也不老实，“澄澄，我什么时候能吃橙子？”

他呼出的氤氲湿气，软软的嘴唇不小心就触到我手心，一阵酥麻从我手心直蹿头顶。

“你……你不是吃过了吗？”我以为我能说什么狠话，说出口后，没头没尾地烧红了耳朵。

“什么时候？游乐园那个不算数！”

我怯怯地问：“那……你要怎么吃？”

他过烫的手钳住我的手腕，将我手掌拿下来，压着我逼近。我看着他眼睛里汹涌的情绪，瑟缩着，心脏疯狂跳动着，胆怯地闭上眼睛。

额上一阵温热，他在我额头上落下如珍似宝的一吻。

理智被彻底烧断之前，我听到他说：“这样吃。”

清晨醒来时我有一瞬间不知道自己在哪里，但搂着我的人却让我相当安心。程嵘还在睡，眼下全是近日来连续加班的疲累。我看着他眼下的青痕，默默放弃了扯他睫毛的想法，转而打量起他的卧室。

花樽摆在床头柜上，光秃秃地立着，但也是美的。我一点儿也不奇怪会在这里看到它，当程嵘在我家门口守了一夜之后，一切都不足为奇了。

“叮咚！”

是手机自带的消息提示音，我抓起旁边的黑色手机，拇指放在home(主菜单)

键上，却识别失败。

“叮咚！”

消息又来了，肯定是张晚晴这个八卦好奇者，单手输入我的生日，解锁屏幕，却显示——

何甜甜：“我妈已经算好日子了，就明年六月初六，你去说。”

何甜甜：“记住没有？这是结婚大事，耽误不得！”

花樽真的摆在床头柜上吗？程嵘真的躺在我身边吗？明明暖气足得很，我却瑟缩颤抖。

程嵘还安稳地睡着，我该摇醒他，把手机放在他眼前，叫嚣着让他解释。但我用尽了力气只做了一件事——落荒而逃。

他完全被我糊弄了。我借口说要处理渗水的房子，借口说丁太太叫我回家吃饭，磨蹭到周一也没让他来接。

张晚晴总说我凡事爱逃避这个习惯不好，我又何尝不知道？可我轻易改不了。

知道程嵘周一上午开会，我偷溜到55楼茶水间。周日晚上相当于没睡，不到他这里来偷杯咖啡，我只怕一上午都在打瞌睡。做杯拿铁的时间，我就听见外间休息室有人在八卦。

“程太太怎么没来了？”

另一个女生娇笑着说：“你说哪个程太太？”

“哦，对，如今有两个程太太了。大程太太，小程太太。”

那笑声刺耳得很，我犹豫再三，只敢等人家走了再离开。却没想到，人家口中的“大程太太”气焰嚣张，突然而至：“我就是几个月没来，你们就编排起我了？”

讲坏话被人当面逮住，可想而知，外面的气氛有多尴尬。

然而我横插了一杠子，端着我的拿铁走出来，站在休息室门口：“何甜甜，我们谈谈。”

我们隔着两个女员工对视，何甜甜嗤笑着挑眉。或许是感受到火药味，两个女员工连忙起身，让出空间，惊慌逃离。

“谈什么？”何甜甜抽开椅子坐下，爱马仕摆上桌，如同惊堂木。

“我……”

“我觉得你没资格跟程嵘在一起。”

明明我站着，何甜甜坐着，她却显得更有气势，轻而易举地判了我死刑：“你帮不了他，但我可以。”

“从前你以为你能给他安全感，其实是阻碍他发展。”何甜甜敲着桌子，说着歪理，“你可能不知道，我当程太太的日子已经定了，只要一结婚，我就能给程嵘带来助力。而你呢，听王总裁说上个月你的策划方案卖出去好几个，提成有不少，可你拿得出一百万吗？当然，一百万对于他们而言都只是杯水车薪。”

我并不是看不到程嵘的难处，他没日没夜地加班，兰博基尼是跟王总裁换的，房子是租的……开公司的人不能缺了流动资金，他咬牙扛着，正是因为资金链出现了豁口，而这关系到公司的生死存亡。

我不知哪里来的勇气，笃定地道：“他会解决的。”

“哈——他当然会解决，只是解决的时间要花多久，过程会有多艰难而已。”何甜甜轻蔑地看我，“你对他而言没有任何用处。”

“也不是啊。”我抽开椅子坐下，想起何甜甜当初叫我来面试的事，“我要是一点儿用处都没有，你也不会把我找来了。”

谢思卿说，他喜欢我，凭什么给程嵘让路。何甜甜喜欢程嵘，又怎么会把程嵘的前女友带到他面前？

何甜甜哈哈一笑：“你也不蠢嘛，说说，怎么发现的？”

剑拔弩张的气氛突兀地消散，我喝了一口咖啡说：“太多了。程嵘给你的备注是全名全姓，你以前表达情感时决绝又赤裸裸，但你刚刚完全没有宣示主权，最后……我记得程嵘有个堂哥，叫程辉，你手链上的字母是 h&t。”

“辉和田。”

“噫，看来我这个恶人当得没水准，分析得头头是道。”何甜甜主动跟我示好，指着咖啡说，“闻着好香，能帮我做一杯吗？”

一杯热拿铁送到她手里。

何甜甜喝了一口，赞道：“好喝。”继而又道，“你们兜兜转转在一起了，我也不想为难，但有句话我思忖了很久，还是觉得该说。”

何甜甜迥异于常的认真叫我不敢疏忽，问：“是遗产的事吗？”

“是。当初他们跟程爷爷扯皮打架，最终还是拿到钱了，拿着那笔钱倒腾股票，竟然又东山再起。”何甜甜悠悠地叹气，“后来程先生听了遗嘱，得知自己只能拿遗产的极小部分，所以极度不配合。”

“这怎么了？”我没想到一个老人临终前为孙子的一点考量，竟然阴错阳差把他逼到租房的份上。

“遗嘱规定，只有程嵘跟家人一起生活遗嘱才生效。”

与何甜甜分开，我跌跌撞撞进了程嵘的办公室等他。

何甜甜的意思我懂了，程先生看不上那丁点儿遗产，也不愿意让程嵘轻易拿到，只想逼得程嵘对他俯首称臣，因此寸步不离深圳。

程嵘想把公司开在星城，没法继承遗产，更没法靠遗产变现来周转，才落得今天这没日没夜，还租房子住的落魄模样。

留在星城这么一个普通一线城市，还不是因为我？

那天程嵘在会议室待了一上午，下午两点也没出来。我带着后勤买了餐食分发下去，一伙人在会议室里边吃边说，就算是解决了午饭。程嵘于混乱中给了我一个兴奋又满足的眼神，然后我想熬便熬吧，虽苦却也是快乐的。

等程嵘忙完已经是月上柳梢，我让他坐副驾驶，我来开车。

“这么体贴呢？”程嵘歪着身子看着我，眼里盈满了笑意，小动作不断，还来给我绑安全带，“丁小澄，你这样真让我受宠若惊。”

“至于吗？”

借着后视镜看他，他眼角眉梢堆着疲倦，饶是如此也不愿闭上眼睛睡一会儿。系完安全带就没离开，他揪着我腰眼上的安全带扯来扯去，我拍了拍他胡作非为的手，骂道：“别闹，困了就睡会儿。”

“嗯，不行。”我的大狗超爱撒娇，现在耍脾气也是温顺地闹，他说，“睡了就不能看你了。”

如果不是何甜甜说的那些东西，我不知道他曾经有比现在更轻松的选择。可即便知道了，我猜他也不会选轻松的那一个。看他如今为了在星城存活而不分昼夜地搏命，不心疼是不可能的。

借着红灯，我拿手遮住他眼睛：“睡觉！”

程嵘拿鼻子顶我手心，可爱得没谁了。他反手把我手抓住，而后猝不及防亲了一下，目光灼灼，问：“可以申请睡你吗？”

脸没红，心花怒放了，我把手抽回来，假正经道：“变灯了！”

“都怪王总裁！没眼力见儿的玩意儿！”

这话说得，人家王总裁不也是热心帮忙，才送来床垫和床品的吗？

程嵘铁青着一张脸，愤愤指责：“你不懂，他就是没安好心，存心想让我们分房睡。他那人，就是个坏坯子！”

我心里嘀咕，我就来借住两天，谁是坏坯子呢？再说那天睡一起不是因为只有一张床一套床品吗？

决心不让他把话题带偏，也是想跟他说说何甜甜说的那些事，话一出口，我就捅了马蜂窝。

“所以你以为我想跟何甜甜结婚，然后获取投资周转？你就因为这个躲着我？”

车内气温骤降，我琢磨着措辞，开口就被他打断。他说：“别否认。”

“我没……”

“我关注你比关注自己还多，你照照镜子，你现在那眼神不叫心虚叫什么？”

话一落地，我下意识地看了一眼后视镜，还真是。

“我后来不是反应过来了吗？”

狡辩在程总跟前不能换来和平，只会越发激怒他。果不其然，他横眉怒目：“你就是不信任我！”

我做小伏低："你不要打岔，听我说完，我听何甜甜说了遗嘱的事……"

"所以呢？你又想替我做什么决定？"

车子平稳地驶入地下车库，停稳时我还没开车内顶灯，我看不清他的脸，却觉得他声音冷得不可思议，叫我心惊肉跳。

我试图缓和气氛："说什么呢，你知道我怎么想的？我是想——"

"让我搬去深圳，跟他们住在一起，拿到遗产，然后再也别来星城——你不就想把我往外赶吗？"

安静的地下车库，黑暗的车厢，看见彼此时他终于露出了他深深的不安——明明，我曾是他的安全感。可一旦提起高三毕业后分开的事，或者一旦流露出把他往外推的丁点儿想法，他周身满溢的悲伤足以将我淹没。

我试图跟他讲道理："程小嵘，不是这样。"我解开安全带，抓着他的手，把自己的手塞入他手心，"我知道你会做什么决定，也知道如果你去深圳，绝不会像现在这样累——嘘，你别打断我，我知道，你来星城，是因为这里有我。

"我爱你。"

依偎进他怀里时，我明显感觉到他的战栗，听着他越来越快的心跳声，我继续说："我猜，当初分开的事让你到现在都很惧怕。可我们都知道，那时的你完全是一副与世界毫无瓜葛的状态。只是因为我，你才勉强跟世界打几分交道。"

"你的世界就是我。这话是廖老师说的，原话是，丁小澄，你就是他的整个世界。"抚摸着他的胳膊，我希望能给他安全感，他如同一头狂躁的野兽，在我的安抚下，渐渐平稳呼吸，安静下来。

"我很荣幸，也很胆怯。我爱你，但万一某天我出了事，你该怎么办呢？"

程嵘突然挣扎起来，似乎是想到那样的场景，臂膀钳住我，想将我揉入骨髓般用力："没有万一，我不会让你有事——"

"我知道……"我笑笑，扳着他的下巴在他下颌上啄一口，"你永远计较我当时撇下你。我当时执意不跟你去留学，是因为我觉得这个世界很美，有朋友，有家人，有伙伴，也有冒险。我一直以来都很窃喜你那么依赖我，可我更想把我喜欢的世界分享给你。

“如果你见过世界美丽，还依然爱我……那我，十分荣幸。”

这番话说完，程嵘一点反应都没有，反而周身散发着低气压，然后把我推开。他动手扯了车钥匙，解开安全带，冷声道：“下车。”

这人什么意思？我云里雾里，他居然不耐烦了，拿眼神催促我。

“程……”

摔上车门，他几乎是扯着我进电梯，进门。门一关，灯都没来得及开，恶魔出来了！他把我压在玄关上，眼里闪着兴奋又狂躁的光，他如同嗜血的野兽，叼着自己的猎物回到家，打量着，琢磨哪块肉更好下嘴。

“丁小澄——”程嵘舔着嘴唇，危险地笑着，跟我打商量，“我想吃橙子了。”

我当然能察觉到这个“吃”和之前的“吃”截然不同，仍然哆嗦着没逃，企图靠游说躲过：“我说了那么多，你就没有什么想说的吗？”

程嵘幽幽地看着我，手在我脖颈上摩挲，轻笑说：“当然有。”

“那你说呀。”

“丁小澄——”

“嗯？”

忽然一吻落下，唇齿相依，他满心欢喜地呢喃，道：“你爱我。”

灯光大亮，满屋子的人齐声喊：“Surprise！”

玄关处的我们僵硬到变成冰块。我于缝隙中看过去，看到一脸兴奋的张晚晴和拦着不让她过来的温渺。

程嵘突然暴起：“王总裁，你找死啊！”

那天的事过去已久，王总裁仍然在程嵘面前做小伏低。说来也是他不对，经受了何甜甜的撺掇，又联系上了张晚晴和温渺这样看热闹不嫌事大的坏坯子。几人一合计，王总裁就掏出了程嵘的备用钥匙，来玩惊喜派对。

我们收到“惊喜”，他被程嵘一顿暴打，受了惊吓。

王总裁是讲义气的，主动找到程嵘，让他撤资去维持自己公司的运行。程嵘没答应，揽着我离开时，点着他鼻子警告：“别跟过来，别打电话，别出现在我家，否则——”

格杀勿论。

王总裁点头哈腰，我脸红耳热心跳加速，他想吃橙子了。

绝口不提公司的事，我们吃了一顿气氛绝佳的晚餐，回家时，他把我眼睛蒙上，把我带到被他再度改装过的卧室门口。

“你不要这么幼稚啦！”

程嵘推着我，话音落在我耳边：“你不就喜欢我幼稚？”

口是心非被他识破，他推着我进入焕然一新的卧室——所有东西成双成对，他把我小公寓里的东西搬过来，和他的东西摆放在一起，衣柜分我一半，让我介入他的生活……

“可以把这个给我戴上了吗？”程嵘拿出当年那个没用上的灯牌，傻乎乎地让我给他“加冕”。

我扯着他衣襟低头，牢牢把“男朋友”的称号给他戴上，而后踮脚一吻，任由他揽着我，坠落在那张粉嫩的大床上。

就让他吃橙子吧。

越夜越深，程嵘剥下了他温文尔雅的外皮，简直能吃人。但我从不知道肌肤相亲会让人如此上瘾，贴合躯体，让人灵魂战栗。

我妈打电话来时，他还想扔我手机。我及时阻止，翻身压着他，抢夺救下手机，颤颤巍巍地回话：“妈……”

程嵘还动手动脚，一把将我拉下，让我贴在他胸膛上接电话。

电话那头的丁太太中气十足：“你没在家呢？”

“对啊……”

“嗓子怎么了？”

“感冒啊。”

这话一说完，始作俑者就笑了，我赶紧捂住他的嘴，但还是被英明神武的老太太听到了：“谁在笑？张晚晴？”

“啊……对啊！”

“哦。”丁太太一副放心的语态，“可我现在在张晚晴家呢！”

“啊？”

“丁小澄，你那房子多久没回来住了，想糊弄你妈是吗？你现在跟谁在一起，这段时间住在哪里？你别说——我现在懒得听，明天早上主动回来认错！”

说完，她就把电话挂断了。

我与程嵘面面相觑，他喜上眉梢，道：“我跟你一起！”

思来想去，我还是让程嵘一起跟我回家。毕竟，丁太太从小就偏爱程嵘，说不定会看在程嵘的份上，高高拿起，轻轻放下。

大清早，白沙洲移民小区里驶进了一辆辉腾。车停在梧桐树下，在闲聊择菜的大妈大叔注视下，我带着程嵘进了家门。

打头阵的是程嵘，他提着东西进门，立马受到丁太太丁先生一致好评。

“程嵘，你回国了？来就来嘛，还带什么东西？”嘴上说着虚假客套的话，丁太太把人请进来，吩咐丁先生倒茶。至于落在后头的她女儿我，她就像没看见一样。

程嵘规规矩矩坐在沙发上，有问必答。我妈操着一颗老母亲的心，对她从小看着长大的孩子嘘寒问暖，最后才发觉我存在一样，斜眼道：“你还知道回来！”

“阿姨，澄澄是跟我一起回来的。”

丁太太拍着程嵘的手，满脸慈爱：“你是好孩子，不像这个死孩子，她竟然——”

“她在我那儿。”

丁太太：“哦，在你那里啊。”

“对，她跟我住在一起了，我们想在一起。”程嵘突然握住我的手，一副恳求的样子。

我妈就像听不懂一样，答：“哦，她跟你住在一起，你说什么——”

这声音尖得我想要捂耳朵，紧张地盯着丁太太的脸，看着她一脸惊愕，我就想拉着程嵘跑。

谁知程嵘岿然不动，还说：“阿姨，我想请你把丁小澄交给我，我想跟她一起生活。”

丁太太腾地站起来，用足以让楼下人都听到的声音说：“别叫我阿姨——”

完了，我捂着脸想，还是带着他跑吧。

丁太太：“叫我妈——”

丁太太变脸如同翻页，惊喜道：“老丁，快来，程嵘看上你闺女了——你说你怎么就看上她了呢？”

我默默瘫在沙发上，看着情势逆转，丁先生丁太太热切地围着他们的新儿子，而我大概是墙角的野花野草，不值一提。

从我家离开时，程嵘乐呵呵的整个人变成了村口大傻子。

我不过刺他几句，他反而不认同了。把我拢到他跟前，他挑着我下巴，诚恳地说：“我高兴是因为我被你的家人喜欢。我希望我们能被你的家人认同并且祝福，我的乖宝，就应该有很多人喜欢。”

“哦。”我冷漠，实则耳朵红透了，怕他再讲什么让我心跳加速的话，我推着他上车，“走吧，音乐节还要提前占位置呢！”

温渺成为不大不小的音乐人，有了些歌迷，也收到了白沙洲音乐节的邀请。只是格调不如场馆内的演唱会，今天是他的作品展示会，但还是如同其他的音乐节一样，没有座位。

我们赶到时，张晚晴早到了，还笑眯眯地从温渺的学生粉丝那儿领了一些“应援礼包”。

“你要不要？”

我拿着精致的小纸袋，看了看就还给她：“海报和小卡，我拿着也没有用啊，程小嵘会气死的。”把别的男生的照片挂墙上，那简直是死罪。

说话间，又有熟人来了，彪哥与叶警官并肩，谢思卿不情不愿地落在最后。

看到谢思卿，程嵘瞬间挪到我身边，手还搭上我的腰，横眉冷对。

彪哥视而不见，照旧笑着寒暄，末了叫了一声谢思卿的名字。谢思卿讷讷上前，没了那股偏执和嚣张，小孩昂着头说：“对不起。”

谢思卿想跟我单独聊聊，程嵘大度地给了我五分钟的时间。

那五分钟里，谢思卿梗着脖子问是不是他不够好。

我掠过他看向不远处和王总裁交谈的程嵘，那一刻，时光在我眼里回溯，我看到我们的过去，我们的童年，我们相遇的那一刻……我想世界上没有那么多命中注定的事，但我偏偏爱他。

“不是你不好，你很好。”

我想起程嵘拒绝何甜甜时说的话，照搬来回答谢思卿：“但对我来说，不是程嵘的，我都不喜欢。”

夜幕降临，白沙洲空地上的舞台灯光骤然亮起，一再错过的音乐节，这次终于能看完全场了。

我们站在最靠近舞台的中间，温渺从后台登场。他年少离开白沙洲时几乎一无所有，如今一一找回。虽然不是以田径运动员的身份，但他依旧发着光。

“云霞遮去半边你，无声无息入梦里，藏不住的风光旖旎，那是你……”

演出到后半段，温渺突然没报歌名，就开口唱了这首歌，唱完才颇不好意思地挠头，说：“大家都知道这歌叫什么名。”

我旁边的张晚晴被灯光映红了脸，台下的歌迷齐声喊：“《晚晴》！”

“张晚晴——”

摄像大哥很懂套路地将镜头对着张晚晴，引得台上台下一阵哄闹。温渺对着摄像大哥颐指气使：“别拍她，别拍她，她是我的，不给看！”

哄闹声更甚，忽然有人抓住我的手，程嵘眼眸闪烁说：“你是我的。”

我没预料就点了头，然后被温渺卖了个彻底：“摄像机往旁边挪挪，对准那对男女——这是我发小。我们都是白沙洲上的青梅竹马，这两个呢，大家跟我一起喊‘亲一个’！”

我还没作势欺负张晚晴呢，被程嵘结结实实欺负了。一时间，气氛达到顶点。程嵘亲够了，把我揽在身前，又偷偷在我头顶亲了一口。

我晕乎乎的，听见温渺说：“下一首歌，送给我这两位终成眷属的青梅竹马——《无猜》！”

他，以信任相系许你做命题，爱毫无疑义。若，无常世事刁难分隔在两地，请不要放弃。两小无猜，无人可比，举世最登对，悠长初恋，坚定不移，用一生作陪。倘若宿命不值得相信，那就彼此依偎。地老天荒，世事艰难，无非爱一场……

温渺唱这首歌时镜头一直没挪开，我就这样贴着程嵘的胸膛，把恋情与世人分享。不遮掩也不动摇，这个人在我心坎里，十几年如一日地让我着迷。

“程小嵘。”

“嗯？”

我勾着他的脖子，拉低他，交换一个缠绵而亲近的吻。抬头看着夜空，不知道四方是否有灵，但我想对程爷爷做出承诺——我会做他的家人。

“程嵘，”我在他耳边说，“我会一直在你身边。”

这个瞬间他周身的气息变得温和而浓烈，满心满眼都是喜悦，没有过多的表述。他说：“嗯。”

“可以的话，带我去看看爷爷吧。”

“好。”

某个树影幢幢的黑暗处滚出来一个小王子，那是从时光深处而来的还带着警惕的小程嵘。他提防着周遭的一切，却还是被从树上滑下来的小女孩吓了一跳，两人滚作一团，从此以后，缠绕而生。

我看着我幻想出来的小孩儿手牵手离开，再度踮脚，吻上我爱的男孩。不想着急证明我多爱你，我会一点一点慢慢告诉你。

地老天荒，世事艰难，无非爱一场。